Stöckelschuh oder Gummistiefel

Anni Deckner

Verlag:
Zeilenfluss
Implerstraße 24
81371 München
Deutschland

ISBN 978-3-96714-200-6

Text: Anni Deckner
Bildmaterialien: www.123RF.com
Cover: Michael Troy, MT-Design
Korrektorat: Dr. Andreas Fischer
Lektorat: Martha Wilhelm – www.textwinkel.de
Satz: André Piotrowski

Stöckelschuh
oder
Gummistiefel

Anni Deckner

ZEILENFLUSS

1
Zweisamkeit

»Schönes Wochenende, Frau Hansen. Kommen Sie erholt am Montag zurück.« Wellenkamp zwinkerte ihr wohlwollend zu.

»Danke, wünsche ich Ihnen auch.« Lena lächelte. Sie freute sich auf das Wochenende mit Paul. Er hatte am Mittwoch so geheimnisvoll getan. Er habe eine Überraschung, die er ihr am Samstag eröffnen wolle. Lena liebte und hasste Überraschungen in gleichem Maße. Sie war aufgeregt und konnte kaum erwarten zu erfahren, was Paul für Nachrichten hatte.

»Übrigens ein fabelhafter Auftrag, den Sie da an Land gezogen haben«, lobte das Vorstandsmitglied sie und grinste.

»Danke. Ich hoffe, dass alles so klappt, wie ich es mir vorstelle«, räumte Lena ein. Für den Bruchteil einer Sekunde wurde sie unsicher. Sie war die Jüngste im Team, und noch dazu hatte sie die Prokura der Firma inne. Doch sie hatte gespürt, dass nicht alle im Team von ihrem Projekt überzeugt waren.

»Frau Hansen, bisher hatten Sie stets den richtigen Riecher. Auch hier werden Sie Erfolg haben«, meinte Wellenkamp.

Lena grinste. »Ich weiß.«

»Bis dann.« Wellenkamp betrat den Fahrstuhl, dessen Tür sich leise hinter ihm schloss.

»Puh, endlich fertig für heute«, murmelte Lena erleichtert und stieß einen tiefen Seufzer aus. Die Macht der Gewohnheit zwang sie, ihr Büro noch einmal aufzusuchen und nach dem Rechten zu schauen. Lenas Pflichtbewusstsein ihren Kunden und Kollegen gegenüber hatte sie wie immer fest im Griff. Nachdem sie einen vergessenen Aktenordner weggeräumt hatte, verschloss sie die Tür ihres Büros. Plötzlich trieb eine innere Unruhe sie dazu, das Gebäude zu verlassen.

Im Gehen löste sie ihre Hochsteckfrisur. Ihre blonden Haare fielen in weichen Wellen über die Schultern. Sie rubbelte ihre Kopfhaut, die zu kribbeln begann. Als ob auch ihre Haare dem Wochenende freudig entgegensähen. Wie auf der Flucht vor einem Flächenbrand lief sie schneller durch die Flure. Sie hatte es eilig, hinauszukommen und die letzten warmen Sonnenstrahlen auf der Haut zu spüren. Es blieb zu hoffen, dass auch Paul den Absprung ins Wochenende rechtzeitig schaffte. Wenn er in einen Fall vertieft war, musste Lena damit rechnen, dass er die Kanzlei erst spät, nach Einbruch der Dunkelheit, verließ.

Sie hatten nichts Großes geplant, doch es durfte romantisch werden, hatte Paul angekündigt. Ein Besuch im Sushi-Restaurant am Hamburger Berg gehörte in jedem Fall dazu. Lena machte sich nicht viel aus rohem Fisch, aber Paul zuliebe nahm sie das gern auf sich. Später ein Spaziergang an der Alster entlang, danach vielleicht ein Absacker in einer beliebten Bar.

Lena grinste. Sie hätte auch nichts dagegen, wenn sie die zweieinhalb Tage im Bett verbrachten. Paul besaß eine Wohnung mit Blick auf die Elbe. Dorthin lenkte Lena nun ihren Wagen. Ihre Schwester Fee meinte immer, sie würde die Nordsee vermissen, müsste sie in der Hansestadt leben. Lena lächelte dann jedes Mal. Hamburg war doch über die Elbe mit der Nordsee verbunden. Was wollte man mehr? Hier pulsierte außerdem das Leben, und darauf wollte Lena nicht verzichten.

Sie nahm den Fahrstuhl hinauf zu Pauls Wohnung. Mit

Stöckelschuhen war es ihr zu beschwerlich, die Treppe in den zweiten Stock hochzugehen. Turnschuhe trug sie nur auf ihren regelmäßigen Joggingrunden, die sie in den Sommermonaten sehr früh, vor Arbeitsbeginn, unternahm. Während der Fahrstuhl mit einem leisen Surren emporsauste, holte sie die Schlüssel aus ihrer Handtasche. Die Wohnung war mit modernen weißen Möbeln eingerichtet, die Lena eine Spur zu steril vorkamen. Doch Paul legte großen Wert auf Eleganz. Eines der wenigen Dinge, bei dem sie sich nicht einig waren. Die Schuhe mit den mörderischen Absätzen ließ Lena im Flur stehen. Dann ging sie ins Wohnzimmer, um sich einen Aperol Spritz zu gönnen. Sozusagen als Auftakt zu einem unvergesslichen Wochenende mit Paul. So hatte er es zumindest genannt, als er die Einladung dazu ausgesprochen hatte.

Ihr Herz klopfte aufgeregt, als sie von der Tür her ein Schlüsselrasseln vernahm. Paul und sie waren nunmehr seit fünf Jahren ein Paar, doch dieses Kribbeln im Bauch hielt bei Lena weiterhin an. Glücklich ging sie ihm entgegen. Mit bereits gelockerter Krawatte erschien Paul in Wochenendstimmung.

»Guten Abend, meine Schönheit. Großartig, dass du schon da bist.«

Lena musste lachen. »Wie ungewöhnlich, dass *du* schon da bist. Mit so viel Pünktlichkeit habe ich wirklich nicht gerechnet.«

»Du bist unmöglich«, knurrte Paul und mimte den Beleidigten. Dann zog er sie jedoch zu sich heran und küsste sie voller Leidenschaft. Er war einen Kopf größer als Lena, sodass sie sich dazu auf Zehenspitzen stellen musste. Paul hob sie hoch und trug sie ins Wohnzimmer zum Sofa. Lena schluckte. Er wirkte außerordentlich feierlich. Sein Blick ließ sie nicht los. Was hatte er vor? Sie schmiegte ihre Wange an seine, doch Paul schob sie ein wenig von sich.

»Heirate mich«, bat er ohne lange Vorrede und lächelte sie an.

Lena schluckte erneut. Die Ehe hatte nie zu ihren Zukunftsplänen gehört. Sie war immer der Meinung gewesen, dass Paul ähnlich dachte. Offenbar hatte sie sich getäuscht.

»Aber Paul!« Ihr Blick schweifte hektisch hin und her. Es fiel ihr schwer, Paul in die Augen zu sehen. Sie wollte ihn nicht abweisen und damit vor den Kopf stoßen. Durfte sie seinen Antrag einfach so ablehnen? Würde ihre bisher intakte Beziehung darunter leiden?

Sie atmete tief ein und aus.

»Ja«, kam schließlich über ihre Lippen, und sie fiel ihm um den Hals. Er war sichtlich überglücklich. Lena hatte den Antrag angenommen, ohne weiter darüber nachzudenken. Sie war erstaunt, wie gut es sich anfühlte. Sie würden heiraten. Lena lachte ausgelassen. Ja, es war richtig. Was sich so anfühlte, konnte nicht falsch sein. Glücklich schmiegte sie ihren Körper an Paul.

2
Morgenstunde auf der Insel

Mit einem Kaffeebecher in den Händen schlenderte Felizitas Hansen nach getaner Arbeit über den Hof. Sie lächelte zufrieden, hatte sie doch das morgendliche Pensum von dem, was im Betrieb anfiel, geschafft. Die Pferde grasten entspannt auf der Hauskoppel, die Gänse hatten Futter erhalten, und die Kälber tummelten sich ausgelassen, verspielt und frech auf der Wiese, die dem Offenstall angrenzte. Sie besaß nur noch Rinder zur Aufzucht, von den Milchkühen hatte sie sich trennen müssen, da der Ertrag sich nicht mehr für ihren Betrieb gelohnt hatte. Obwohl der Tag, an dem die Kühe abtransportiert worden waren, Fee sehr geschmerzt hatte, genoss sie inzwischen den Vorteil, nicht mehr jeden Morgen früher als früh aus den Federn zu müssen.

Arbeit gab es auf ihrem Biohof ohnehin genug. Es war ein langer Weg gewesen, alle Auflagen zu erfüllen, die für das Siegel ›Bio‹ vonnöten waren. Mittlerweile jedoch hatte sie sich den Respekt der wenigen Landwirte auf Sylt erworben und war zu einer der beliebtesten Versorgerinnen der Umgebung geworden. Nachdem ihr Papa verstorben war, hatte sie das alleinige Sagen über die Belange des Betriebs. Einiges war für sie inzwischen leichter geworden, doch er fehlte ihr immer noch überall. Die Gespräche am Mittagstisch vermisste sie ebenso wie die Streitigkeiten. Still war es geworden, seit er nicht mehr da war. Sie vermisste ihn und ihre Mutter, die nur zwei Jahre vor ihm gegangen war. Aber Fee war bereit für die Zukunft, auch ohne ihre Eltern.

Da gab es noch ihre ältere Schwester, die in Hamburg

lebte und arbeitete. Für die Landwirtschaft hatte Lena nie etwas übriggehabt. Damit war auch klar, wer den Hof weiterführen würde. So hoffte Fee jedenfalls. Die Testamentseröffnung stand noch aus.

Fee sah an sich herunter und musste grinsen. Ob es angemessen war, zu diesem Anlass in Arbeitskombi und Gummistiefeln zu erscheinen? Lena würde in Grund und Boden versinken. Der Spaß wäre es eigentlich wert.

»Moin Fee, schon in Kaffeekränzchenlaune?«

Sie wandte sich verwundert um, denn sie hatte niemanden kommen hören. Dann entdeckte sie ihn.

»Moin Hauke, so früh schon unterwegs?«

Hauke war der Tierarzt auf Sylt und Fees heimlicher Schwarm. Seine stahlblauen Augen zwinkerten ihr vertraut zu.

»Ich habe gehört, du bist seit einiger Zeit stolze Pferdebesitzerin. Herzlichen Glückwunsch.«

Fee freute sich, dass die Nachricht bei Hauke angekommen war. Natürlich wünschte sie sich, dass ihre Tiere gesund waren, aber Hauke war auf dem Hof trotzdem gern gesehen.

»Und ob! Sie sind einfach traumhaft. Möchtest du sie begrüßen?«

Hauke zögerte und zog sein Handy hervor. Es folgte ein kurzes Gespräch, dann legte er auf.

»Wenn alle gesund sind, würde ich das gern ein andermal nachholen. Mir ist eben ein Notfall ins Netz geflattert.« Achselzuckend schaute er Fee an.

»Alles fit, ich möchte dich auch ungern in der Funktion als Veterinär bei mir sehen. Das fehlte mir gerade noch. Von den Kosten ganz zu schweigen, die mir momentan wehtun würden.« Fee lachte unsicher. »Aber schön, dass du vorbeigekommen bist, ohne dass ich dich gerufen habe. Jederzeit wieder.«

»Klar, wir holen das nach. Aber dann nehme ich auch so einen Becher mit Wachmacher.«

»Versau es dir nicht mit dem Notfall«, scherzte Fee und lachte. »Bis dann, Hauke.«

Er hatte sein Auto vorn am Gatter der Hauskoppel geparkt. Fee starrte ihm nach, auch als er bereits eingestiegen war.

Was für ein heißer Typ, dachte sie verträumt. Nun hatte sie nicht erfahren, warum er vorbeigekommen war.

Während Hauke den Jeep startete, kribbelte es in ihrer Magengegend. Sie hielt den Kopf schief, um den Wagen auch nach der letzten Biegung sehen zu können. Doch vergeblich. Lediglich die Auspuffgeräusche des Sechszylinders klangen eine Weile nach.

Reiß dich zusammen, Fee Hansen.

Sie schüttelte den Traum von einem Kerl aus ihren Gedanken und sah auf die Uhr. Zu Lebzeiten ihres Vaters hätte sie jetzt damit begonnen, das Mittagessen vorzubereiten. Er hatte großen Wert darauf gelegt, die Mahlzeiten pünktlich einzunehmen. Fee hatte nie Verständnis dafür gehabt. Sie mochte es gar nicht, wenn der Hunger auf Uhrzeiten beschränkt sein sollte. Doch inzwischen hatte auch sie diese Gewohnheit übernommen. Nach einem arbeitsreichen Vormittag verlangte der Körper eben nach Nahrung.

Jedoch war die Auswahl an Speisen nicht sehr groß. Oft genügte ihr ein Sandwich oder ein Teller Suppe. Statt sich aufwendig Essen zu machen, nutzte sie die Pausen lieber, um an den Strand zu gehen. Dort lag sie dann in den Dünen, ließ die Sonne ihre Haut erwärmen und beobachtete das Meer mit all den Facetten, die es zu bieten hatte. Die Nordsee sah, je nach Witterung, an jedem Tag anders aus.

Es kam aber auch vor, dass Fee einschlief. Sie träumte dabei meist von einem Tierarzt, der ihre Gedanken selbst im wachen Zustand beherrschte. Doch sie ahnte, dass Hauke für immer ein Traum bleiben würde. Denn er hatte ihr gegenüber bisher nie etwas anderes gezeigt als freundliche Zurückhaltung.

Sie seufzte sehnsuchtsvoll. Sie brauchte jetzt eine Ablenkung. Entschlossen verzichtete sie auf ein Mittagessen, holte das Putzzeug aus dem Stall und lief zur Weide.

»Mädels und Jungs, heute ist Wellness angesagt«, lockte sie die Pferde und lachte. Der vielversprechende Hengst trottete schnaufend auf sie zu. Fee plante, mit ihm eine Zucht aufzubauen. Doch ob das klappen würde, stand in den Sternen. Dazu fehlten der Landwirtin noch die nötigen finanziellen Mittel.

3
Warten auf Lena

Fee sah nervös auf ihre Armbanduhr. Wo blieb Lena nur? Ein ungutes Gefühl stieg in Fee auf und knabberte an ihrem ohnehin angeschlagenen Nervenkostüm. Ursprünglich hatte sie ihre Schwester am Abend vorher erwartet. Aber das war typisch für Lena. Der Notartermin war um neun Uhr. Fee kannte die Zugverbindungen auswendig. Laut Fahrplan liefen um diese Zeit keine Züge ein, von einer Fähre aus Dänemark ganz zu schweigen. Lena war es zuzutrauen, dass sie mit einem Flugzeug am Strand landete und auf Stöckelschuhen durch den feinen Sand stelzte. Doch sie würde kaum einen Piloten finden, der für sie eine saftige Strafe in Kauf nahm.

Es nützte nichts, Fee würde allein nach Westerland fahren und hoffen müssen, dort auf ihre Schwester zu treffen. Fees sonst so leuchtend grüne Augen verfinsterten sich. Was, wenn Lena den Termin vergessen hatte? Das war eher unwahrscheinlich. Ihre ältere Schwester war nie unpünktlich. Das gehörte für sie zum guten Ton.

Fee beschloss, sich keine Sorgen zu machen. Das ungute Gefühl bezüglich der Testamentseröffnung blieb dennoch. Sie schaute zurück auf den Hof. Ihre Zukunft, ihr liebstes Hobby und ihr Beruf zugleich. Fee lächelte. Wer hatte sonst schon das Glück, dass seine Leidenschaft gleichzeitig auch der Brotjob war? Doch warum ihr verstorbener Vater so einen Aufstand um das Testament geplant hatte, entzog sich der Kenntnis der Schwestern.

In letzter Minute stürmte Fee in die Kanzlei des Notars

und meldete sich ein wenig außer Atem bei der Sekretärin an. Frau Hahn sah sie erstaunt an.

»Frau Hansen, ist Ihre Schwester nicht dabei? Dann sind wir nicht befugt, mit der Eröffnung des letzten Willens Ihres Vaters anzufangen.«

Fee wurde von Verzweiflung erfasst. Wie konnte Lena ihr das antun?

»Ich hatte gehofft, dass Lena hier wäre.«

Frau Hahn schüttelte den Kopf. Mit ihrer Kurzhaarfrisur wirkte das ein wenig ungelenk. Doch an der Tatsache, dass Lena nicht da war, änderte sich dadurch nichts. Fee hatte für gewöhnlich einen leicht gehässigen Spruch auf den Lippen, wenn sie mit der Hahn zu tun hatte. Aber heute hielt sie es für besser, darauf zu verzichten.

Hinter ihr wurde eine Tür kraftvoll geöffnet, und Fee zuckte zusammen.

»Guten Morgen«, dröhnte die dunkle Stimme Dr. Steinbachs, »die Hansen-Frauen bitte.«

Fee sah den Notar, den sie seit ihrer Jugend kannte, aus weit aufgerissenen Augen an.

»Meine Schwester ist bislang nicht eingetroffen«, meinte sie entschuldigend, »aber ich denke, sie wird jeden Augenblick hereinschneien.«

»In Ordnung, dann warten wir gern einige Minuten, aber kommen Sie doch näher.« An Frau Hahn gewandt fügte er hinzu: »Schicken Sie Lena Hansen bitte sofort herein, sobald sie erscheint.«

Die Sekretärin nickte stumm und widmete sich ihrer Arbeit.

»Steht im Testament meines Vaters etwas Ungewöhnliches?« Fees Versuche, vorab zu erfahren, was sie erwartete, scheiterten an der Verschwiegenheit des Notars.

»Wir warten auf Ihre Schwester«, entgegnete Dr. Steinbach in einem Ton, der keinen Widerspruch duldete.

Eine halbe Stunde später fand Fee sich auf der Straße wieder. Lena hatte sie versetzt, und der Termin bei Dr. Steinbach war vorbei, ohne Testamentseröffnung. Fee vermochte nicht einzuordnen, warum sie weinte. War es vor Wut, Enttäuschung oder der Sorge, welcher Wille ihres Vaters aus dem Testament hervorgehen mochte? Heute würde sie es jedenfalls nicht mehr erfahren.

Fee ließ sich auf der Steintreppe vor dem Anwaltsgebäude nieder und vergrub ihr Gesicht in den Handflächen.

»Lena, du blöde Kuh«, wimmerte sie vor sich hin.

»Hallo Fee, wer hat dir denn den Tag verhagelt?«

Fee sah auf und blickte direkt in Matteos braune Augen, die stets etwas spöttisch wirkten. Er nahm neben ihr Platz und legte den rechten Arm um ihre Schultern.

»Nicht weinen«, raunte er, »das passt nicht zu meiner unbekümmerten kleinen Felizitas.«

Fee war früher unsterblich verliebt in Matteo gewesen, doch so ging es den meisten Insulanerinnen irgendwann einmal. Seit Langem waren die beiden zwar befreundet, aber nicht mehr. Fees Herz schlug inzwischen für den Inseltierarzt, auch wenn sie es gut verborgen hielt. Die Männer standen nicht gerade Schlange, um sie näher kennenzulernen, denn Fees lose Zunge war auf der ganzen Insel gefürchtet.

Fee richtete sich zu ihrer vollen Größe von einem Meter fünfundsechzig auf und stampfte wütend mit dem Fuß. »Ich bin unsagbar sauer auf meine Schwester«, stieß sie hervor. »Sie hat einen wichtigen Termin verpasst.«

Nachdem Matteo erfahren hatte, was genau geschehen war, zog er Fee an sich und hauchte ihr einen Kuss auf die Stirn.

»Kleines, du hast doch einen neuen Termin für morgen bekommen. Pfeif deine Schwester her, und du wirst sehen, alles wird zu deiner Zufriedenheit geregelt.«

Fee nickte, dabei tupfte sie sich ihre Augen trocken. Unvermittelt strahlte sie Matteo an. »Kommst du mit an den Strand?«

Matteos Mundwinkel zuckten. »Ich wüsste nicht, was ich lieber tun würde.«

Lachend nahm er Fee an die Hand und führte sie fort vom alten Gebäude des Notars. Fee blieb jedoch gleich wieder stehen und entzog ihm ihre Hand.

»Ich muss erst bei meiner Schwester anrufen.«

Eilig holte sie ihr Handy hervor und wählte Lenas Telefonnummer.

4
Flug zur Insel

Lena Hansen ging im Besprechungszimmer auf und ab. Ihre schlanke Figur steckte wie immer in einem perfekt sitzenden Hosenanzug aus hochwertiger Seide. Lena liebte vornehmlich im Sommer das geschmeidige Gefühl von kühler Seide auf der Haut. Ihre langen blonden Haare hatte sie kunstvoll zu einer Hochsteckfrisur zusammengebunden. Das Klacken ihrer mörderisch hohen Absätze unterstrich ihre Worte und hallte von den Wänden wider.

Aus dem Augenwinkel sah sie Klemens zusammenzucken. Er kämpfte mal wieder mit dem Sekundenschlaf. Sie behielt ihn unter Beobachtung, genauso wie ihre anderen Mitarbeiter. Klemens kam langsam zu sich, kaute dabei an einem Bleistift herum. Ein deutliches Zeichen, dass er Lena am liebsten widersprechen würde, es aber sein ließ, weil sein Hirn in einer Wodkawolke schwebte, wie seine Gesichtszüge verrieten. Lena kannte ihn seit vier Jahren, daher duldete sie seine morgendliche Unkonzentriertheit. Sie wusste, dass sich seine Aufmerksamkeit in der nächsten Stunde bessern würde, spätestens dann, wenn er den ersten Kaffee getrunken hatte.

Klemens war einer der besten Mitarbeiter im Architekturbüro Brauer, dessen Prokura Lena seit einigen Jahren innehatte. Jeden Monat landete ein schwindelerregendes Gehalt auf ihrem Konto, das sie kaum auszugeben schaffte. Dazu fehlte ihr die nötige Freizeit. Dass ihr Team überwiegend aus Männern bestand, störte sie inzwischen nicht mehr. Anfangs war es nicht leicht gewesen, aber nach und nach hatten die männlichen Kollegen die Entscheidung des Vorstands, sie als neue Leitung einzustellen, akzeptiert.

Eigentlich war alles wie immer. Leider litt auch Lena an Konzentrationsstörungen. Paul hatte ihr am Wochenende den Heiratsantrag gemacht, den sie trotz ihres Zögerns angenommen hatte. Jetzt vermisste sie ihre rechte Hand, Betty, umso mehr. Die hatte einen frühen Arzttermin und fehlte somit in der heutigen Morgenrunde. Betty war stets gut vorbereitet und hellwach. Wenn Lena den Faden verlor, so selten das auch vorkam, schob Betty ihr sofort die passenden Unterlagen hin. Doch an diesem Morgen war Lena ganz auf sich allein gestellt.

Erik und Marvin steckten die Köpfe zusammen und flüsterten etwas. Lena blieb stehen und zog verärgert ihre perfekt in Form gebrachten Augenbrauen hoch.

»Darf ich kurz zu Ende bringen, was ich euch zu sagen habe?« Die Köpfe schnellten auseinander. »Danke schön.« Sie lächelte in die Runde, dabei glänzten ihre blauen Augen mit der Morgensonne um die Wette.

Doch sie verstummte erneut, als ihr Handy mit einem schrillen Ton ihre Aufmerksamkeit forderte. Schon am Klingelton erkannte sie, dass es Fee war, die versuchte, sie zu erreichen. Das bedeutete erfahrungsgemäß, dass etwas vorgefallen sein musste. Ihre Schwester rief für gewöhnlich nie am Morgen an.

Genau genommen telefonierten die Geschwister nur an den Wochenenden miteinander. Sie hatten wenige Gemeinsamkeiten, außer dass sie einander liebten, wie es Schwestern eben taten. Seit ihre Eltern nicht mehr lebten, waren sie enger aneinandergerückt – aber nur gefühlsmäßig, nicht räumlich. Fee wohnte weiterhin auf Sylt, und Lena war in der Großstadt Hamburg heimisch. Sie schätzte die Anonymität der Hansestadt. Die Nordseeinsel war ihr im Laufe des Erwachsenwerdens zu klein erschienen.

Lena entschuldigte sich für einen Moment und entfernte sich aus dem Besprechungsraum.

»Fee«, murmelte sie hektisch in den Hörer, »was gibt es so Wichtiges? Ich befinde mich mitten in der Teambesprechung.« Sie bemühte sich gar nicht erst, den vorwurfsvollen Klang ihrer Stimme zu verbergen.

Doch als sie ihre Schwester am anderen Ende der Leitung laut schluchzen hörte, stockte Lena der Atem. Fee war keine Heulsuse, das waren sie beide nicht. Lena vermutete sofort ein Unglück. Aber wen es betreffen sollte, war ihr schleierhaft. Während Fee sich sammelte, wischte Lena einen imaginären Fussel von ihrem Blazer und ging dabei im Flur auf und ab.

»Du hast die Testamentseröffnung vergessen!«, empörte sich ihre Schwester schließlich. Ihr Tränenfluss schien versiegt.

Lena verwandelte sich mit einem Schlag von der Geschäftsfrau in das personalisierte schlechte Gewissen. Verdammt, sie hatte den Termin *wirklich* vergessen. Oder etwa verdrängt? Im Grunde war ihr gleichgültig, was in dem Testament ihres vor wenigen Wochen verstorbenen Vaters stand. Fee würde mit Leib und Seele den Hof weiterführen, daran hatte es nie Zweifel gegeben. Bei Gott, Lena hatte kein Interesse daran, bis zu den Knien im Mist zu stecken, Rindern und Schafen den Rücken zu kraulen und mit den Hühnern aufzustehen. Dies war von jeher die Leidenschaft ihrer Schwester gewesen, nicht ihre.

»Ähm, Fee, das tut mir leid, wie kann ich das wiedergutmachen?«

Die Landwirtin schnaubte verächtlich. »Beweg deinen Hintern hierher und erfüll den letzten Willen unseres Vaters.«

»Der da wäre?« Lena schluckte. In diesem Streitgespräch mit ihrer Schwester an den Altbauern erinnert zu werden, schmerzte. Sie hatte ihren Vater geliebt. Er war stets für seine ungleichen Töchter da gewesen und hatte die unterschiedlichen Mädchen auf Händen getragen.

»Dr. Steinbach hat die Eröffnung des Testaments auf morgen um neun Uhr verschoben. Den Inhalt kenne ich immer noch nicht. Aber wir können uns glücklich schätzen, dass es diese zweite Möglichkeit in so kurzer Zeit gibt. Bitte, sei einmal rechtzeitig da.«

»Klar, versprochen«, erwiderte Lena. »Das gehört zu meiner Jobbeschreibung: Pünktlichkeit.« Sie war nahezu beleidigt, dass Fee ihr unterstellte, nicht pünktlich zu sein, doch gleichermaßen war ihr bewusst, dass sie hier etwas vergeigt hatte, das für die Zukunft ihrer Schwester überaus wichtig war. »Entschuldige, Kleines, ich leg am besten auf. Ich habe hier in Hamburg einiges zu organisieren, bevor ich abreise.«

Fee schien beruhigt.

»Fahr vorsichtig, bis dann«, flüsterte sie und unterbrach die Verbindung.

Lena hielt den Hörer weiterhin ans Ohr gepresst und starrte aus dem Fenster im fünften Stock. Früher war es ihr nicht möglich gewesen, sich dieser Fensterfront zu nähern. Sie litt unter Höhenangst und war bei der Aussicht in Schweiß ausgebrochen. Inzwischen hatte sich die Angst ein bisschen gebessert.

Fieberhaft legte sich Lena in ihrem Kopf einen Plan zurecht, der sie für die nächsten vierundzwanzig Stunden in der Firma abkömmlich machte. Klemens musste aus seiner Lethargie aufgerüttelt werden. Er würde während ihrer Abwesenheit der wichtigste Mann sein. Es war immer wieder überraschend, aber Lena wusste, dass sie sich auf ihn verlassen konnte. Die größte Herausforderung würde Paul werden. Sie waren heute Abend im *Kempinski* verabredet, um über ihre Verlobungsfeier zu reden. Lena wollte eine

Feier im kleinen Rahmen, Paul dagegen zog in Erwägung, die halbe Stadt zu einem ›schlichten Imbiss‹ einzuladen und die Verlobung zu verkünden. Hier war das letzte Wort nicht gesprochen. Doch diese Diskussion mussten sie nun verschieben.

Sie seufzte, steckte das Handy weg und riss die Tür zum Tagungsraum auf.

»Klemens, hör mir bitte genau zu.« Er zuckte zusammen und richtete sich auf. Offenbar machte ihm ihr Tonfall den Ernst der Lage schlagartig bewusst. »Ich muss wegen einer Familienangelegenheit nach Hause reisen.«

Gleichzeitig klemmte sie sich den Telefonhörer zwischen Ohr und Schulter. Da Betty immer noch abwesend war, rief sie die Chefsekretärin des Vorstands an. »Ich brauche schnell einen Flieger, der mich nach Sylt bringt. – Es ist mir egal, was Sie bekommen, es ist dringend. – Danke.«

Lena beendete das Gespräch und legte den Hörer beiseite.

»Was ist mit dem Meeting der Geschäftsführung?«, fragte Klemens. »Kann ich dich bis dahin zurückerwarten?« Sorgenfalten bildeten sich auf seiner Stirn.

Lena blätterte in ihrem Kalender.

»Das ist erst übermorgen. Bis dahin bin ich längst zurück. Bereitet aber bitte alles Nötige vor, nur für den Fall der Fälle«, erwiderte Lena und zwinkerte in die Runde. Jeder der Mitarbeiter hielt jetzt einen Stift bereit und machte sich Notizen in einem Block mit dem Logo der Firma, für die sie arbeiteten. Lena war zufrieden. Sie konnte sich auf ihr Team verlassen. Hier würde alles nach Plan ablaufen. Sie musste sich keine Sorgen machen.

Fünf Minuten später betrat Lena ihr Büro, erledigte zwei Telefonate mit den Vorstandsmitgliedern und rief im Anschluss Paul an.

»Schnecke, du willst doch nicht unser Essen für heute absagen?« Lenas Verlobter hatte einen Riecher für anstehenden Ärger oder in diesem Fall Planänderungen, die er nicht ausstehen konnte. Lena stockte.

»Ähm ... leider doch«, gestand sie zerknirscht. Sie schilderte ihm ihre Gründe und vernahm ein leises Lachen am anderen Ende der Leitung.

»Du vergisst Termine? Seit wann denn das?«

Lena sah ihre Chance gekommen.

»Seit ich nur noch unsere Verlobung im Kopf habe«, schmeichelte sie ihrem Freund. Sie wusste genau, wie sie ihm den Wind aus den Segeln nehmen konnte. Aber auch andersherum hatte Paul sie in seinen liebevollen Fängen. Die selbstbewusste Geschäftsfrau Lena Hansen schmolz dahin, wenn Paul in ihrer Nähe war.

»Du Schleimerin«, konterte er und lachte wieder. »Wann kommst du zurück?«

»Ich bin spätestens morgen Abend wieder da. Untätig auf der Insel rumhängen ist nicht mein Ding, mir wächst die Arbeit ohnehin schon über den Kopf.«

»Schnecke, du solltest etwas kürzertreten.«

Lena seufzte. Dieses Thema wurde öfter zwischen ihnen diskutiert. Doch Lena liebte ihre Arbeit und hatte nicht vor, irgendetwas daran zu ändern. Der Weg zur Führungsposition in der Abteilung für Großbaustellen war steinig gewesen. Niemals gäbe Lena sie nun auf. Sie kannte Pauls Meinung dazu nur zu gut. Aber hier blieb sie hart.

»Schatz, ich muss mich beeilen. Sei bitte nicht traurig, wir sprechen ein anderes Mal weiter.« Anstatt auf eine Antwort zu warten, unterbrach sie die Verbindung. Sie sollte sich langsam sputen, der Flieger war gebucht und würde nicht auf sie warten.

Lena verließ das Bürogebäude und sah zum Himmel auf. Die Julisonne brannte erbarmungslos auf sie herunter. Abgase schwängerten die Großstadtluft, kein Windzug verschaffte Linderung. Die Aussicht auf eine frische Nordseebrise kam Lena gerade ganz recht, obwohl ihr Zeitfenster knapp war.

Ein Taxi brachte sie zu ihrem Haus in Nienstedten. Rasch stopfte sie die nötigen Sachen in den Kulturbeutel. Eine Reisetasche würde genügen. Sie nahm keine Wechselklamotten mit, schließlich würde sie nach dem Notartermin, spätestens morgen früh, wieder heimfliegen. Handtücher würde sie sicher von ihrer Schwester bekommen. Fast hätte sie die Unterwäsche vergessen. Sie griff in die oberste Schublade der Kommode und stopfte wahllos einige Teile in die Tasche.

Nachdem sie den Reißverschluss zugezogen hatte, eilte sie zur Straße, wo das Taxi auf sie wartete. Sie wies den Fahrer an, sie zum Sportflugplatz zu bringen. Endlich hatte sie ein paar Augenblicke Zeit, in sich zu kehren, zu entspannen und die Lider zu schließen. Sie lächelte vor sich hin. Das hatte sie doch wieder ausgezeichnet hinbekommen. Alle waren mit Arbeit und Aufträgen versorgt, und sie war auf dem Weg nach Sylt. Gar nicht mal so übel. Lena freute sich auf ihre kleine Schwester und die Meeresbrise der Insel.

Nachdem sie den Flugplatz erreicht hatte, wurde sie gleich zur Landebahn begleitet. Gedanklich lobte sie die Sekretärin, die für sie die Buchung erledigt hatte. Aber was war das? Lena fand sich vor einem Hubschrauber wieder. Flugzeuge waren schlimm genug, in diesem Ungetüm würde sie umkommen vor Angst.

»Ist das Ihr Ernst? Ich hatte eine Maschine erwartet, die mich nach Sylt fliegt, aber …«

»Das wird sie, steigen Sie ein«, kommandierte ein braungebrannter Schönling mit typischer Fliegersonnenbrille. Dann grinste er Lena an. Dabei blitzte eine weiße Zahnreihe auf, die unmöglich natürlicher Herkunft sein konnte. Er schob sich die Brille auf den Kopf und reichte Lena die Hand.

»Freut mich, dass wir zusammen in die Luft gehen. Mein Name ist Matteo Schwarz. Du bist Lena, nehme ich an?«

Lena wich etwas zurück, verwirrt von den tiefbraunen Augen ihres Piloten und der Offenheit, mit der er sie begrüßte. Warum duzte er sie auf einmal?

»Korrekt, Lena Hansen. Haben Sie nicht ein Flugzeug, mit dem Sie mich nach Sylt bringen können?«

Matteo verzog die vollen Lippen zu einem schiefen Grinsen. »Angst vor der großen Hummel?«

Das wurde Lena jetzt zu blöd. Sie wollte diesem ungehobelten Piloten ihre Furcht auf keinen Fall eingestehen.

»Nein, wie kommen Sie darauf?« Sie hoffte, er sah ihre Halsschlagader nicht, die wie wild pochte.

Umständlich kletterte sie ins Cockpit, ließ sich in den Sitz fallen und schloss für einige Sekunden die Augen. Himmel, warum hatte sie nur den Neun-Uhr-Termin in Westerland vergessen? Hätte sie sich daran erinnert, wäre sie am Vortag in aller Ruhe mit dem Wagen hingefahren. Fee hatte sie vor zwei Wochen angerufen und ihr den Termin mitgeteilt. Doch sie hatten lange telefoniert und Lena im Anschluss vergessen, eine Eintragung in ihrem Kalender vorzunehmen. Das hatte sie nun davon.

Matteo Schwarz schwang seinen muskulösen Körper ebenfalls auf den Sitz. Er schenkte ihr wieder dieses strahlende Lächeln, das zugegebenermaßen nicht spurlos an Lena vorbeiging. Sie krauste die Stirn und sah stur geradeaus. Der sollte sich mal nichts einbilden. Sein Aftershave gefiel ihr trotzdem.

»Wie ich hörte, darf ich dich morgen Abend wieder abholen?«

Lena nickte zaghaft.

»Gegenwärtig erst mal nach Sylt bitte«, erwiderte sie rau.

»Jawohl, Lady«, murmelte er. Offenbar genervt, weil Lena weiterhin spröde und unverbindlich blieb.

Die Hummel stieg langsam in Richtung Himmel. Lena hatte unvermittelt das Gefühl, keine Luft zu bekommen. Matteo erkannte die Situation sofort und reichte ihr eine Plastiktüte.

»Nicht ausflippen, Lena, atme in die Tüte, langsam und gleichmäßig«, befahl er sanft.

Lena gehorchte, und innerhalb weniger Sekunden bekam sie besser Luft. Fragend schaute sie zu ihm hinüber. Matteo zuckte mit den Schultern und grinste wieder. Das konnte er offenbar am besten.

»Woher ...?«, hob Lena an.

»Ich habe so meine Erfahrungen«, erklärte er. Nach ihrem Dafürhalten eine Spur zu machohaft.

»Verstehe, danke. Mir geht's besser.« Gespielt gleichgültig sah sie aus dem Fenster und zerknüllte die lebensrettende Tüte in ihren Händen. Der Hubschrauber stieg weiter in die Höhe, allmählich rebellierte auch Lenas Magen.

»Wir haben die Flughöhe gleich erreicht«, meinte Matteo. Dabei klang er leicht besorgt. Was Lena gleichermaßen missfiel wie auch beruhigte. Sie nickte ihm zu.

So ein Aufschneider. Aber glücklicherweise beherrscht er dieses Monstrum.

Lena schaute zu ihren Füßen. Sie hätte doch lieber sportliche Schuhe anziehen sollen. In der Eile hatte sie nicht darüber nachgedacht. Zu dumm. Dass Matteo ihrem Blick folgte und beim Sichten der Stöckelschuhe sein gekonntes Grinsen parat hatte, bestärkte sie in ihrer Reue. Sie freute sich darauf, ihn nach der Landung erst einmal los zu sein. Hoffentlich ergab sich dann eine andere Möglichkeit, aufs Festland zurückzukommen.

Ihre Nerven beruhigten sich zunehmend, während sie

über das Wattenmeer flogen. Die Vorfreude auf ihre Heimat legte sich wie ein schützender Mantel um ihre Schultern. Sie hatte völlig vergessen, wie sehr sie die Insel doch liebte, auch wenn sie sich nicht vorstellen konnte, dort zu leben. Sie brauchte den Puls der Stadt, die Freiheit, überall hinzukommen, ohne erst zu überlegen, wann der nächste Autozug fuhr oder wie ein Flugzeug zu ergattern war. Fee war da aus anderem Holz geschnitzt. Sie war mit der Insel und ihren Einwohnern verwachsen und befreundet. Das war sie schon als Kind gewesen. Es hatte nie ernsthaft die Frage im Raum gestanden, wer den Hof übernehmen sollte. Für die Stadtfrau Lena war das gar keine Option gewesen. Würde es auch nie werden.

Doch nun hüpfte ihr Herz vor Freude, denn unter sich entdeckte sie die Weiden und den Hof der Hansens.

»Schau, dort vor der Holzscheune kannst du landen!«

Matteo schnaubte.

»Aber dafür haben wir keine Landeerlaubnis. Ich darf hier nicht runter!«, brüllte er gegen den Lärm seiner Maschine an.

»Ich erteile sie dir!«, rief sie zurück. Jetzt war sie an der Reihe, zu grinsen.

Matteo versuchte es noch einmal. »Die Eigentümerin wird mich töten, wenn ich …«

»Keine Sorge, ich lasse dich am Leben.«

»Die Wiese gehört dir?«

Ohne es zu bemerken, hatte Lena sich auf ein vertrautes Du eingelassen. Sie nickte.

»Könnte man sagen«, gab sie ihm zu verstehen.

»Wie du meinst, aber die Strafe bezahle ich nicht.«

»Angsthase«, flötete Lena übermütig und bedauerte nun doch, dass sich die Reise mit Matteo dem Ende näherte. Die Wortgefechte waren irgendwie erfrischend.

Sanft setzte er zur Landung an. Die Büsche und Gräser duckten sich im Wind der Rotorblätter. Matteo wies mit dem Zeigefinger nach links.

»Da scheint aber jemand anderer Meinung zu sein. Sicher, dass ich hier runterkann?«

Lena reckte den Hals und lächelte. »Das ist meine Schwester, sie freut sich halt, dass ich komme.«

Fee Hansen ruderte mit den Armen und versuchte die Hummel zu verscheuchen.

»Freude habe ich zwar anders in Erinnerung, aber meinetwegen«, kommentierte Matteo, dabei verschwieg er, dass er Fee kannte.

Hühner flatterten auf und versuchten sich in Deckung zu bringen, als der Hubschrauber auf die Wiese aufsetzte. Lena öffnete den Anschnallgurt, als ihre Schwester auch schon die Tür aufriss.

»Seid ihr von allen guten Geistern verlassen? Wie könnt ihr es wagen, hier zu landen?«

Lena starrte ihre Schwester verwundert an. »Was hast du denn mit der ollen Wiese? Die geht doch nicht kaputt, nur weil ...«

Fee hörte ihr gar nicht zu. Sie stemmte die Fäuste in die Hüften und blitzte wütend den Piloten an.

»Fee, er kann nichts dafür ...«, versuchte Lena ihre Schwester zu beruhigen.

»Warum nicht, hat er keinen Flugschein? Da lernt man solche Sachen bekanntlich. Matteo, von dir hätte ich mir mehr Rücksicht gewünscht. Du kennst doch die Gegebenheiten meiner Wiese.« Ihre Augen funkelten verärgert. »Die sollte morgen gemäht werden. Die kostbaren Kräuter darauf sind wichtige Nahrungszusätze für meine Tiere. Jetzt ist alles platt.«

Lena schüttelte ungläubig den Kopf. »Dann wartest du eben ein paar Tage.« Matteo warf sie einen verärgerten

Blick zu. »Du hättest ruhig erwähnen können, dass du meine Schwester kennst.«

Fee raufte sich ihre Mähne. »Das Wetter soll umschlagen, dann ist nix mit Mähen. Mann, warum hat Papa nicht darauf bestanden, dass du zumindest die Grundlagen der Futtergewinnung erlernst?«

Lena zog ihre Schwester an sich und küsste ihre Wangen. »Schätzchen, weil ich mit Heu und Kräutern keine Wolkenkratzer bauen kann.«

Schmollend ließ Fee zu, dass Lena sie in die Arme nahm. »Mensch, womit habe ich nur diese Verwandtschaft verdient?«

Doch sie versöhnten sich rasch. Fee kicherte schon wieder, als sie einander losließen.

An Matteo gewandt rief sie: »Nun hau schon ab und lass meine Hühner leben!«

Sie zeigte mit dem Finger in den Himmel. Matteo salutierte und warf die Hummel an.

»Ganz schön von sich eingenommen, der Typ«, knurrte Lena und hakte sich bei Fee ein.

Gleich darauf musste Lena jedoch einsehen, dass in Stöckelschuhen über die Wiese zu stapfen ein schwieriges Unterfangen war. Sie blieb stehen, um ihre Füße zu erlösen und barfuß weiterzulaufen. Fee legte währenddessen lachend den Kopf in den Nacken.

»Wenn du nicht auf ihn abfährst, bist du eine Ausnahme unter den Frauen hier«, meinte sie vergnügt.

Erstaunt sah Lena ihre Schwester an, die Schuhe in der Hand.

»Stehst du etwa auf ihn?« Dabei gab sie vor, die aufsteigende Röte auf Fees Wangen nicht zu bemerken.

»Nein, aber wir hätten fast mal was miteinander angefangen. Ich musste jedoch passen, weil ich mich in jemand anderes verliebt habe.«

»Du hast einen Freund?« Lena war erfreut. Sie hatte nie einen Mann an der Seite ihrer Schwester vermutet.

»Nee, nee, beruhige dich mal wieder. Ich gehöre zu den unglücklich Verliebten.« Fee schaute auf Lenas Füße. »Ich sehe übrigens schwarz für deine ...«

Lena wandte sich schnell um, noch ehe Fee zu Ende gesprochen hatte. »Was, er kommt uns nach?«

Sofort bemerkte sie ihren Irrtum und fühlte sich peinlich berührt. Hitze stieg in ihre Wangen. Da erwähnte ihre Schwester bloß die Farbe Schwarz, und schon dachte Lena an Matteo. Ärgerlich, dass ihre Hormone ihr so einen Streich spielten. Und völlig fehl am Platz, nachdem sie erst am Wochenende der Hochzeit mit Paul zugestimmt hatte.

Fee sah sie belustigt an und schüttelte den Kopf, ersparte ihr aber einen Kommentar. Offenbar war deutlich genug, wie unangenehm Lena ihre Reaktion war.

»Ich sehe schwarz für deine zarten Treter, wollte ich sagen«, murmelte Fee und grinste.

Die ungleichen Frauen gingen über den Hof. Feine Steine bohrten sich in Lenas Fußsohlen, sodass sie leicht zu humpeln begann. Schließlich blieb sie stehen und sah sich um, nicht weil sie die neue Scheune betrachten wollte, sondern um ihren Füßen eine kurze Pause zu gönnen. Ihr Blick fiel auf die Gänse, die am Zaun verharrten und den Besuch kritisch beäugten. Ihr Kreischen war weithin zu hören.

»Komm, lass uns ins Haus hineingehen«, forderte Fee sie auf. Lena folgte ihr gedankenverloren ins Innere.

»Seit wann hast du Gänse auf dem Hof? Die machen ja einen Heidenlärm.«

»Besser als jeder Hofhund. Wenn ich die freilassen würde, würden sie Besuchern Beine machen.« Fee lachte erheitert. »Nur kurz vor Weihnachten wird es stiller auf dem Hansen-Hof.«

Lena rümpfte die Nase. »Wie gemein. Die armen Dinger.«

»Alle biologisch aufgezogen. So eine Gans bringt leicht und locker zweihundert Euro ein, je nach Gewicht.« Fee sagte das nicht ohne Stolz. Lena merkte deutlich, wie viel Freude ihrer Schwester die Arbeit mit den Tieren bereitete. Auch wenn sie später im Bräter landeten. Bei Fee hatten es alle Tiere gut, bis zu dem Tag, an dem sie dick genug für den Verkauf waren.

»Aber du hattest doch so viele Hühner? Was ist aus ihnen geworden?«

»Die letzten hätte Matteo eben fast umgebracht«, erwiderte Fee spitz.

»Na ja, wenn du sie da draußen frei rumlaufen lässt, musst du dich nicht über so was wundern«, verteidigte Lena ihre Zustimmung zur Landung.

Fee steuerte kommentarlos auf die Küche zu.

»Ich war es leid, hinter jedem Ei herzulaufen. Seit sie draußen unterwegs sind, legen sie ihre Eier immer an denselben Stellen ab. Für den Eigenverbrauch langt es.« Fee zuckte mit den Schultern. »Leben und leben lassen.« Sie wandte sich im Flur Lena zu. »Kaffee?«

»Oh ja, das wäre genau das Richtige. Ich bin noch gar nicht dazu gekommen, welchen zu trinken. Heute war alles viel hektischer als sonst.«

»Oh, eine Runde Mitleid für die verlorene Tochter. Nun kannst du dich ja etwas erholen«, lästerte Fee ungerührt.

Lena seufzte genervt. Fee hatte nie Verständnis für ihren Beruf aufbringen können, aber dass sie es nicht einmal versuchte, schmerzte Lena doch. Darin waren sich ihre Eltern und Fee stets einig gewesen.

»Dann vertritt mich mal für ein paar Tage«, maulte sie, als sie die Küche erreichten. Sie bereute es sofort, weil sie Fees Reaktion auf die Worte schon kommen sah.

»Binde mir ruhig auf die Nase, dass du mich für zu blöd hältst, deinen Job zu machen!«, fuhr Fee sie an.

Lena holte tief Luft, um nicht wütend zu werden. Fee stellte ihr Licht immer unter den Scheffel, dabei hatte sie studiert und war eine erfahrene Landwirtin. Aus Lenas Sicht war sie die perfekte Tochter ihrer Eltern gewesen. Aber die Hansen-Mädchen standen nun mal in Konkurrenz zueinander. Das war schon so, seit sie Kinder waren, ohne dass es überhaupt nötig gewesen wäre.

»Kleines, ich wäre ungeeignet, deinen zu machen«, konterte sie sanft und zog ihre Schwester an sich. »Ich bin beeindruckt davon, was du hier auf die Beine gestellt hast. Nur dass ich nicht dafür gemacht bin. So wie du in der Großstadt eingehen würdest wie eine Primel in der Mittagssonne.«

Fee blieb betroffen stehen, die Kaffeedose in der Hand. »Entschuldige bitte, es war nicht so gemeint.«

»Doch, war es, aber das ist okay.« Lena küsste Fee auf die Stirn. »Nun drück endlich den verdammten Knopf der Kaffeemaschine, ich komme um vor Durst!«

Die Schwestern kicherten. Als erwachsene Frauen lachten sie regelmäßig über ihre unterschiedlichen Macken und wussten einander zu schätzen. Die Reibereien gehörten zu ihnen wie die Butter aufs Brot.

»Ich fürchte mich vor der Testamentseröffnung«, gestand Fee zerknirscht, als sie Kaffee tranken.

Lena riss die Augen weit auf. »Warum das denn? Für mich ist das alles nur eine Formsache, die erledigt werden muss.«

»Das hoffe ich. Aber Papa hatte manchmal so komische Ideen, dass es mich trotzdem ängstigt.«

Lena tippte mit dem Zeigefinger gegen ihre Stirn. »Du hast einen Vogel und siehst Gespenster, Liebes. Wir werden morgen der Testamentseröffnung beiwohnen, und dann nimmt alles wieder seinen gewohnten Lauf.«

Fee rümpfte die Nase.

»Du bleibst nicht noch eine Weile hier?« Sie war merklich enttäuscht.

»Das geht leider nicht. Ich habe einen Haufen Arbeit liegen lassen, und unsere Verlobungsfeier will vorbereitet werden.« Das rutschte Lena einfach so heraus. Sie hatte Fee noch nichts davon erzählt.

Diese lachte jedoch nur auf. »Ihr wollt heiraten? Woher kommt denn dieser plötzliche Sinneswandel? Und so wie ich Paul einschätze, will er es bei dieser Feier ordentlich krachen lassen?«

Lena stöhnte auf. »Da liegst du leider nicht falsch, doch ich habe andere Vorstellungen.«

»So ein Aufstand für eine Verlobung. Das ist doch keine Hochzeit, nur ein fragwürdiges Versprechen, die Ehe miteinander einzugehen.«

Lena war grundlegend derselben Meinung, aber Fees abfällige Worte über ihre geplante Feier kränkten sie trotzdem. »Du hast noch nicht einmal so ein Versprechen, oder irre ich mich da?«

Fee verdrehte genervt die Augen. »Du irrst dich nicht, aber ich bin auch kein Pokal, den man ins Regal stellt, nur weil er so ansprechend leuchtet.«

Lena ersparte sich weitere Kommentare. Sie hatte nie an ihrer Liebe zu Paul gezweifelt und erst recht keinen Grund, an der seinen zu ihr zu zweifeln. Lena brauchte keinen Mann, der ihr ein angenehmes Leben ermöglichte und sie finanziell absicherte. Nur der Gedanke daran, dass Paul sie gern als Hausfrau und Mutter am heimischen Herd sehen würde, bereitete ihr hin und wieder Sorgen. Aber daran biss Paul sich die Zähne aus, sie würde sich nie von einem Mann abhängig machen. Zumindest redete sie sich das immer wieder ein.

»Du funkelst aber besonders schön, schließlich bist du meine Schwester. Du bist herzlich eingeladen, an meiner

Verlobungsfeier teilzunehmen, auch wenn du sie albern findest«, meinte sie mit einem Lächeln.

Fee spitzte die vollen Lippen. »Mal sehen, ich habe bisher keine Aushilfe, die mich hier vertreten kann.«

Lena blickte ihre Schwester nachdenklich an. Würde ihr die Arbeit auf dem Hof möglicherweise einmal zu viel werden? Sie benötigte dringend eine Hilfskraft. Doch war es schwer, jemanden zu finden, der die Landwirtschaft mochte und bereit war, auf Feiertage und hin und wieder auf ein entspanntes Wochenende zu verzichten. Tierwohl kannte nun mal keine Auszeit.

5
Das Erbe

Die beiden Frauen waren trotz Streitereien erst weit nach Mitternacht ins Bett gegangen. Am nächsten Morgen weckte Lenas Handy sie gnadenlos, so wie sie es eingestellt hatte. Lena streckte sich wohlig und schnupperte an ihrer Bettwäsche. Fee hatte ihr ein Heubett hergerichtet, in dem sie traumhaft geschlafen hatte. Als sie Kinder gewesen waren, hatten Fee und sie oft auf dem Heuboden übernachtet. Die Erinnerung daran wärmte Lenas Herz. Fee hatte sich dann dicht an sie gekuschelt, weil sie gegenüber sich und Lena nicht eingestehen wollte, sich ein wenig zu fürchten.

Lena grinste. Ja, mit den Eingeständnissen hatten die Schwestern immer noch ihre Probleme. Warum sonst hatte Lena Fee nicht erzählt, dass sie diese geplante Verlobungsfeier total übertrieben fand? Fee hatte ebenfalls mit keinem Wort zugegeben, wie ungern sie Single war. Aber das brauchte sie auch nicht, Lena kannte ihre Schwester gut genug, um zu wissen, wie es um sie stand.

Vorwitzig drangen die ersten Sonnenstrahlen durch den Spalt zwischen den leichten Vorhängen. Lena sah verträumt zum Fenster. Sie hatte es über Nacht nicht geschlossen, und der Wind trug den Duft der Nordsee ins Zimmer. Lena lächelte und bedauerte erneut, nicht länger bleiben zu können. Der Geruch ihrer Kindheit weckte ungeahnte Heimatgefühle. Vielleicht könnte sie Paul doch überreden, ihren nächsten Urlaub auf Sylt zu verbringen. Er mochte das unbeständige Wetter an Nordfrieslands Küsten nicht sonderlich.

Für ihre Flitterwochen hatte er etwas Besonderes geplant, gab Lena allerdings nicht den geringsten Hinweis darauf, und so blieb ihr nichts anderes übrig, als sich überraschen zu lassen.

Sie schwang die Beine aus dem Bett. Eile war geboten, um vor ihrer Schwester ins Bad zu kommen. Im Flur sah sie sich nach allen Seiten um, doch sie hatte Glück – Fee war nicht in Sicht. Sie grinste triumphierend und wandte sich zum Bad. Dort entdeckte sie Fee, die eben die Tür zur Nasszelle hinter sich schloss.

»Hey, ich bin zuerst dran!«, protestierte sie.

Fee kicherte auf der anderen Seite der Tür. »Wie früher!«, rief sie. »Da warst du auch immer zu spät. Aber ich komme aus dem Stall und habe Vorrang.«

Lena schüttelte amüsiert den Kopf und folgte dann dem frischen Kaffeeduft. In der Küche fand sie die Tassen auf Anhieb und füllte eine mit dem Wachmacher. Barfuß und nur mit einem T-Shirt bekleidet schlenderte sie auf die Terrasse und ließ sich in einem Strandkorb nieder. Wenn sie genau hinhörte, vernahm sie in der Ferne Meeresrauschen. Sie trank ihren Kaffee in kleinen gierigen Schlucken.

Voller Glücksgefühle schloss sie die Augen und träumte sich in ihre Kindheit zurück. Lachende Kinder rannten unbeschwert über den Hof, gefolgt von dem Lamm Oskar, das die Schwestern mit der Flasche aufzogen, weil das Muttertier es nicht annahm. Hundegebell ertönte. Ihre Mutter ermahnte sie liebevoll, es beim Spielen nicht zu übertreiben. Ein Traktor rollte über die Pflastersteine. Der Motor stolperte etwas, aber dann überlegte das Gefährt es sich noch mal und tuckerte weiter. Nachdem der Trecker angehalten hatte, stieg ihr Vater aus und grinste ihnen entgegen. Er liebte seine wilden Töchter mit ihren unterschiedlichen Erwartungen ans Leben.

»Träum nicht!« Lena zuckte zusammen, als Fee sie ansprach. »Das Bad gehört dir. Nicht dass wir heute zu spät beim Notar erscheinen.«

Lena grinste und erhob sich aus dem Strandkorb. Ihren Becher ließ sie stehen. »Weißt du eigentlich, was damals aus Oskar geworden ist? Ich kann mich nicht daran erinnern.«

Fee zog die linke Augenbraue hoch. Das tat sie immer, wenn ihr etwas seltsam vorkam.

»Klar weiß ich das, er ist in den Kochtopf gewandert. Du hast dir tagelang die Augen ausgeweint und geschworen, nie wieder Fleisch zu essen. Warum kommst du ausgerechnet jetzt auf Oskar?«

»Ich muss es verdrängt haben.« Lena seufzte und wandte sich ab. »Der Arme«, flüsterte sie. Sie ließ ihre Schwester betroffen zurück und ging ins Haus.

Lena verstand nicht, warum gerade jetzt, als das warme Duschwasser auf ihren Körper einprasselte, leise Tränen über ihr Gesicht liefen. Die Erinnerungen an ihre Kindheit waren in diesem Moment enorm präsent. Dass ihre Eltern nicht mehr lebten, stimmte sie zusätzlich traurig. Nie würden sie erfahren, was es bedeutete, Großeltern zu sein, obwohl sie stets gesagt hatten, wie sehr sie sich auf diese Zeit freuten. Lena hatte immer klar kommuniziert, dass Kinder für sie keine Option waren, und sie auf ihre jüngere Schwester verwiesen, die mit ziemlicher Sicherheit eine ganze Horde in die Welt setzen würde. Doch für Fee lief die biologische Uhr langsam ab, wenn es nicht bald …

Lena wischte die Gedanken fort. Es ging sie überhaupt nichts an, ob und wann sich ihre Schwester mit Familienplanung beschäftigte.

Lethargisch trocknete sie sich ab. Das flauschige Handtuch umhüllte ihren Körper und streichelte gleichzeitig ihre Seele. Sie war zu Hause an dem Ort, an dem sie bedingungslos geliebt worden war, ganz gleich, ob sie schlechte Noten mitgebracht oder die Erdbeerernte mit dem Tretroller praktisch vernichtet hatte. Lena grinste. Das Gesicht ihrer Eltern, als ihre Tochter mit einem Affentempo durch die Erdbeerfelder gerast war, mit roten Spritzern im Antlitz ... Fee hatte damals schon kein Verständnis dafür gehabt, dass Lena null Gefühl für die Landwirtschaft besaß, und hatte um die Früchte geweint, die durch den Rollerreifen plattgefahren worden waren.

Lena schüttelte die Erinnerungen ab. Nur nicht sentimental werden. Wenn der Termin beim Notar erledigt war, würde sie in den Hubschrauber nach Hamburg steigen und direkt in Pauls Arme fliegen. Ein Anflug von Sehnsucht überkam sie. Sie freute sich auf Paul, sie vermisste ihn bereits. Er war jetzt ihre Heimat, ein fester Punkt in ihrem Leben.

»Lena! Bist du bald fertig? Ich habe nicht den ganzen Tag Zeit und der Notar erst recht nicht.«

Lena lächelte und rief durch das Obergeschoss: »Bin unterwegs, Kleines! Nur nicht ungeduldig werden, du bekommst schon früh genug die gesamte Verantwortung für dieses ...«, sie brach ab und beendete den Satz flüsternd, »... Gemäuer voller Arbeit.«

Beschwingt rannte sie die Treppe hinunter und kam mit leuchtenden Augen bei Fee an. Die lief schon ungeduldig in der Diele auf und ab, bis Lena sie stoppte.

»Nun krieg dich mal wieder ein. Wir werden rechtzeitig da sein.« Sie kicherte, das besorgte Gesicht ihrer Schwester fand sie urkomisch.

Die beiden gingen über den Hof zum Stallgebäude, in dem Fees Auto untergestellt war. Ein altersschwacher Fiat mit einigen Rostflecken auf der Motorhaube. Fee räumte den Beifahrersitz frei. Lena schüttelte den Kopf.

»Du wirst wohl nie ordentlich werden, oder? Was haben unsere Eltern bloß bei dir versäumt?«

Fee prustete los. »Nichts, sie haben mich so gelassen, wie ich bin!«

Lena stieg lachend ein. Fee warf leere Coladosen und Papiertüten vom Bäcker auf den Rücksitz. Lenas demonstrativer Blick zu den Mülltonnen, die unweit vom Auto ihren Platz hatten, wurde von Fee ignoriert. Der Wagen sprang nicht an. Lena verkniff sich ein Grinsen. Dieses Mal wäre sie wenigstens nicht schuld an einer Verspätung.

»Keine Sorge«, Fee schnaubte, »er kommt gleich.« Verbissen starrte sie auf das Zündschloss.

»Okay«, meinte Lena gedehnt.

Sie gab die Hoffnung auf, als der Motor nur noch ein klägliches Husten ausstieß. Fee rannte mit einem Hammer in der Hand zur Motorhaube des Fahrzeugs.

»Zieh bitte mal am Hebel für die Haube, den Gang raus und starten, wenn ich es sage«, befahl sie. Lena gehorchte und ignorierte dabei den harschen Ton ihrer Schwester.

Sie zuckte zusammen, als sie ein lautes Hämmern vernahm.

»Starten!«, rief Fee, und Lena folgte der Anweisung. Sie hätte nicht erwartet, dass der Motor ansprang, aber er surrte leise.

Fee eilte zurück zur Fahrerseite und hüpfte auf den Sitz. Lena sah ihre Schwester verwundert an. Was hatte das Klopfen bedeutet? Warum lief die Rostlaube nun?

»Puh, fast hätte ich selbst nicht dran geglaubt.« Fee seufzte. »Der Anlasser braucht hin und wieder einen Schlag. Das hat mir Matteo gezeigt.«

Mit einem Schnellstart fuhr sie rückwärts aus dem Stall. Dann legte sie den ersten Gang ein und sauste los. Lena wurde für einen Augenblick in den Sitz gedrückt. Fee lachte übermütig.

»Flott, die kleine Biene, was?« Sie zwinkerte Lena kurz zu, dann konzentrierte sie sich auf die Fahrbahn.

Lena sah zum Seitenfenster hinaus. Die wunderschöne Dünenlandschaft der Insel flog an ihr vorbei. Lena träumte davon, mit Paul an ihrer Seite durchs Watt zu wandern. Sie schmunzelte bei der Vorstellung, wie er fluchend durch den Schlick stapfte. Dies war definitiv nicht seine Welt. Fee musterte sie neugierig von der Seite, doch Lena schüttelte bloß den Kopf.

Dr. Steinbachs Kanzlei befand sich in der Westerländer Friedrichstraße, und es gab keine Parkplätze in unmittelbarer Nähe. Fee stellte ihre Rostlaube in einer Nebenstraße ab und trieb Lena zur Eile an. Die Einkaufsstraße war selbst am frühen Morgen von Touristen bevölkert. Obwohl die Geschäfte nicht vor zehn Uhr öffneten.

Die Schwestern stiegen die Treppen des Hauses hinauf und sahen einander kurz an. Fee hatte leichte Schweißperlen auf der Oberlippe, und Lenas Mähne löste sich aus dem Haarband. Zum Glück hatte sie wenigstens ihren Hosenanzug vom Vortag dabei. So konnte sie dem Notar dennoch stilvoll unter die Augen treten. Im Gegensatz zu ihrer Schwester: Fee hatte eine Jeans und dazu ein verwaschenes T-Shirt angezogen. Die Turnschuhe trug sie offen, so wie es anscheinend modern war. Perfekt für die Stallarbeit, aber Lenas Meinung nach nicht für einen offiziellen Besuch in einem Anwaltsbüro. Sie hatte keinen Sinn für halbe Sachen, alles musste zum jeweiligen Anlass passen. Der letzte Wille ihres Vaters war ohne Frage etwas, das sie würdevoll angehen wollte.

Die Sekretärin des Notars begleitete die ungleichen Schwestern in das Büro ihres Chefs.

»Dr. Steinbach ist sofort bei Ihnen«, versprach sie und zog sich mit einem Lächeln zurück.

Lena sah sich aufmerksam um. Sie bewunderte die alten Eichenmöbel, die sie so noch nie gesehen hatte. Sie schätzte, dass sie aus dem achtzehnten Jahrhundert stammten. Fee dagegen wippte mit dem Fuß auf und ab und wurde mit jeder verstreichenden Minute ungeduldiger.

»Sei nicht so nervös«, tadelte Lena sie, »es besteht überhaupt kein Grund dazu. Wir wissen doch, was in dem verdammten Testament steht.«

Die Frauen zuckten beide zusammen, als die Tür mit einem Schlag geöffnet wurde. Mit schnellen Schritten kam Dr. Steinbach auf sie zu.

»Die Hansen-Frauen. Ich freue mich, dass es heute geklappt hat.«

Dr. Steinbach war ein großer, schlanker Mann mit Nickelbrille. Sein Anzug saß korrekt, und die Schuhe waren wie immer blankgeputzt. Er betreute die Familie Hansen schon seit Jahren. Lenas und Fees Vater war zu Lebzeiten mit ihm einmal die Woche zum Golfen gegangen. Er reichte Lena und Fee die schmale Hand zu einem unerwartet kraftvollen Handschlag. Fee rieb sich hinterher die Finger. Lena nahm es gleichmütig hin und ließ sich nichts anmerken.

»Vielen Dank, Herr Dr. Steinbach, dass Sie sich noch einmal Zeit für uns nehmen«, begrüßte sie ihn freundlich.

Der betagte Notar lächelte geheimnisvoll. »Das bin ich meinem alten Freund Gunnar schuldig.«

Lena fragte sich, warum er sie derart abschätzend musterte.

»Prima, dann fangen wir am besten an, damit meine Schwester und ich Ihre Zeit nicht unnötig lange in Anspruch nehmen.« Fees Worte klangen piepsig. Lena warf ihr einen raschen Blick zu. Irgendetwas stimmte nicht mit ihr. Sie war so nervös, dass Lena fürchtete, sie fiele gleich vom Stuhl. Sie gab ihrer Schwester einen Knuff.

»Fee, ist alles in Ordnung?«

Fee spitzte die Lippen und legte die Stirn in Falten. Ein Zeichen dafür, dass sie diese Frage überflüssig fand.

Lena war verunsichert. Sie wandte ihre Aufmerksamkeit dem Notar zu, schielte dabei aber immer wieder zu Fee hinüber. Dr. Steinbach betete ohne Punkt und Komma das Testament herunter. Lena war so abgelenkt, dass sie kaum ein Wort mitbekam, aber Fee rutschte in ihrem Stuhl immer tiefer hinab. Sie war blass, ihre Augen geweitet. Ihr Atem ging unkontrolliert schnell.

Nachdem Dr. Steinbach verstummt war, starrte Lena ihn an. »Können Sie mir das Ganze bitte in Klartext übersetzen?«

Der Notar schmunzelte und sah die Schwestern über den Rand seiner Nickelbrille hinweg an. »Ich glaube, Ihre Schwester Felizitas hat das meiste verstanden.«

Lena wurde sauer.

»Dann sind wir hier fertig?«, erkundigte sie sich scharf und erhob sich abrupt. Fee zog sie an ihrem Arm zurück auf den Stuhl.

»Du bist jetzt gefragt«, zischte sie.

Lena blieb nichts anderes übrig, als ehrlich zu sich selbst zu sein. In Wahrheit hatte sie durchaus verstanden, was das Testament besagte. Aber sie war von Natur aus eine Meisterin im Verdrängen und hielt diese Eigenschaft momentan für überlebenswichtig. Sie riskierte einen erneuten Blick in Richtung ihrer Schwester, die sie flehend ansah.

Ihr Vater hatte verfügt, dass Lena für ein Jahr zusammen mit Fee den Hof führen sollte. Dr. Steinbach las diesen Teil des Testamentes ein zweites Mal vor.

Lena kicherte, was sich eher hysterisch als belustigt anhörte. »Da hat unser Vater aber etwas vergessen. Ich habe einen Job, und es ist unmöglich, ihn für ein Jahr auf Eis zu legen. Ich habe mir diese Position hart erkämpft, das werde ich nicht für ein paar Hühner und Gänse aufgeben.«

Fee heulte auf: »Lena!«

Tränen rannen über ihre Wangen.

»Dann nehmen Sie hin, dass Ihre Schwester alles verliert, was ihr wichtig ist.«

Lena sprang erneut auf und schrie den Notar an: »Ich soll also Hals über Kopf alles aufgeben, damit Fee weiterhin die Landwirtin spielen darf?« Sie schüttelte den Kopf. »Niemals ist das der Wille unseres Vaters!«

»Dann muss alles verkauft werden. Ich versichere Ihnen, die Käufer stehen bei so einem Objekt Schlange.« Dabei tippte er auf die Tischplatte.

»Das ist ja toll für Sie! Darf ich fragen, wer den Verkauf beurkundet?« Lenas Stimme klang schneidend scharf.

Dr. Steinbach wich vor ihr zurück, bewahrte dennoch Haltung. Er beugte sich zur Seite und hob etwas auf. Dann stellte er rosa Gummistiefel mit Gänseblümchenmotiv mitten auf den Schreibtisch und sah Lena dabei herausfordernd an. »Mit einem lieben Gruß von Ihrem Vater. Er meinte, die würden Ihnen gefallen. Er hat sie höchstpersönlich im Schuhgeschäft *Wagner und Wagner* für Sie erstanden.«

Er schmunzelte so sehr, dass Lena Mühe hatte, nicht aus der Haut zu fahren. Doch sie musste auch etwas schlucken. Ihr Vater hatte diese Stiefel für sie gekauft? Ein wenig rührte sie die Vorstellung, dass er für sie einkaufen gegangen war, wo er das doch so gehasst hatte.

Fee verhielt sich still. Ihr war wohl bewusst, dass ihre Zukunft von der Entscheidung ihrer Schwester abhing. Lena warf ihr einen besorgten Blick zu, ehe sie wieder den Notar ansah. »Das habt ihr euch ja schön ausgedacht! Ich soll über das Schicksal meiner Schwester bestimmen? Das ist doch verrückt!«

Dr. Steinbach erhob sich hinter dem Schreibtisch. »Sie haben vier Wochen Zeit, um zu überlegen, ob Sie den letzten Willen Ihres Vaters erfüllen wollen oder nicht. Ich denke, damit ist alles gesagt.«

Er nickte den überforderten Schwestern zu und beendete damit das Gespräch.

»Ich muss das also wieder ausbaden!«, zischte Lena und stürmte nach draußen.

Sie setzte sich auf die Steinstufen der Kanzlei. Fee folgte ihr und hockte sich wie ein Häufchen Elend dazu. In Lenas Augen schimmerten Tränen der Wut, der Verzweiflung und nicht zuletzt der Sorge. Fee weinte und verbarg ihr Gesicht in den Handflächen. Lena griff nach der feuchten Hand ihrer Schwester und zog sie hoch.

»Komm, wir zwitschern einen Likör, zur Feier des Tages«, meinte sie ironisch.

Fee folgte ihr zögerlich.

»Glaub nur nicht, dass ich das Saufen anfange. Wir haben so schon genug Probleme«, schniefte sie.

Lena quittierte das Gesagte mit einem gequälten Lachen. »Solange ich Geld habe, wird das nicht unser Untergang. Ich sponsere dir die Trinkgelage.«

»Ich bin nicht zu Scherzen aufgelegt«, jammerte Fee, »solange wir keine Lösung gefunden haben.«

»Das heißt nicht, dass wir dabei auf Spaß verzichten müssen«, konterte Lena.

Fee entzog ihr die Hand.

»Du wirst nicht hierbleiben, oder?« Ihre Stimme sagte alles über ihre Gefühlslage aus. Sie hatte noch nie zuvor derart haltlos und verletzlich geklungen.

Lena drehte sich zu ihr um und nahm Fees Hände in ihre. »Schau mal, Kleines. Es ist mir einfach nicht möglich, das alles unter einen Hut zu bringen. Ich habe einen Job, für den ich hart gekämpft habe, ich werde heiraten, ich will …«

»Ich höre immer nur *Ich, Ich, Ich*!«, rief Fee wütend. »Aber was wird aus mir?«

»Warte doch erst mal ab, ich werde dich trotzdem unterstützen …«

»Wie denn? Indem du mir mein Zuhause nimmst und mir mit deinem Geld den Rest meines Lebens finanzierst? Nein danke.«

»Ich kann den Hof doch kaufen«, entgegnete Lena.

Fee verstummte für einige Sekunden. »Das ist falsch«, sagte sie dann. »Wir betrügen unseren Vater. Außerdem wirst du nicht genug Geld zusammenbekommen. Dr. Steinbach lässt sich nicht verarschen.«

Fee hatte recht. Lena hatte nicht die leiseste Ahnung, wie hoch der Grundstückswert auf Sylt war. Doch sie konnte einen Kredit beantragen, und Paul würde ihr dabei helfen. Er könnte auch als Käufer auftreten. Doch die Gewissensbisse plagten Lena trotzdem. Was hätten ihre Eltern dazu gesagt?

Eine Stimme schlich sich in ihre Gedanken: »Frau Hansen! Warten Sie bitte.«

Lena wandte sich um und sah unmittelbar in die grünen Augen der Sekretärin. Diese reichte ihr die Gummistiefel.

»Die haben Sie vergessen. Einen schönen Tag auch«, meinte sie und eilte grinsend zurück in die Kanzlei.

Touristen schlenderten an Lena und Fee vorbei in Richtung Strand. Das Wetter war wie geschaffen dafür, auf dem Sand zu liegen und zwischendurch in die Fluten zu springen. Lena fühlte sich in ihrem Hosenanzug plötzlich fehl am Platze. Sie begrub die Idee mit dem Likör und trieb ihre Schwester stattdessen an, nach Hause zu fahren. Morgen früh würde sie zurück in Hamburg sein und in ihr vertrautes Leben eintauchen.

Auf der Fahrt zum Hof herrschte im Wageninneren ein für beide unangenehmes Schweigen. Fee streifte Lena immer wieder mit flehenden Blicken, die eine kräftige Portion Vorwürfe enthielten. Lena wandte ihren Kopf jedoch ab und schaute aus dem Seitenfenster. Beobachtete die Menschen im legeren Sommerlook und in Badelatschen. Kinder bettelten um ein Eis, und gequält wirkende Väter zückten ihre Geldbörsen. Lena bildete sich ein, ihr Seufzen zu hören.

Sie grinste in sich hinein. Wie gut sie es doch hatte. Sie war frei in ihren Entscheidungen. Kein Kindergeschrei, kein genervter Kerl an ihrer Seite. Würde sich das nach der Hochzeit ändern? Nein, niemals! Schon immer hatte sie ihre eigene Meinung gehabt und sich nicht davon abbringen lassen. Paul hatte dies zwar erst lernen müssen, aber er kannte Lena inzwischen gut genug, um ihr nicht die Freiheiten streitig zu machen, die ihr wichtig waren.

Von Weitem erblickte Lena die Weiden des Hansen-Hofes. Dahinter die weißgetünchten Mauern des Haupthauses. Fee hatte in den letzten Jahren einiges erneuert und verschönert. Als ihr Vater noch gelebt hatte, war es für Fee nicht leicht gewesen, ihre Ideen durchzusetzen. Der Altbauer hatte nichts von Neuorientierung und moderner Technik auf dem Hof gehalten. Fee hatte jedoch dafür gekämpft, bis er nachgegeben hatte. Lena hoffte inständig, dass diese Mühen sich nun nicht als umsonst erweisen würden.

Für sie stand außer Frage, dass sie dem Wunsch ihres Vaters nicht entsprechen würde. Allein die Vorstellung, ihr Leben derart auf den Kopf zu stellen, schnürte ihr den Hals zu. Nein, ihr Wirkungskreis befand sich in Hamburg. Die gesetzte Frist von vier Wochen würde verstreichen, ohne dass sie ihre Meinung änderte. Doch gleichzeitig sorgte sie sich um Fee. Es musste eine Lösung geben. Wäre doch gelacht, wenn ihnen nichts einfiele, um den Familienbetrieb zu retten!

Fee stellte das Auto vor dem Wohnhaus ab. Ihr trauriger Blick traf Lena mitten ins Herz. Aber was blieb ihr denn anderes übrig?

»Lass uns bitte zusammen frühstücken, bevor ich mich um den Heimflug kümmere«, schlug Lena vor. Fee nickte nur und schlurfte in Haus.

Die Diele empfing sie mit angenehmer Kühle. Die alten Möbel waren ein Erbstück ihrer Großeltern und hatten hier im Eingangsbereich einen würdigen Platz erhalten. Alle anderen Räume waren modern eingerichtet. Die Einbauküche aus hellem Holz war ein Traum. Fee hatte sie erst vor Kurzem erneuert. Nun war die Küche ihr Zufluchtsort nach der harten Arbeit im Stall.

Wortlos legte sie Holzbrettchen und Besteck auf den großen Tisch. Lena suchte im Kühlschrank Leckereien zusammen, obwohl sie beide kaum Appetit hatten. Fee stellte die Kaffeemaschine an und setzte sich ganz hinten auf die Küchenbank. Mit gekreuzten Armen starrte sie Lena an.

»Bitte, Lena, überleg es dir noch mal. Hast du nicht die Möglichkeit, eine Auszeit in Hamburg zu nehmen?«

Lena lachte freudlos auf. »Du hast Vorstellungen! Wenn ich nach einem Jahr Auszeit zurückkomme, hat längst jemand anderes meine Position im Unternehmen übernommen. Dann bin ich raus.«

Fee drückte ihren Rücken durch. »Wenigstens die vier Wochen Bedenkzeit könntest du nutzen, um mir zu helfen und herauszufinden, ob dein Herz nicht doch für den Hof schlägt.«

Die flehenden Augen ihrer Schwester zerrissen Lena das Herz. Sie könnte sich Urlaub nehmen, aber der war für die Hochzeit und die anschließende Hochzeitsreise, wo immer die hinging, eingeplant. Sie nickte trotzdem zaghaft.

»Ich spreche mit Paul. Vielleicht ist er bereit, hier Urlaub zu machen statt auf irgendeiner Südseeinsel.« Sie zwinkerte Fee aufmunternd zu.

»Urlaub wird das nicht«, sagte ihre Schwester verärgert.

»Das ist mir bewusst, aber ich muss Paul doch mit etwas locken, damit er mit Sylt einverstanden ist.« Lena senkte die Lider und massierte ihren kleinen Finger.

»Ich hatte ja keine Ahnung, dass du bei so etwas erst

Paul fragen musst, Schwesterherz. Das hört sich aber beneidenswert an.« Fees Stimme klang überspitzt ironisch. Abfällig rümpfte sie ihre sommersprossige Stupsnase.

Lena, die bisher versucht hatte zu lächeln, fielen die Mundwinkel herab. Fees Bemerkung traf ins Schwarze. Lena hatte diesen Gedanken bislang erfolgreich verdrängt. Früher hätte sie ihrer kleinen Schwester nie einen Wunsch abgeschlagen, schon gar nicht, wenn es ihr so wichtig war. Hatte das Leben mit Paul sie von ihm abhängig werden lassen, ohne dass sie es bemerkt hatte? Aber war es nicht der Sinn einer Liebesbeziehung, füreinander da zu sein und neue Situationen miteinander zu besprechen, um gemeinsam Lösungen aus dem Hut zu zaubern? In ihrer aktuellen Lage wäre tatsächlich Zauberei nötig. Leider verfügte Lena nicht über die übernatürlichen Kräfte, die sie hier gebraucht hätte. Sie räusperte sich.

»Fee, ich glaube, du hast keine Ahnung, wie so etwas läuft«, konterte sie, doch ihre Stimme klang brüchig. Weil sie sich selbst verlogen vorkam. Fee bestrich eine Brötchenhälfte mit Honig und reichte sie Lena mit einem gequälten Lächeln.

»Iss erst mal«, meinte sie sanft. »Dann besprechen wir alles Weitere. Ich kann mir nicht vorstellen, dass es dir gefiele, wenn unser Hof in fremde Hände kommen würde, habe ich recht?«

Lena brummte etwas Unverständliches, dann griff sie nach dem knusprigen Brötchen und biss hinein. Fee lächelte. Offenbar glaubte sie, ihre Schwester doch noch davon überzeugen zu können, für ein Jahr Landwirtin zu werden.

Wohlweislich sagte Lena nichts dazu. Stattdessen erkundigte sie sich kauend, wann ihr Flug nach Hamburg ging.

»Ich habe Matteo für siebzehn Uhr bestellt. Ich hoffe, das ist in Ordnung? Früher war kein Termin zu bekommen«, meinte Fee.

Lena nickte.

»Dann haben wir noch ein wenig Zeit zusammen«, erwiderte sie und gab sich gespielt heiter. Die Hoffnung, sich einig zu werden, hegte sie dennoch nicht.

Fees Lächeln fiel in sich ein. »Erspare mir deine Ironie«, knurrte sie. »Ich muss in den Stall.«

Ohne ein weiteres Wort lief sie hinaus zu den Tieren und ließ ihre Hälfte des Brötchens liegen.

Lena starrte ihr nach und blies sich eine Haarsträhne aus dem Gesicht. Sie räumte die Lebensmittel in den Kühlschrank zurück und stellte das Geschirr in die Spülmaschine. Als sie damit fertig war, begab sie sich nach draußen. Fee hatte ihr am Telefon erzählt, dass vier Pferde auf dem Hof eingezogen waren. Diese wollte Lena sich unbedingt anschauen.

Dann sah sie an sich herunter. Im Hosenanzug zu den Stallungen? Ach, warum denn nicht? Sie hatte nichts anderes dabei, und ihr fehlte die Lust, Fee nach Wechselklamotten zu fragen. Auf ein weiteres mit Spitzen gespicktes Gespräch verzichtete sie lieber.

Wie gut, dass sie in Westerland doch keinen Likör getrunken hatten. Sie brauchten jetzt beide einen klaren Kopf.

6
Auf den ersten Blick

Hufgeklapper ertönte aus den Boxen des Stalls hinter dem Wohngebäude. Neugierig schlich Lena durch die Klönschnacktür, die ihr Vater zu Lebzeiten so geliebt hatte. Obwohl Fee stets meinte, dass sie unpraktisch wäre. Ein wenig Nostalgie stieg in Lena beim Öffnen des Tors auf. Sie schloss die Augen. Der Geruch von Pferd, Leder und Stroh betörte ihre Sinne ebenso wie das Rauschen des Meeres.

Als sie die Augen wieder öffnete, stockte ihr Atem. Fee hatte vier prachtvolle Tiere gekauft. Zwei davon waren Westernpferde, Lena tippte auf Quarter Horse. Mit ihren großen weiß-braunen Flecken wirkten sie muskulös und wendig. In den anderen zwei Boxen schnaubten Hannoveraner mit gleicher Fellfarbe, nur ohne helle Flecken. Lena verweilte vor einer der Boxen, auf der Tür stand der Name des Pferdes geschrieben: Bella. Lena war gerührt. Sie hatte als Kind ein Pony mit diesem Namen gehabt, das sie über alles geliebt hatte. Sanft streichelte sie den Hals des Tieres.

»Na du ... Wie geht es dir?« Sie bekam ein Wiehern als Antwort und zuckte ob der Lautstärke zusammen. »Du bist ein wunderschönes Mädchen«, schmeichelte sie der Stute.

Dann wich sie erschrocken zurück, als sich eilige Schritte näherten.

»Ach, du bist hier?« Fee blieb neben ihr stehen. »Ich bin mit den Gänsen noch nicht fertig, würdest du die Pferde auf die hintere Hauskoppel bringen? Sonst treten sie mir gleich die Boxen entzwei.« Fee grinste. »Sie sind toll, nicht?«

Lena nickte versonnen. »Aber hast du denn genügend Zeit, um dich um sie zu kümmern?«

»Das geht schon, ich will Reitstunden erteilen und ...« Sie brach ab. »Ist jetzt ohnehin egal. Bringst du sie raus? Bella wird dir folgen, aber die drei anderen brauchen ein Halfter.« Ohne ein weiteres Wort wandte Fee sich ab und lief hinaus.

Lena schüttelte den Kopf. Wenn Fee verärgert war, hielt das über Stunden an. Doch jetzt bestand die Gefahr, dass ihre üble Stimmung ein Dauergast sein würde. Was zwar verständlich war, Lena aber auch unglaublich traurig stimmte.

Sie öffnete die Tür zu Bellas Box, streichelte liebevoll über ihre Nüstern und ging einige Schritte vor. Erfreut stellte sie fest, dass Bella ihr in der Tat folgte. Offenbar war sie ein gut ausgebildetes Westernpferd. Lena hatte vor Jahren die Grundbegriffe dieses Sports kennengelernt und war damals schon hellauf begeistert gewesen. Es fühlte sich gut an, als Bella ihr nun Schritt für Schritt hinterherging. Ein Glücksmoment überkam Lena. Abrupt blieb sie stehen, und Bella verharrte geduldig hinter ihr. Bis das Tier zärtlich den Kopf an ihrer Schulter rieb und leise schnaubte. Lena kicherte.

»Das kitzelt.« Albern zog sie das Kinn an ihre Brust. Etwas Wunderbares geschah in diesem Moment. Sie spürte förmlich, wie ihre Augen zu leuchten begannen, und ihr Herz hüpfte vor lauter Übermut. Die Nähe des Tieres beruhigte sich ihr angespanntes Nervenkostüm, und ein warmer Mantel der Geborgenheit legte sich über ihre Schultern.

Ein leises Stimmchen stieg in Lena auf: *Komm nach Hause.*

Ruckartig setzte sie ihren Weg fort. Vor Schreck darüber, was eben passiert war, verlor sie die Orientierung und ging erst zur falschen Wiese, weiter nördlich des Anwesens. Sie bemerkte ihren Fehler selbst und war schon im Begriff, umzukehren, da rief Fee ihr zu: »Nicht die, sondern die hinter dem Offenstall!«

Lena nickte eilig. Doch Bella zögerte plötzlich. Vermutlich hatte die Stimme ihrer Herrin sie abgelenkt. Lena schnalzte mit der Zunge und war erleichtert, als Bella ihr weiter folgte. Nachdem Lena das Gatter geöffnet hatte, machte sie einige Schritte auf die Weide hinaus. Dann drehte sie sich um und klopfte leicht auf den Hals des Tiers.

»Na los, hol dir die grünen Halme«, flüsterte sie zärtlich und gab den Weg frei. Sofort galoppierte Bella ausgelassen über die Wiese.

Lena lächelte glücklich. Eine Weile sah sie der Stute zu, dann marschierte sie hinüber zum Stall. Eine enorme Energie erfüllte sie. Lena hatte sich lange nicht mehr so leicht und gelöst gefühlt. Wenn da nur nicht die Sache mit dem Testament wäre ...

Die anderen Pferde führte sie einzeln am Halfter hinaus. Bei den Hannoveranern galt es zunächst, sich Respekt zu verschaffen. Beide stiegen und provozierten Lena mit lautem Wiehern. Doch sie ließ sich nicht beirren und übernahm die Führung zur Weide. Entschlossen verriegelte sie das Tor und beobachtete die Pferde, wie sie übermütig über die Koppel preschten. Dann begab sie sich mit einem Grinsen zurück in den Stall und mistete, ohne zu überlegen, die Boxen aus, um sie anschließend mit frischem Stroh einzustreuen.

Fee hatte sich die ganze Zeit nicht blicken lassen. Erst jetzt schaute sie über die Boxenbande.

»Ich hatte noch nie einen so schick gekleideten Stallburschen. Die Tiere sind bestimmt entzückt und werden nie wieder jemanden mit weniger Style in ihrer Nähe dulden.«

Lena folgte dem belustigten Blick ihrer Schwester und entdeckte Pferdemist an ihrem Hosenbein. Stroh hing an ihren Schuhen. Doch statt sich zu ärgern, lachte sie, und Fee stimmte darin ein. Zum ersten Mal seit dem Gespräch beim Notar lachten sie befreit und gelöst zusammen. Fee kullerten Lachtränen über die Wangen. Lena hielt sich den Bauch und schniefte.

»So kann ich unmöglich nach Hamburg fliegen«, meinte sie.

»Immer noch besser als in einer Hose aus meinem Schrank, die dir mindestens zehn Zentimeter zu kurz sein wird.« Fee lachte erneut auf bei der Vorstellung, ihre Schwester in Hochwasserhosen in die Hansestadt zu schicken.

»Es ist warm draußen, ich nehme gern eine sexy kurze Hose.« Lena grinste. Dann erinnerte sie sich daran, dass Fee nicht nur zehn Zentimeter kleiner war, sondern um die Hüften mit Größe sechsunddreißig auskam. Lena benötigte aber Konfektionsgröße achtunddreißig-vierzig. »Okay«, sagte sie schmollend. »Warum bist du so ein zartes Persönchen?«

Fee streckte ihr die Zunge heraus. »Aus mir ist eben etwas geworden.« Dabei tippte sie mit dem Zeigefinger an ihre Stirn. »Alles, was ich brauche, habe ich im Kopf und nicht in meinen langen Beinen.«

Lachend wich sie Lenas Hieb mit der flachen Hand aus.

»Du Biest«, sagte Lena und fiel in Fees Kichern mit ein.

»Ich glaube nicht, dass Matteo dich so in seine Hummel lässt«, kommentierte Fee. »Komm rein, ich finde unter Umständen doch etwas für dich.«

Lena zog die schmutzigen Klamotten im Stall aus, bevor sie das Haus betrat. In Fees Schlafzimmer durchstöberten sie deren Schrank.

»Ich denke, du magst keinen Mist und Dung und alles, was hier auf dem Hof anfällt«, meinte Fee. »Warum musstest du dich ausgerechnet ums Ausmisten kümmern?«

Lena ließ sich, nur in Unterwäsche bekleidet, auf dem Bett ihrer Schwester nieder. »Aber die Pferde waren das Einzige, was mich an der Landwirtschaft interessierte. Papa musste ja unbedingt die Ponys, inklusive meiner Bella, verkaufen. Ich habe ihm das nie verziehen.«

Fee wandte sich vom Schrank ab und sah Lena an. »Daran erinnere ich mich gar nicht.« Gedankenverloren presste sie die Lippen aufeinander. »Ich weiß nur noch, dass du ein Pony mit dem Namen Bella hattest.«

»Du warst damals zu klein. Du hast dich erst zwei Jahre später für den Hof begeistert. Zum allergrößten Glück unserer Eltern.«

»Dafür macht Papa es mir jetzt reichlich schwer.« Fee spuckte die Worte verächtlich aus.

Lena zuckte mit den Schultern. »Wir werden seine Beweggründe nicht mehr erfahren.«

Fee zerrte ein buntes Kleid unter ihrer Wäsche hervor. Ein Händchen für Ordnung im Kleiderschrank hatte sie nie besessen, dies hatte sich offensichtlich nicht geändert. Sie schüttelte das Kleid kraftvoll aus.

»Bisschen bügeln und du hast ein vortreffliches Outfit.«

Lena verzog den Mund. »Nicht dein Ernst, oder?«

Fee winkte ab. »Gebügelt sieht es perfekt aus. Dazu passen deine neuen Gummistiefel. Dann fragt dich keiner mehr, ob du noch alle Tassen im Stübchen hast. Besser wäre allerdings gewesen, wenn du die Stiefel bei der Stallarbeit angezogen hättest. In meine Schuhe kriege ich dich nicht rein.«

Fee lachte und warf sich neben Lena auf das Bett. Die Frauen fielen sich in die Arme.

Als sie sich wieder voneinander lösten, starrte Fee ihre Schwester flehend an.

»Bitte hilf mir«, flüsterte sie.

Lena schloss für einige Sekunden die Lider. Dann nickte

sie. »Mir wird schon etwas einfallen. Der Hof bleibt in der Familie.«

»Aber du ...«

Lena hob abwehrend die Hände. »Ich sagte, mir fällt etwas ein, dräng mich nicht.«

7
Hummel, Hummel

Das bunte Kleid entpuppte sich als eines ihrer Mutter. Fee hatte es nach deren Tod aufgehoben. Nachdem das Bügeleisen darüber geglitten war, sah es recht passabel an Lena aus. Fee spendierte ihr auch einen Gürtel, und fertig war das Landei von Sylt auf dem Weg in die große Stadt. Nur auf die Gummistiefel hatte Lena verzichtet. Sie säuberte ihre eigenen Schuhe und legte das Geschenk ihres Vaters in die Reisetasche.

Fee trieb sie zur Eile an. »Matteo wartet nicht, hat er gesagt.«

Erstaunt sah Lena ihre Schwester an. »Landet er denn nicht drüben auf der Wiese?«

»Was für eine Frage!« Fee schüttelte lachend den Kopf. »Auf gar keinen Fall. Die werde ich morgen in der Früh mähen, vorausgesetzt, der Wetterdienst hat unrecht mit seiner Regenprognose. Matteo wartet auf dem Flugplatz auf dich, und ich fahre dich dorthin.«

Lena visierte das alte Auto an und stöhnte. Hoffentlich blieb es auf dem Weg nicht liegen.

Umständlich verstaute sie ihre Habseligkeiten im Kofferraum und schlug die Heckklappe zu. Fee schlenderte währenddessen lässig und Kaugummi kauend um das Fahrzeug herum. »Was ist? Traust du meiner Karre nicht?«

»Doch, logisch. Lass uns endlich losfahren.«

Fee schaute ihre Schwester misstrauisch an. »Bist froh, hier wegzukommen, was?«

Lena zögerte.

»Ich ... freue mich auf Paul«, stammelte die sonst so selbstsichere Geschäftsfrau.

Fee sagte nichts dazu. Stattdessen warf sie sich in den durchgesessenen Sitz und drehte den Zündschlüssel um.

»Der Motor brummt wie 'ne Biene!«, rief sie begeistert. Lena nickte, ohne sie anzuschauen.

Die Fahrt dauerte etwa zehn Minuten. Lena genoss jede einzelne davon. Die Keitumer Landstraße führte sie an dem Ort Tinnum vorbei. Früher war sie oft mit ihrer besten Freundin durch den Tinnumer Ringwall gestrichen, eine acht Meter hohe ringförmige Wallanlage. Mit ihren Holzstegen, Gräsern und zahlreichen Wasservögeln eignete sie sich hervorragend, um Auszeiten für die Seele zu nehmen. Lena bedauerte, dass sie bei ihrem Besuch keine Gelegenheit gehabt hatte, wieder hierherzukommen.

Als ob Fee ihre Gedanken erraten hätte, meinte sie tröstend: »Das nächste Mal gehst du in den Ringwall.«

»Mal schauen«, flüsterte Lena. Es verunsicherte sie, dass ihre Heimat ihr Herz so tief berührte. Sie wollte in Hamburg leben, und daran würde sich nichts ändern ... Oder?

Matteo wartete gegen seine Hummel gelehnt auf Lena. Mit seinen braunen Augen sah er ihr aufmerksam entgegen. Dabei kaute er auf einem Grashalm herum. In seiner Fliegerkombi wirkte er für Lenas Geschmack etwas zu machohaft. Aber sie räumte im Stillen ein, dass er für manche Frauen sicher ein Leckerbissen war.

Er stieß sich vom Hubschrauber ab und schlenderte ihnen entgegen.

»Da bist du ja endlich. Ich bekomme schon Drohungen vom Tower, dass ich mich verkrümeln soll, aber ohne Passagier lohnt es sich nicht.« Er nahm Lena die Tasche ab und stutzte. »Nanu, da ist ja einiges an Gewicht drin. Wurde im Hause Hansen etwa Proviant für notleidende Managerinnen gepackt? Hoffentlich habe ich dadurch kein Übergewicht.« Er grinste über das ganze Gesicht.

»Lass deine blöden Kommentare«, mahnte Fee und blitzte ihn aus ihren grünen Katzenaugen drohend an. Dann wandte sie sich zu Lena um und gab ihr einen Kuss auf die Wange. Ihr dichter Wimpernrand war tränenfeucht. Lena drückte sie an sich.

»Wir finden eine Lösung«, hauchte sie. Sie beeilte sich, einzusteigen, denn sie fand es unerträglich, in die schimmernden Augen ihrer Schwester zu schauen.

Lena hatte ihren ersten Flug mit Matteo zwar gut überstanden, aber beim Start grummelte ihr Magen dennoch ganz schön. Sie zwang sich, nicht nach unten zu gucken, doch ihr Blick wollte trotzdem immer wieder aus dem Fenster gleiten. Auf dem Flugplatz entdeckte sie Fee. Sie stand mit flatternden Klamotten da, die Augen mit der rechten Hand vor dem Wind schützend, und sah dem Hubschrauber nach. Lena winkte ihr zu, obwohl sie ahnte, dass Fee es nicht sehen würde.

»Deine Schwester ist eine toughe Frau«, kommentierte Matteo. »Ich bewundere ihre Leistung auf dem Hof. Insbesondere seit euer Vater gestorben ist, ist sie nonstop im Einsatz, um den Betrieb voranzubringen.« Er flog eine Kurve über dem Hansen-Hof und sah Lena lächelnd an. »Hat Fee lange gezetert, weil wir auf der Wiese gelandet sind?«

»Nein, sie mäht morgen früh, es ist nichts passiert«, erwiderte Lena. Dann warf sie ihm einen beleidigten Blick zu. »Du hättest mir übrigens ruhig sagen können, dass ihr euch kennt.«

»Was wäre dann anders gewesen?«, fragte er belustigt.

Lena gestattete sich ein Grinsen. »Nichts, aber es war trotzdem falsch.«

»Wenn ich das richtig verstehe, ist dein Anteil am Hof heute auf Fee übergegangen?«

Lena zuckte die Schultern. »Nicht ganz. Unser Vater hat da so eine Klausel in sein Testament eingebaut.«

Der Pilot lachte heiser. »Das sieht ihm ähnlich.«

Lena starrte ihn an. »Du kanntest meinen Vater?«

»Nicht sehr gut. Ich habe ihn oft auf das Festland geflogen, wenn er seine Ärzte konsultierte.«

»Er hatte schon länger gesundheitliche Probleme?«

Nun war es an Matteo, mit den Schultern zu zucken.

Lena war verwirrt. Warum war dieser Mann besser über ihren Vater informiert als Fee und sie?

»Hübsches Kleid, übrigens.« Matteo grinste breit.

Lena war es unangenehm, auf ihre Kleidung angesprochen zu werden. Sie zog den Kopf ein und sagte nichts mehr. Matteo verzagte jedoch nicht, sondern lud sie kurzerhand zum Essen ein.

»Ich bin verlobt«, meinte Lena schnippisch.

Matteo hob abwehrend die Hände. »Ich wollte dich nicht heiraten, nur einen netten Abend verbringen. Du kannst deinen Verlobten gern mitnehmen. Der zahlt dann aber selbst.«

Lena schnappte nach Luft. »Wir sind sehr beschäftigt!«

Sie war erleichtert, dass der Sportflughafen in Hamburg in Sicht kam. Die Landung fiel aufgrund von Windböen holprig aus, und Lena hatte es eilig, auszusteigen. Die Tür entriegelte sich aber nicht. Ungeduldig zerrte sie daran.

Matteo schlenderte um die Hummel herum und öffnete schmunzelnd die Tür. Er bot ihr die Hand, um beim Aussteigen zu helfen. Kurz zögerte sie, dann nahm sie seine Hand in ihre. Die Berührung brannte sich durch ihre Adern. Als hätte sie sich verletzt, zog sie ihre Hand hastig zurück. Fast wäre sie gestürzt, wenn Matteo sie nicht aufgefangen und hochgehoben hätte.

»Hoppla, du bist heute aber stürmisch.« Sein Gesicht war dicht an ihrem, sein Atem streifte ihre Wange.

»Lass mich sofort runter!«, fauchte sie ihn an.

»Ungern, aber bitte schön.« Er ließ sie unsanft auf die Füße fallen. »War mir eine Ehre, dich zu retten.«

»Das ist mir aufgefallen. Danke«, zischte Lena und ergriff ihre Tasche. Möglichst aufrecht stapfte sie über die Landebahn zum Ausgang. Dabei spürte sie die Blicke des Piloten in ihrem Nacken.

8
Pauls Pläne

Mit einem Taxi ließ Lena sich zu ihrem Haus in Nienstedten fahren. Sie hatte sich für dieses Rotklinkerhaus im noblen Stadtteil entschieden, weil sie den Grünanlagen auf den ersten Blick verfallen war. Hier genoss sie mit Paul ihre wenige Freizeit in vollen Zügen. Paul bestand zwar nach wie vor darauf, seine Wohnung zu behalten, doch verbrachten sie ihre Zweisamkeit überwiegend in Nienstedten. Sie hoffte inständig, dass er schon da wäre. Sie brauchte ihn jetzt mehr denn je, um den Konflikt zu bewältigen, der sie seit der Testamentseröffnung beschäftigte.

Niemand konnte von ihr verlangen, ihr Leben in Hamburg aufzugeben. Wenn es auch nur für ein Jahr war. Gleichzeitig quälte sie der Gedanke, dass ihre Schwester keine Grundlage mehr haben würde, um ihre Existenz zu erhalten. Aber wieso sollte das Lenas Verantwortung sein? Hatte ihr Vater wirklich erwartet, dass sie ihren Job dafür aufgab?

Beim Betreten des Hauses war sie den Tränen nahe. Leider war Paul nicht da. Weder stand sein Auto vor der Tür, noch lagen seine Schuhe im Flur herum. Eine Angewohnheit, die er nicht zu ändern gedachte, ganz gleich, wie oft Lena sich darüber aufregte. Wenn sie ihn wieder zurechtwies, weil seine Treter mitten im Weg standen, lächelte er bloß. Das Einzige, was er je getan hatte, um die Stolpergefahr zu verringern, war, im Flur ein Warndreieck aufzustellen. Jetzt, wo er ihr fehlte, musste Lena selbst über seine Schlampereien lächeln. Waren sie doch ein Zeichen eines normalen Familienlebens, eine willkommene Zuflucht nach der anstrengenden Arbeit.

Sie schleuderte ihre Pumps von den Füßen, sie landeten achtlos in einer Ecke. Dabei löste sich etwas Stalldung von der Sohle. Offenbar hatte Lena sie doch nicht gründlich genug gesäubert. Für einen Moment beschlich sie eine Leichtigkeit, die sie verwunderte. Dann war da eben ein bisschen Dreck auf dem Dielenfußboden. Gleichgültig zuckte sie mit der Schulter. Sie hatte jetzt weiß Gott andere Probleme. Die Erinnerung an Bella verlangte ihr ein Lächeln ab.

Entschlossen wischte sie sich mit dem Handrücken die Tränen weg und holte ihr Handy hervor. Sie würde Paul anrufen und ihn herbitten. Ein früher Feierabend sollte sicher mal möglich sein. Lena suchte im Telefonverzeichnis Pauls Nummer heraus und drückte die Kurzwahltaste.

Paul strahlte sie vom Display ihres Handys aus an, braungebrannt und gut gelaunt. Ein Foto vom letzten Sommer in Italien. Inzwischen hatte seine Haut die gewohnte Blässe zurückgewonnen. Lange Sitzungen in Räumen ohne Tageslicht forderten eben ihren Tribut.

Er nahm sofort ab.

»Lena, welche Überraschung. Du bist schon zu Hause?« Lena hatte keine Ahnung, woher er wusste, dass sie von Sylt zurück war. Sie vermutete, dass er es einfach nur geraten hatte. »Das wurde aber auch Zeit, ich habe dich vermisst.« Seine Stimme klang sanft, und Lena kämpfte erneut mit den Tränen.

»Bitte komm nach Hause. Ich brauche deinen Rat.« Sie schluchzte auf.

Paul lachte am anderen Ende der Leitung. »Du ahnst ja nicht, wie sehr ich in Arbeit versinke. Sonst würdest du mich nicht darum bitten. Ich werde heute aber versuchen, etwas früher Schluss zu machen. Bis dann.«

Lena starrte auf ihr Handy. Paul hatte das Gespräch beendet. Offenbar hatte er nicht verstanden, in welcher Not sie sich befand. Sie hätte es ihm besser verdeutlichen müssen. Paul war nie gut darin gewesen, zwischen den Zeilen zu lesen.

Sie überlegte, in die Firma zu fahren und nach dem Rechten zu schauen, aber es war schon spät, und sie war erschöpft von der Reise und den Ereignissen auf der Insel. Sie würde mit einem Glas Wein auf Paul warten.

Das Wohnzimmer wirkte verlassen. Aufgeräumt erinnerte es an den Showroom in einem Einrichtungshaus. Die weißen Ledermöbel mit ihren bunten Sofakissen luden zum Ausruhen ein. Lena entzündete das Feuer im Kamin und hockte sich mit angezogenen Knien auf das Sofa. Gedankenverloren starrte sie in die Flammen. Die Stimme ihrer Schwester hallte in ihren Ohren wider. Je mehr sie an Fee dachte, umso trauriger wurde sie. Lena musste eine Lösung finden. Aber durfte sie den letzten Willen ihres Vaters missachten? Warum hatte er seinen Töchtern überhaupt solche Steine in den Weg gelegt? Er hatte doch gewusst, dass Lena nie gern auf dem Hof gearbeitet hatte. Einzige Ausnahme waren die Pferde gewesen, die ihr Vater ja weggegeben hatte.

Wenn Paul doch nur bald käme. Ob sie ihn erneut anrufen sollte? Es kribbelte in ihren Fingern, doch sie beließ es dabei, ihr Handy anzustarren.

Die Flasche Wein war halb leer, und Lena überfiel eine bleierne Müdigkeit. Sie stellte ihr Glas auf den kleinen Nebentisch und rollte sich wie eine Katze zusammen. In wenigen Sekunden schlief sie und träumte von einem Leben mit Pferden.

Lange nach Mitternacht erwachte sie mit schmerzenden Gliedern. Eine Wolldecke lag über ihren Körper gebreitet. Aufgeregt fuhr sie hoch. Paul war hier, aber er hatte sie nicht geweckt. So würde er nicht davonkommen! Lena strampelte sich frei von der Decke und stolperte schlaftrunken die Treppe ins Obergeschoss hinauf. Doch das Schlafzimmer war leer, das Bett sah unbenutzt aus. Verwirrt schaute sie sich um und ging dann wieder hinunter in Pauls Büro. Enttäuschung breitete sich in ihr aus, als er auch hier nicht zu finden war. Sie kehrte ins Wohnzimmer zurück und eilte zum Fenster, von dem aus sie die Hofeinfahrt sehen konnte. Sie entdeckte deutliche Reifenspuren. Doch Pauls Auto war weg. Das Garagentor stand weit offen, ohne seinen BMW.

Lena grübelte. War er etwa noch einmal weggefahren? Aber warum? Es war mitten in der Nacht.

Sie suchte ihr Handy und wählte Pauls Nummer. Fehlanzeige, er nahm nicht ab. Lenas Verzweiflung vermischte sich mit zunehmender Wut. Mit hängenden Schultern schlich sie die Treppe hoch und verkroch sich ins Bett. Die Decke bis über die Ohren gezogen, starrte sie in die Dunkelheit. Sie würde von Paul eine Erklärung verlangen. Einzig die Tatsache, dass er sie zugedeckt hatte, versöhnte sie ein wenig mit seinem Verhalten. Es war so untypisch für ihren Verlobten, dass er mitten in der Nacht noch mal ... ja, wohin fuhr? Ins Büro? Lena war verärgert. Sie hätte Paul so dringend gebraucht. Nach langen Grübeleien schlief sie endlich ein.

Am Morgen lag Paul neben ihr und schnarchte leise. Augenblicklich kehrte die Wut zurück, und Lena schubste ihn unsanft an.

»Aufwachen!«, rief sie entrüstet. Paul schlug verwirrt die Lider auf und sah sie mit seinen unwiderstehlichen blauen Augen an. Eine leichte Falte bildete sich auf seiner Stirn.

»Lena, was hast du? Stimmt etwas nicht? Habe ich zu laut geschnarcht?« Er stützte sich auf den Ellenbogen auf und schüttelte sich leicht.

»Wo warst du heute Nacht? Ich hab dich gesucht!«

»Ich war hier im Bett, du bist auf dem Sofa eingeschlafen.«

Lena schlug die Bettdecke beiseite und blinzelte ihn wütend an.

»Als ich wach wurde, warst du nicht im Haus.« Lena war nie eifersüchtig, aber sein Verschwinden fand sie seltsam.

Paul raufte sich die kurzen Haare. »Och Mensch«, brummte er genervt. »Ich hatte etwas im Büro vergessen und bin wieder rübergefahren. Eigentlich sollte es eine Überraschung für dich werden, zum Beweis, wie sehr ich mich über deine Rückkehr freue.«

Lena ließ besänftigt die Schultern sinken. »Oh. Ich ... Ich habe mich bloß so unglaublich allein gefühlt, weil ich mit dir einiges besprechen muss.«

Sie kuschelte sich dicht an Paul. Dabei atmete sie seinen Duft ein, schloss die Lider und schnurrte wie ein Kätzchen. Paul hielt sie fest und küsste sie liebevoll.

»Oh, wie ich dich vermisst habe ...« Seine Stimme an ihrem Ohr schickte ihr himmlische Schauder des Verlangens über den Körper. »Was ist denn so dringend, dass du mich aus meinem verdienten Schlaf holen musstest?« Er wartete jedoch nicht auf eine Antwort, sondern küsste sie weiter, bis hinunter zwischen ihre Brüste. Lena schob ihn etwas von sich.

»Es ist ernst, hör mir bitte zu«, bat sie ihn eindringlich und setzte sich auf.

»... und nun müssen wir nach einer Lösung suchen«, beendete sie ihren Bericht. Sie hoffte, Paul würde sofort auf ihren Vorschlag eingehen, den Hof zu kaufen.

Er starrte sie jedoch erst mal nur verständnislos an. Offenbar suchte er nach Worten und verschaffte sich durch ein Räuspern etwas Zeit.

»Fee wird sich eine andere Aufgabe suchen müssen. Du bist nicht in der Lage, ihr zu helfen«, sagte er schließlich.

»Aber *gemeinsam* sind wir doch in der Lage, oder?« Lena hielt die Luft an. Wenn Paul seine Unterstützung verweigerte, war ihre Schwester verloren.

Lenas Verlobter lachte leise und küsste sie auf die Stirn, dann rollte er sich aus dem Bett. Bevor er im Bad verschwand, sagte er bedauernd: »Ich habe in ein Projekt investiert, meine Kohle ist fürs Erste auf Eis gelegt. Was soll ich außerdem mit einem Bauernhof auf dieser gottverdammten Insel?«

Er lachte wieder, so laut, dass Lena sich die Hände schützend auf die Ohren legen wollte. Sie ertrug es nicht, ihn dermaßen gleichgültig zu erleben. Er sah ihre Reaktion, zuckte aber nur mit den Schultern.

»Fees Probleme können nicht die unseren werden. Dazu haben wir nicht das Geld und schon gar nicht die Zeit.«

Klack, die Tür zum Bad fiel hinter ihm ins Schloss. Lena schnappte nach Luft.

Sie hatte nicht mit Begeisterungsstürmen gerechnet, aber dass Paul so gar nicht bereit war, sie zu unterstützen, hatte sie nicht erwartet. Sie öffnete die Tür zum Bad einen kleinen Spaltbreit. »Ist das dein letztes Wort?«

»Zu diesem Thema? Ja.« Das Wasser aus dem Duschkopf prasselte bereits in die Wanne.

Lena schnaubte vor Wut. Warum behandelte er sie wie eine Idiotin? Sie schlug mit der flachen Hand gegen die Trennwand und rauschte aus dem Bad. Sie musste sich beruhigen, sonst wäre der ganze Tag ruiniert. Ihre Nerven schienen zu zittern. Lena begab sich ins Untergeschoss und stellte die Kaffeemaschine an. Kurz überlegte sie, ob ein Kamillentee nicht besser wäre. Doch sie trank jeden Morgen den schwarzen Wachmacher mit Paul und gedachte es auch an diesem Tag zu tun.

Sie sah auf die Uhr. Hatte sie noch genügend Zeit, um hier in der Küche vor sich hinzustarren und auf ihren Verlobten zu warten? Würde es überhaupt etwas bringen, weiter mit ihm zu diskutieren? Er schien entschlossen, den Kauf des Hansen-Hofes abzulehnen, ohne einen weiteren Gedanken daran zu verschwenden. Tränen brannten unter ihren Lidern, doch sie schluckte sie verärgert herunter. Weinen würde ihr nicht weiterhelfen.

Sie zuckte zusammen, als Paul die Küche betrat. Er pfiff unbekümmert eine Melodie, hauchte Lena einen Kuss auf die Stirn und befüllte seine Lieblingstasse mit Kaffee. Sein Aftershave schwängerte die Luft in dem kleinen Raum. Normalerweise liebte Lena es, wenn Paul zum morgendlichen Kaffeeplausch erschien. Doch heute Morgen war alles anders. Sie gab sich keine Mühe, ihren Ärger und ihre Anspannung zu verbergen. Er stutzte und musterte sie stirnrunzelnd. Offenbar war er überrascht, dass sie mit dem Thema nicht so schnell abgeschlossen hatte wie er. Dann hellte sich sein Gesicht jedoch auf.

»Du sagtest, dass ihr vier Wochen Bedenkzeit habt, oder?«, fragte er. Lena nickte leicht. »Das ist doch die Lösung!«, frohlockte er. »Ein Monat Sylt wird dich davon überzeugen, dass diese Bedingung im Testament eine Schnapsidee ist. Probier es einfach aus, anstatt dich mit Schuldgefühlen zu quälen.«

Lena sah ihren Verlobten erstaunt an. »Du meinst, ich soll nach Sylt fahren und vier Wochen dortbleiben? Aber was wird aus unserer Verlobungsfeier?«

Paul grinste.

»Aufgeschoben ist nicht aufgehoben. Wir holen das in zwei Monaten nach. Dann ist der Stallgeruch verflogen, und wir feiern, dass die Wände wackeln.« Pauls Grinsen wurde breiter.

Lena beugte sich zu ihm vor. »Ist das dein Ernst?«

»Klar, warum denn nicht? Es ist mir lieber, du vergewisserst dich, was du willst, als dass du hier mit sauertöpfischer Miene herumläufst und dich fragst, was wäre wenn.«

»Aber ich kann und möchte meine Arbeit nicht aufgeben, auch nicht für einige Wochen. Ich dachte, du weißt das.« Lena schnürte sich der Hals zu. Was passierte hier gerade?

Lächelnd nahm Paul sie in die Arme. »Liebes, ich möchte, dass du ohne Reue in unsere Ehe gehst. Du solltest später weder dir noch mir Vorwürfe machen, dass wir Fee nicht helfen konnten oder es zumindest nicht versucht hätten.«

Lena schmiegte ihre Wange an Pauls. Sie sog seinen Duft ein und schloss die Augen. Auf einmal war sie dankbar, einen derart umsichtigen Mann an ihrer Seite zu haben. Schmunzelnd sah sie zu ihm hoch.

»Du bist ein halbwegs schlauer Kerl.« Sie war erleichtert, dass der Tag nicht mit Streit begann. »Ich versuche, mit den Chefs zu sprechen. Wer weiß, vielleicht tut mir eine Auszeit doch ganz gut.«

Lena gefiel die Idee immer besser. So konnte Fee nicht behaupten, dass sie es nicht zumindest versucht hätte. Wenn sie ehrlich zu sich selbst war, wuchs ihr die Arbeit in der Firma gerade über den Kopf. Wie immer fand Paul für alles eine Lösung, und dafür liebte sie ihn nur noch mehr.

»Aber du kommst mich besuchen?«, fragte sie.

Er warf den Kopf in den Nacken und lachte heiser. »Wenn die Arbeit es ermöglicht, werde ich es einrichten. Aber verlange nicht, dass ich dir im Stall helfe.«

Lena schüttelte heftig den Kopf. »Nein, nein, du erholst dich, und ich verwöhne meinen Schatz.«

»Versprich besser nichts, was du nicht halten kannst. Ich weiß ja, wie wenig Freizeit auf so einem Hof bleibt.«

Lena überlegte, sofort ihre Schwester anzurufen. Den Gedanken verwarf sie aber schnell. Wenn es nicht gelang, den Vorstand davon zu überzeugen, Lena vier Wochen freizugeben, wäre Fees Enttäuschung zu groß. Lena durfte und wollte ihrer Schwester nicht noch einmal jede Hoffnung rauben. Sie mochte gar nicht daran denken, wie verzweifelt Fee momentan sein musste. Gedanklich schimpfte sie mit ihrem Vater. Warum hatte er seinen Töchtern das angetan?

Paul verließ nach dem Kaffeetrinken das Haus, ohne noch einmal die angekündigte Überraschung zu erwähnen.

9
Die Entscheidung

Lena hatte für dieses Gespräch darauf verzichtet, ihre Haare hochzustecken. Stattdessen fielen sie in leichten Wellen über ihre Schultern. Dadurch wirkte sie sehr weiblich, was sie für gewöhnlich vermied. Ein ihrer Meinung nach wichtiger Faktor, um als Führungskraft vor männlichen Mitarbeitern zu bestehen. An diesem Tag setzte sie dagegen darauf, ihre Verletzlichkeit sichtbar zu machen. Denn sie *war* verletzlich, wenn es um ihre Schwester ging.

Sie hatte sich in Absprache mit Paul dazu entschieden, für einen Monat aus dem Betrieb auszusteigen. Dies fiel ihr nicht leicht, weil sie nicht wusste, wie es sein würde, danach an ihren Arbeitsplatz zurückzukehren. Lena sprach mit Dr. Wellenkamp darüber, von der Belegschaft spöttisch ›die Welle‹ genannt. Dies verdankte sich nicht seiner Frisur, denn er hatte eine Glatze, sondern der Angewohnheit, wie eine Sturmflut durch die Produktionshallen zu rasen, wenn ihm etwas nicht passte. Er kratzte sein Doppelkinn und ließ Lena nicht aus den Augen.

»Sie sind sich sicher, die richtige Entscheidung getroffen zu haben? Ihnen muss doch klar sein, dass es genügend Mitarbeiter gibt, die während Ihrer Abwesenheit kräftig an Ihrem Stuhl sägen werden.«

»Ich bin mir sicher, dass niemand etwas finden wird, um mir daraus einen Strick zu drehen. Meine Akten sind in Ordnung, und ich habe nichts zu verbergen.« Lena hielt ihren Oberkörper aufrecht. Dabei sah sie ihrem Chef direkt in die Augen. »Bitte glauben Sie mir, ich habe lange überlegt.

Ich liebe meinen Job und werde das alles hier schmerzlich vermissen.« Sie breitete die Arme aus und umschloss mit der Geste die gesamte Firma. »Zumal ich mitten in der Planung des neuen Fitnessstudios stecke. Ich fürchte, das muss Klemens Sauer übernehmen.«

Dr. Wellenkamp schnaubte verächtlich. »Sie glauben doch nicht im Ernst, dass ich dieser Schnapsnase die Prokura übergebe, wenn auch nur kommissarisch?«

Lena blinzelte überrascht. »Schnapsnase? Wer behauptet denn so was?«

»Mädchen, selbst ein Blinder sieht das. Sagen Sie nicht, das ist Ihnen entgangen?«

Lena sprang vom Sessel auf. »So ein Unsinn! Er kommt morgens schwer in die Gänge, aber wenn es drauf ankommt, ist er voll und ganz bei der Sache.«

»Sagen Sie nicht immer, der frühe Vogel fängt den Wurm? Nein, nein, ich werde Ihre Aufgaben in die Hände Ihrer Sekretärin Betty Thoms geben. Sie weiß über alles bestens Bescheid und ist zudem überaus zuverlässig.«

Lena sank auf den Sessel zurück. Betty also. Lena war nicht so überzeugt wie Dr. Wellenkamp, aber erklärte sich zum Ende des Gesprächs damit einverstanden. Ihr blieb nichts anderes übrig, wenn sie ihrer Schwester auf Sylt zur Hand gehen wollte. Vier Wochen würden schnell vorübergehen. Es war zwar fraglich, ob danach eine Lösung gefunden werden würde, aber sie hätte sich dann nichts mehr vorzuwerfen. Und wozu war sie von Natur aus ein Organisationstalent? Nicht umsonst hieß es, sie sei die Tochter ihrer Mutter, die in brenzligen Situationen immer einen kühlen Kopf bewahrt hatte.

Unvermittelt überkamen Lena jedoch Zweifel, ob sie der Sache gewachsen war. Sie fürchtete sich plötzlich vor den Aufgaben, die sie auf Sylt erwarteten. Half sie Fee damit wirklich? Und würde Paul sein Versprechen halten und sie auf der Insel besuchen? Er mochte Sylt nicht und hatte überdies reichlich Arbeit auf seinem Schreibtisch. Lena war immer noch etwas verwundert, wie schnell er damit einverstanden gewesen war, dass sie für längere Zeit aus Hamburg verschwand. Eine Mischung aus Unsicherheit und ... ja, Eifersucht schlich sich in ihre Gedanken. Was, wenn er ...? Unmöglich, dazu arbeitete er zu viel.

Dr. Wellenkamp riss sie aus ihren Sorgen zurück ins Gespräch. »Frau Hansen? Ist alles in Ordnung mit Ihnen?«

Lena schüttelte das Kopfkino ab. Sie lächelte. »Danke, Herr Dr. Wellenkamp, für Ihre Unterstützung. Ich bin sehr erleichtert.«

Wellenkamp hob den Zeigefinger. »Meine Bedingung ist: Nach den vier Wochen sind Sie wieder im vollen Einsatz und holen mir die Verträge für die Einkaufspassage im Industriegebiet, das im nächsten Jahr geplant ist.«

Lena strahlte. »Ich wüsste nicht, was ich lieber täte. Der Drops ist in wenigen Tagen gelutscht, sobald ich wieder vor Ort bin.«

»Ich baue auf Sie, bitte enttäuschen Sie mich nicht.«

»Das habe ich nicht vor«, erwiderte sie fest. Sie stand auf und reichte Dr. Wellenkamp die Hand zum Abschied. »In drei Tagen reise ich ab. Bis bald.«

»Hoffentlich«, brummte der Chef. Dann hellte sich sein Gesicht auf. »Hören Sie sich doch mal um, ob auf der verdammten Insel Grundstücke zu erwerben sind.«

Lena wandte sich erstaunt um. »Ich bin zwar kein Makler, aber ich werde die Ohren offenhalten.«

Sie zog die Tür hinter sich zu und atmete tief durch, an den Türrahmen gelehnt. Es war nicht zu fassen, aber sie freute sich auf die Insel. Fee hatte sie von ihrem Vorhaben noch nichts verraten. Lena wollte sie überraschen, indem sie unverhofft auf dem Hof vorfuhr. Sie grinste bei der Vorstellung, wie ihre Schwester reagieren würde.

10
Gemischte Gefühle

Der letzte Tag im Büro vor ihrer Abreise schleppte sich dahin. Mit gerunzelter Stirn beobachtete Lena, wie Betty eifrig ihren Schreibtisch in Besitz nahm. Mit leuchtenden Augen strich die Sekretärin über das glänzende Möbelstück aus edler Eiche. Vorsichtig schob Betty den Bilderrahmen mit einem Foto von Paul zur Seite und platzierte das ihrer Mutter davor. Bevor Pauls Foto über den Rand des Tisches stürzen konnte, schnappte Lena es sich und verstaute es sicher in ihrer großen Handtasche.

»Hach«, meinte Betty verträumt, »es ist recht gemütlich hier.«

Lena schluckte trocken. »Gemütlich wird es in den nächsten Wochen nicht werden, es wartet jede Menge Arbeit auf dich.«

Betty schlug ihre himmelblauen Augen nieder.

»Aber Lena, das weiß ich natürlich. Gewiss werde ich mir hin und wieder eine Auszeit gönnen. Schließlich bin ich nicht so verrückt nach Stress wie du.« Betty kicherte. »Aber den hast du ja demnächst auf dem Bauernhof deiner Schwester. Ich kann mir bildlich vorstellen, wie du mit der Mistkarre um die Ecke saust.« Sie hörte nicht auf zu feixen.

Lena trat lieber den Rückzug an. »Bis bald dann, Betty, und pass auf, dass *du* die Karre nicht in den Dreck fährst.«

»Keine Sorge«, trällerte die übereifrige Vertretungskraft hinter Lena her.

Draußen vor der Tür verdrehte Lena genervt die Augen. Seit wann war Betty dermaßen opportunistisch? Lena beschloss, nicht weiter darüber nachzudenken. Erhobenen Hauptes schritt sie auf die Straße und atmete durch.

Sylt, ich komme.

Am Abend zuvor hatte sie ihre Koffer gepackt und wartete nun sehnsüchtig auf Paul. Die Gummistiefel legte sie auf eine der Reisetaschen und schmunzelte.

»Alter Gauner«, raunte sie ihrem verstorbenen Vater zu. Er hatte zumindest einen Teil seines letzten Willens durchgesetzt.

Lena reckte sich, um die Einfahrt besser überblicken zu können. Es dämmerte, doch Paul ließ auf sich warten. Dann beleuchtete endlich ein Lichtkegel die Auffahrt. Lena freute sich, sie hatte einen romantischen Abend geplant, wenn es schon für eine Weile der letzte sein sollte. Sie trug ein fast durchsichtiges Hauskleid, das sanft ihre Haut umschmeichelte. Geschickt köpfte sie eine Flasche Schampus und befüllte die Gläser. Danach zündete sie Kerzen an und dimmte das Licht. Leise Musik spielte im Hintergrund, und das Kaminfeuer knisterte geheimnisvoll. Lenas Herz klopfte erwartungsvoll, und ihr Atem beschleunigte sich. Ja, sie liebte diesen Mann und wollte ihn vor ihrer Abreise spüren.

Als Paul verwundert in der Diele erschien, sah er müde aus, aber Lenas Anblick ließ dieses verlangende Glitzern in seine Augen treten. Lena wusste, dass er ihr nicht widerstehen konnte. Weder Arbeit noch Termine oder sonst irgendetwas würde ihn davon abhalten, Lena auf Händen zu tragen und ihr den Himmel auf Erden zu bereiten.

Seufzend schmiegte Lena ihren Körper an seinen. Sie zerrte an Pauls Sakko. Sofort streifte er es ab, nahm Lena hoch und trug sie vor den Kamin. Der Stoff ihres Kleides glitt über ihren Busen. Sie stöhnte auf, als Pauls Hände über ihre Haut wanderten. Die leidenschaftlichen Küsse ließen die Welt draußen vor der Tür verschwinden, dieser Moment gehörte nur den Liebenden. Paul nahm Lenas Gesicht in beide Hände.

»Liebes, ich kann dich nicht gehen lassen. Du bist heiß wie ein Vulkan, was soll ich ohne dich nur anfangen?«

Lena kicherte wie ein Backfisch.

»Mitkommen«, befahl sie und zog ihn zärtlich zu sich. Tief miteinander verbunden liebten sie sich noch einmal, bis sie erschöpft vor dem knisternden Feuer des Kamins einschliefen.

Lena fröstelte. Die Flammen im Kamin waren erloschen und … der Platz neben ihr war leer. Leicht zitternd lief sie ins Obergeschoss und suchte Paul. Sie hörte die Dusche rauschen. Aha, er war im Bad, um sich für die Arbeit fertig zu machen. Sie hatte sein Sakko mit nach oben getragen und hängte es auf einen Kleiderbügel. Sanft strich sie über den weichen Stoff, schloss die Augen und inhalierte Pauls Duft.

»Ich werde dich so vermissen«, flüsterte sie. Seufzend wandte sie sich ab. Dann zuckte sie zusammen, denn sie hatte nicht bemerkt, dass Paul hinter sie getreten war.

»Ich werde dich auch vermissen«, raunte er an ihrem Ohr. »Aber du wirst schon sehen: Schneller als du dich denkst, liegst du wieder neben mir im Bett.«

Lena schluckte die aufkommenden Tränen herunter. Sie kuschelte sich in Pauls Arme und nickte. »Ja«, hauchte sie, »dann wird uns so leicht nichts mehr auseinanderbringen.«

Die beiden lachten ausgelassen, neckten sich liebevoll und beeilten sich, in die Küche zu gelangen, um dort gemeinsam ihren morgendlichen Kaffee zu genießen. Lena hielt ihren Becher in beiden Händen.

»Wir sind schon zwei Abhängige«, murmelte Paul. Es war nicht klar, ob er den Kaffee meinte oder sie beide als

Paar. Trotzdem stimmte Lena ihm zu. Dabei sah sie nachdenklich aus dem Küchenfenster.

»Hey Kleines, nicht traurig sein. Immerhin hast du diese Entscheidung selbst getroffen«, erinnerte Paul sie zärtlich.

»Fee wird sich freuen, und das ist mir wichtig«, erwiderte Lena.

Paul hatte es urplötzlich eilig. Er kippte den letzten Rest aus seinem Becher herunter, gab Lena einen innigen Kuss und verließ mit großen Schritten das Haus, ohne sie noch mal anzusehen. Die Haustür fiel lauter als sonst ins Schloss. Lena zuckte zusammen, dann starrte sie für einige Sekunden ins Leere.

»Okay«, meinte sie leise, »tschüss, Paul.«

Nachdem sie die Küche aufgeräumt hatte, verstaute sie ihre Koffer und die Reisetasche im Auto, strich noch einmal durch alle Räume und zog die Tür hinter sich zu. Lenas weißer Audi war vollgetankt. Gegen Mittag hatte sie einen Platz auf dem Autozug gebucht. So wollte sie auf der Insel unabhängig bleiben und sich nicht auf Fees Klapperkiste verlassen müssen.

11
Die Insel

Lena hatte die Seitenfenster ihres Autos heruntergelassen und genoss die herbe Luft der Nordsee, solange die Bahn über den Hindenburgdamm ratterte. Das Radio hatte sie ausgestellt und ließ sich vom Wind und den Geräuschen des Zuges einlullen. Ihre Beine ruhten auf dem Armaturenbrett. Gleichzeitig versuchte sie ihre Haare zu bändigen, die wild um ihren Kopf wehten.

Im Norden erstreckte sich das nordfriesische Wattenmeer. Ein Naturschutzgebiet mit einem eigentümlichen Flair, das jedes Jahr, ob Sommer oder Winter, zahlreiche Touristen auf die Insel lockte. Leider machten die daraus resultierenden hohen Grundstückspreise Wohnungen unerschwinglich für Normalverdiener, und so mussten die meisten jungen Einheimischen auf das Festland ziehen. Fee hatte viel Glück mit dem Hof. Sie musste sich keine Sorgen darum machen, ihre Heimat aufgrund von finanziellen Schwierigkeiten zu verlassen.

Zumindest bisher nicht. Lena setzte sich bei dem Gedanken auf, die gute Laune verflog. Sie durfte ihrer Schwester diese Sicherheit nicht nehmen. Aber wie konnte sie ihr nur helfen? Ein Jahr auf der Insel bleiben? Unmöglich. War es doch schon fraglich, ob sie die vier Wochen ohne Paul aushielt. Abgesehen davon wollten sie und Paul bald heiraten. Lena war immer noch etwas erstaunt darüber, dass er damit einverstanden gewesen war, die Verlobungsfeier zu verschieben. Sie lächelte versonnen. Er liebte sie eben und wusste, wie wichtig es für sie war, Fee zu helfen.

Lena hielt ihre Nase in den Wind. Die Nordseeluft rief Kindheitserinnerungen hervor, die sie fast vergessen hatte. Sie war als Kind oft mit den Wattführern übers Watt gewandert. Dabei hatte sie nicht nur alles über ihre Insel gelernt, sondern war auch vielen Menschen begegnet, die bis heute fest in ihrem Herzen verankert waren. Auch wenn sie die Kontakte nicht aufrechterhalten hatte, musste Lena jetzt an sie denken.

Sie schaute auf, als die Bremsen laut quietschten. Der Zug fuhr Hörnum an. Nicht mehr lange, dann wäre für sie die Fahrt mit dem Autozug beendet, und sie könnte wieder selbst die Führung ihres Fahrzeugs übernehmen.

Lenas Herz klopfte vor Aufregung. Sie war gespannt, wie Fee reagieren würde. Ob Bella sie wiedererkennen würde? Dieses bezaubernde Pferd hatte Lena in seinen Bann gezogen, und sie hoffte darauf, mit ihm einen Ausritt unternehmen zu können. Sie hegte zwar leichte Zweifel, ob sie noch immer einigermaßen sattelfest war, aber sie würde es versuchen. Es waren einige Jahre vergangen, seit sie zuletzt auf einem Pferd gesessen hatte. Aber ihr Vater würde sagen: ›So etwas verlernt man nicht.‹

Mit einem lauten Ruckeln stoppte der Zug in Westerland. Lena legte den Sicherheitsgurt an und wartete ungeduldig auf das Zeichen, dass sie vom Zug hinunterfahren durfte. Endlich rollte sie in ihrem Luxusschlitten auf die Insel. Am Bahnhof herrschte wie immer reges Treiben. Lena war froh, als sie die Fahrbahn erreicht hatte. Sie bog links ab, Richtung Keitum. Fußgänger überquerten die Straße, ohne auf den Verkehr zu achten. Lena musste sich beim Fahren sehr konzentrieren.

Auf einmal entdeckte sie am Straßenrand Matteo. Ein sanftes Kribbeln durchlief ihren Körper, und Lena haderte mit sich selbst. Warum brachte er sie selbst von Weitem aus der Fassung? Sie starrte stur auf den Fahrweg und achtete darauf, nicht zu ihm hinüberzuschauen.

Als sie auf seiner Höhe war, legte sie jedoch einen falschen Gang ein, und ihr Auto hüpfte, als wären Kängurus in ihrem Tank. Damit hatte sie genau das Gegenteil von dem erreicht, was sie wollte. Matteos Aufmerksamkeit war geweckt. Lena ärgerte sich über sein unverschämtes, selbstgefälliges Grinsen. Jetzt winkte er ihr auch noch zu und gab Zeichen, anzuhalten.

»Pah, ich sehe ihn nicht. Was der sich wieder einbildet«, murmelte sie und gab Gas. Zum Glück war die Fahrbahn frei geworden. Die Touristen hatten sich auf den Bürgersteig zurückgezogen.

Dort gehören sie schließlich auch hin.

In Keitum angekommen, fuhr sie langsam durch den Ort. Das bezaubernde Friesendorf erweckte sofort Heimatgefühle. Die Friesenhäuser mit ihren liebevoll gepflegten Gärten ließen ihr Herz höherschlagen. Lena liebte die Steinwälle, die mit Stock- und Buschrosen bepflanzt waren. Die imposanten mit Reet gedeckten Dächer dominierten den Ort, der stark an die damaligen Fischerdörfer erinnerte. Wer hier wohnte, hatte ein Vermögen auf dem Konto.

Sie lenkte den Wagen an der mittelalterlichen St.-Severin-Kirche vorbei. Dort, wo alle Familienfeiern der Hansens abgehalten worden waren. Ihre Eltern hatten hier geheiratet, und die Schwestern waren in dieser Kirche getauft worden. Hier hatten ihre Eltern die letzte Ruhe gefunden. Lena seufzte. An diesem vertrauten Ort, mit dem Friedhof am Meer, wäre sie liebend gern mit Paul in den Hafen der Ehe geschippert. Doch Paul war das historische Gotteshaus nicht gut genug. Außerdem hielt er nichts von Religion und bevorzugte eine Trauung im Standesamt der Hamburger HafenCity. Lena stattete dem Grab ihrer Eltern einen kurzen Besuch ab, ehe sie ihren Weg fortsetzte.

Keitum beherbergte die nördlichsten Weinberge Deutschlands, und ihre Erträge stiegen von Jahr zu Jahr. Als Teenager hatte Lena oft und gern bei der Weinlese geholfen. Dabei waren die leckeren Trauben wie von selbst in ihren Mund gewandert. Lena lächelte. Es war nicht selten vorgekommen, dass sie mit Bauchschmerzen nach Hause zurückgekehrt war, weil sie jede Menge Früchte gegessen hatte.

Als sie in die Bahnhofstraße einbog, sah sie schon den Hof ihrer Schwester. Lenas Herz hüpfte vor Freude. Was Fee wohl sagen würde, wenn ihre Schwester vorfuhr und ihr mitteilte, dass sie fürs Erste bliebe?

Voller Vorfreude stellte Lena den Wagen ab und lief zum Hauseingang. Sie sah sich suchend um. Doch Fees Auto stand nicht im Schuppen. Wo konnte sie nur sein? Besorgt hob Lena ihren Blick zum Himmel. Zogen da etwa dunkle Wolken auf?

12
Herzklopfen

Fee hatte es sich zur Aufgabe gemacht, den Deutschen Riesen einzufangen. Das war gar nicht so leicht, denn offenbar hatte Karl der Große, so hatte sie das Langohr genannt, eine Ahnung, was ihm bevorstand. Neben dem Gehege hatte Fee eine Transportbox bereitgestellt, doch das widerspenstige Vieh dachte nicht daran, sich einsperren zu lassen. Langsam wurde ihr heiß, obwohl der Himmel heute voller Wolken war, die zäh am Horizont verharrten. Ein letzter Versuch gelang dann endlich. Das Kaninchen zappelte wie wild, doch Fee hatte es fest im Griff und schob es vorsichtig, aber bestimmt in die Box.

»Puh, das wäre geschafft.« Sie stöhnte. Nun durfte sich Hauke um den Riesen kümmern. Wobei Fee auch nichts dagegen gehabt hätte, wenn er ihr eine gewisse Aufmerksamkeit schenkte. Was der grundlegende Sinn und Zweck dieser Aktion war.

Sie hatte am Abend zuvor die Impfpässe ihrer Kaninchen hervorgeholt und zufrieden festgestellt, dass beim Riesen eine Impfung anstand. Der perfekte Grund, um Hauke einen Besuch abzustatten. Dafür trug Fee eine hautenge Jeans, dazu ein rotes T-Shirt. Die dunkelblonden Haare hatte sie zu einem Zopf zusammengebunden. Für gewöhnlich verzichtete sie auf Make-up, aber heute hatte sie ein wenig Farbe aufgetragen. So wirkten ihre Wimpern um ihre katzengrünen Augen noch länger. Das dezente Rouge auf ihren Wangen verlieh ihr eine gewisse Frische.

Hauke Bogners Praxis befand sich in Rantum, dem

schmalsten Abschnitt der Insel. Bloß sechshundert Meter lagen hier zwischen der wilden Westküste und dem ruhigeren Wattenmeer. Fee stellte sich vor, wie Hauke und sie über den sieben Meter langen Sandstrand spazierten, Hand in Hand. Dann schüttelte sie den Gedanken entschlossen ab.

Träum nicht so viel, Fee Hansen.

Sie hatte ja nicht mal eine Ahnung, ob er in festen Händen war. Viel wusste sie nicht über Hauke, außer dass er ein Zugereister war, wie die Insulaner Bewohner nannten, die nicht hier geboren waren. Die ältere Generation der Sylter kannte da keine Gnade. Ein Fremder blieb ein Fremder, und wenn er Jahrzehnte auf der Insel lebte.

Karl der Große klopfte mit dem Hinterbein gegen seine Box. Ein deutliches Zeichen dafür, dass er gestresst oder wütend war.

»Ja, wir sind gleich da, nur keinen Aufstand üben, Karlchen«, rief Fee ihm aufmunternd zu.

Sie bog in die Hafenstraße ein. Hier vermengten sich betörender Kaffeeduft und die Seeluft. Die Tierarztpraxis befand sich unweit der Kaffeerösterei. Fee stieg aus und eilte zum Kofferraum, um Karl samt Box herauszuholen. Sie trug den Transportkorb vor ihrem Bauch. Er war etwas unhandlich, sodass ihre Schenkel dauernd mit der Box kollidierten.

Am Empfang wurde sie von Stella begrüßt.

»Ach, Fee, wie schön, dass wir uns mal wieder sehen.« Sie stutzte kurz, warf einen Blick auf die Anmeldung und zwinkerte Fee zu. »Nur eine Impfung, zum Glück nichts Ernstes.«

»Ja, ja, Karl geht es prächtig. Du hättest ihn mal sehen sollen, wie er sich dagegen gewehrt hat, sich in diese Box schieben zu lassen.« Fee lachte und hielt demonstrativ den Transportkorb hoch.

»Alter Schlawiner«, erwiderte Stella schmunzelnd. »Wir sollten mal wieder um die Häuser ziehen. Was meinst du, am Wochenende in die *Sansibar*?«

»Ich überleg es mir«, antwortete Fee zögernd. Als sie das letzte Mal mit Stella ausgegangen war, hatte sich ihre alte Schulfreundin völlig betrunken und Fee die gesamte Rechnung übernehmen müssen. Ebenso die Fahrt mit dem Taxi, das Stella nach List befördert hatte. Der Fahrer hatte die Zahlung per Vorkasse verlangt, weil Fees Freundin eingeschlafen war, sobald sie auf den Rücksitz gefallen war.

»Ich würde mich auf jeden Fall freuen«, meinte Stella und rieb sich vor Übermut die Hände.

»Welcher Behandlungsraum ist frei?«, lenkte Fee die Aufmerksamkeit auf den Grund ihres Kommens. Stella verzog das Gesicht. Es war deutlich, dass ihr der Themenwechsel nicht passte.

»Die Vier wäre verfügbar.« Stella ging vor und führte Fee hinein. »Frau Dr. Seiler ist sofort bei dir.«

Die Sprechstundenhelferin war schon im Begriff, die Tür zu schließen, da rief Fee sie zurück: »Wer ist denn Dr. Seiler, ist Hauke heute nicht da?«

»Hauke hat eine Assistentin eingestellt, er hat derzeit keinen Dienst. Möchtest du lieber ein anderes Mal …?«

Fee seufzte. Auch das noch. Es würde doch zu sehr auffallen, wenn sie die Behandlung durch die neue Ärztin ablehnte. Maulig stimmte sie zu, dass Frau Dr. Seiler ihren Karl impfte.

Verdammter Mist.

Damit hatte Fee nicht gerechnet. Sie hatte ihren gesamten Mut aufbringen müssen, um in die Tierarztpraxis zu fahren. Mit dem festen Vorsatz, Hauke um ein Date zu bitten.

Es machte sie fast wahnsinnig, an ihn zu denken. Lena hatte sich verlobt, da wollte Fee zumindest ein Date präsentieren können. Wenn sie schon bald ihren Hof aufgeben müsste, wäre ein Mann wie Hauke an ihrer Seite zumindest tröstlich gewesen. Fee gehörte nicht zu den Frauen, die einen Mann brauchten, um eine sichere Zukunft in Aussicht zu haben. Aber etwas fürs Herz war doch nie verkehrt. Zumal ihr Herz in den lautesten Tönen klopfte, sobald Hauke in ihrer Nähe war oder in ihrem Kopf herumgeisterte.

Die Impfung dauerte nur wenige Minuten. Fee war schneller wieder vor der Tür, als ihr lieb war. Ein kurzer Gesundheitscheck, gefolgt von der Impfung, schon lag das Kaninchen wieder schlummernd in seiner Box. Bestimmt war der arme Kerl froh, dem Ganzen zu entkommen. Fee stellte seinen Transportkorb vorsichtig in den Kofferraum und überlegte, was sie nun mit sich anfangen sollte. Der Himmel schien trotz dichter Wolken nicht zum Regnen aufgelegt zu sein. Fee entschloss sich, einen Spaziergang um das Rantumbecken zu unternehmen. Karl der Große hatte es gut in seiner Behausung, also ließ sie ihr Auto stehen und wanderte zum kleinen Deich mit dem Schotterweg, um das Vogelschutzgebiet zu erkunden.

Fee liebte die Artenvielfalt des Sees. Sie schlenderte, einigermaßen mit dem Tag versöhnt, zwischen Dünen und blühenden Heckenrosen dahin. Der betörende Duft der Hagebuttensträucher verband sich mit dem Geruch des Meeres und ergab eine würzige Mischung, die Fee tief einatmete. Sie überlegte, ob sie sich nicht doch einen Hund anschaffen sollte. Der würde sie, ohne Fragen zu stellen, zu jeder Tages- und Nachtzeit begleiten. Auch würde er keine Widerworte haben. Der Gedanke gefiel Fee zunehmend besser.

Sie blieb abrupt stehen, als sie in der Ferne eine Person im Gras liegen sah. Ihr Herz begann zu rasen, und ihre Wangen röteten sich. Wenn sie sich nicht täuschte, lag Hauke dort am Fuß des grünen Deiches.

Ruhig jetzt, Fee, lass dir bloß nichts anmerken.

Ein tiefer Atemzug und Fee schlenderte weiter. Bis sie auf seiner Höhe war.

»Moin Hauke.« Sie ärgerte sich über ihre dünne Stimme. Hauke kniff die Augen zusammen. Es schien, als müsste er überlegen, wer da vor ihm stehen geblieben war. »Ist ein bisschen kühl, um hier rumzuliegen, oder?«, begann sie die Unterhaltung.

Er rappelte sich auf.

»Joa, aber hier hat man seine Ruhe. Dachte ich zumindest«, murmelte er verschlafen. Fee zuckte zusammen und bemühte sich, ihr Lächeln wieder in Form zu bringen. Fühlte er sich etwa durch sie gestört? Wie peinlich war das denn!

Hauke gähnte. Doch dann grinste er verlegen, dabei strahlten seine himmelblauen Augen und trafen Fee mitten ins Herz. Die dunklen Wolken konnten diesem Leuchten nichts anhaben. Fee spürte ihre Beine nicht mehr. Verweigerten sie etwa ihren Dienst? Sie hockte sich hin und begegnete Haukes Blick auf Augenhöhe.

»Entschuldige, ich konnte ja nicht ahnen, dass hier im Dünengras der Tierarzt nach Erholung sucht«, zog Fee ihn auf. »Ist deine neue Kollegin dir etwa keine Hilfe?«

»Doch, sonst könnte ich hier nicht den Wasservögeln lauschen und mich mit dir unterhalten.« Seine Stimme klang ebenso neckend wie ihre.

Fee legte den Kopf schief. »Ich störe also doch nicht? Darf ich mich zu dir gesellen?«

»Ich habe offensichtlich keine Wahl«, konterte Hauke. Dabei rieb er sein Kinn und verkniff sich sichtlich ein Grinsen. Die Stichelei saß, Fee funkelte ihn an.

»Dann geh ich mal besser!« Sie wollte aufstehen, da hielt Hauke sie am Arm zurück.

»Sei nicht gleich eingeschnappt, kleine Bäuerin, ich hab es nicht so gemeint.« Seine Berührung ließ Lavaströme durch Fees Körper laufen. Ihr Gesicht war bestimmt rot wie eine Tomate. »Es ist schön, dass du hier vorbeigekommen bist.« Seine Augen verengten sich. »Oder wolltest du allein sein?«

»Nein, nein«, erwiderte Fee hastig. Dabei hoffte sie, dass sie nicht wie eine einsame Jungfer auf Freiersfüßen wirkte. Obwohl sie sich irgendwie so fühlte. Von der Jungfer mal abgesehen. Die Sonne kämpfte sich langsam durch die Wolken und wärmte ihre Haut zusätzlich.

»Wie geht es deinen Pferden? Sind alle gesund?«

Fee freute sich über das Interesse an ihren Tieren. Sie lächelte Hauke an. »Danke, alles bestens. Wenn es nicht so wäre, wüsstest du es als Erster.«

»Danke. Dass du mir deine Tiere anvertraust, ist nicht selbstverständlich«, erwiderte er nachdenklich.

»Solange du mir nicht deine Vertretung vorbeischickst.« Fee riss die Augen auf, sobald die Worte heraus waren. Das war ihr nur so herausgerutscht. Aber nun hing das Gesagte in der Luft und schien eine Wand zwischen ihnen hochzuziehen.

Hauke räusperte sich und schaute Fee besorgt an. »Kommst du mit Thea nicht klar? Die meisten Patienten sind hellauf begeistert von ihr. Dass jemand sie nicht mag, höre ich heute zum ersten Mal.«

Fee winkte eilig ab. Wie kam sie jetzt nur wieder aus dieser Nummer heraus? »Nein, ich kenne sie doch gar nicht richtig. Sie hat eben meinen Deutschen Riesen geimpft. Da hat es keinen Grund zur Beanstandung gegeben.«

Fee ärgerte sich über ihren Ausrutscher. Wie sollte sie ihm das auch erklären, ohne zu gestehen, dass sie in ihn verliebt war? Sie wollte sich nicht vor Hauke blamieren. Er schien nicht das Gleiche für Fee zu empfinden, dann hielt sie doch besser ihre Klappe. Zu dumm, dass ihr alles, was ihr auf der Zunge lag, einfach so herausrutschte. Schon seit ihren Teenager-Tagen war das so.

Aufgewühlt wollte sie aufspringen, doch Hauke hielt sie erneut zurück. Die Berührung ließ es in ihrem Bauch wild kribbeln. Die Stelle, an der er sie festhielt, schien zu brennen. Ihr Blick schnellte zu seiner Hand. Sofort ließ Hauke sie los und sah sie entschuldigend an. Sein Gesichtsausdruck war so niedlich, dass Fee unvermittelt lachen musste. War es möglich, dass der Inseltierarzt Frauen gegenüber schüchtern war? Dass er womöglich genauso in seinen Gefühlen gefangen war wie sie selbst? Sie nahm sich zusammen.

»Ich geh dann mal weiter«, sagte sie leise und stand auf.

»Schönen Tag noch!«, rief Hauke ihr hinterher. Fee verharrte im Gehen. Ihre Hände presste sie auf ihren Bauch. Ohne sich umzudrehen, winkte sie und lief dann mit eiligen Schritten davon.

Beim Auto angekommen, setzte Fee sich schwer atmend auf den Fahrersitz, umklammerte das Lenkrad und fluchte. »Ich blöde Kuh!«

13
Missglückte Überraschung

Lena schlenderte zum Hauseingang. Unter der Milchkanne aus früheren Zeiten lag seit ihrer Kindheit stets ein Schlüssel versteckt. Ob Fee diese gewagte Tradition fortführte? Lena hob den Eimer leicht an und ... Siehe da, er lag genau dort, wo sie ihn vermutete. Sie fingerte ihn hervor und hielt ihn triumphierend hoch.

»Wusste ich's doch!« Erleichtert schlüpfte sie ins Haus. Schon in der Diele wurde sie von Chaos empfangen. Fee war zwar nicht die perfekte Hausfrau, aber so hatte Lena das Haus zuvor nie gesehen. In der Küche setzte sich das Drama fort. In der Spüle türmten sich benutzte Kochtöpfe mit kaum definierbaren Essensresten. Auf der Fensterbank stand eine Schüssel mit Brokkoli, dessen Schimmelfasern sich leicht bewegten, als Lena das Fenster öffnete. Sie kämpfte gegen den Würgereiz. Dabei war es noch nicht lange her, dass sie hier gewesen war. Die Sommerhitze hatte wohl dazu beigetragen, dass die Lebensmittel schneller verdorben waren. Aber wie konnte Fee nur derart nachlässig werden?

Lena stockte der Atem. Steuerte ihre Schwester auf einen Abgrund zu? Wieder wurde ihr klar, dass sie Fee unter die Arme greifen musste, erst recht, wenn der Hof verkauft werden sollte. Sie seufzte schwer.

Lena legte ihre Jacke ab und fing an, mit spitzen Fingern die Spülmaschine einzuräumen. Als sie hinter sich ein Geräusch vernahm, wandte sie sich erschrocken um.

Fee blieb wie erstarrt im Türrahmen stehen.

»Fee, Liebes, da bist du ja …«

»Was tust du da?« Ihre Schwester war nicht gerade erfreut.

Lena wischte sich die Hände an ihrer Jeans ab und lächelte kläglich. »Ach, ich dachte mir –«

»Ich will deine Hilfe nicht«, schnitt Fee ihr das Wort ab.

»Aber ich mach das doch gern.« Lena bemerkte selbst, wie wenig überzeugend das klang.

»Warum bist du hier?« Fees Gesicht war aschfahl.

Lena erklärte ihr, dass sie zumindest die vier Wochen auf dem Hof aushelfen würde. Doch Fee hatte dafür null Verständnis.

»Was soll das bringen? Wie soll es denn danach weitergehen? Bist du bloß hier, um mich auf den freien Fall vorzubereiten?« Fee schäumte über vor Wut. Auch Lena war mit ihrer Geduld am Ende.

»Du arbeitest allem Anschein nach längst darauf hin, wenn ich mir den Brokkoli dort drüben anschaue!«, grollte sie.

Fee sah lässig an ihrer Schwester vorbei. Dann verzog sie den Mund zu einem misslungenen Grinsen und wies mit dem Kinn zur Fensterbank.

»Das waren mal Kartoffeln«, meinte sie ungerührt.

Lena prallte entsetzt gegen den Küchentisch zurück. Dann stürmte sie hinaus, schob sie unsanft zur Seite und brachte tränenerstickt hervor: »Dann komm doch um in deinem Chaos!«

Ein Streit zwischen den Schwestern war nicht ungewöhnlich, aber heute fühlte es sich anders an. Lena erkannte Fee nicht wieder. Gleichzeitig quälten sie Selbstvorwürfe. Hätte sie es sensibler formulieren sollen, als sie rundweg abgelehnt hatte, für ein Jahr nach Sylt zu kommen? Aber wo blieb sie dabei, Lena, wenn sie ihr Leben für Fee völlig umkrempelte? Sie war wütend auf ihren Vater, der das

Zerwürfnis der Schwestern regelrecht heraufbeschworen hatte.

Draußen vor der Tür ließ sie ihren Blick über den Hof schweifen. Wo sollte sie hin? Ein Rückfahrtticket hatte sie nicht gebucht. Außerdem gab eine Lena Hansen nicht so schnell auf. Doch klein beigeben lag ihr auch nicht.

Hinter sich vernahm sie das Klacken des Türschlosses. Als Lena sich umdrehte, lehnte ihre Schwester im Türrahmen. In ihren grünen Augen schimmerten Tränen. Sie sah unglaublich zerbrechlich aus, bemühte sich jedoch darum, trotzig zu wirken.

»Komm schon rein, oder willst du den Regenguss über dich ergehen lassen?« Mit einem Schniefen stieß Fee die Tür weit auf.

Lena zögerte, dann ging sie mit schweren Schritten auf Fee zu. Vor ihrer Schwester verharrte sie und sah sie fragend an.

»Bist du dir sicher?«, erkundigte sie sich vorsichtig.

»Was sonst«, erwiderte Fee, bevor sie in der Diele verschwand. Lena folgte ihr.

Zurück in der Küche, die Lena einigermaßen aufgeräumt hatte, sagte sie: »Ich werde die vier Wochen nutzen, um Klarheit über deine Zukunft zu schaffen. Ich dachte, du freust dich.«

Fee schnaubte verächtlich. »Worüber denn? Dass ich erst in einem Monat mein Zuhause verliere? Das ist lächerlich.«

Lena schluckte ihren Ärger hinunter. »Liebes, noch vor wenigen Tagen hast du mich angefleht, wenigstens das für dich zu tun. Meine Sekretärin konnte gar nicht schnell genug den Platz an meinem Schreibtisch einnehmen. Ich weiß nicht einmal, ob ich den je wiederbekomme. Also packen wir die Sache jetzt gemeinsam an, oder soll ich mich wieder verdrücken?«

Fee sah ihre Schwester forschend an. Ruckartig kreuzte sie die Arme vor der Brust und meinte: »Wenn du jetzt schon nicht weißt, ob du deinen Job wiederbekommst, dann kannst du doch gleich hierbleiben. Außer deinem Verlobten hält dich doch nichts in dieser gottverdammten Stadt.«

Lena sog scharf Luft in ihre Lungen. »Ich will aber bei ihm sein. Doch wie solltest du das verstehen? Du bleibst ja lieber die einsame Bäuerin!«

Fee prallte zurück. Offensichtlich hatten Lenas Worte sie getroffen.

»Du weißt doch überhaupt nichts über mich!«, zischte sie gefährlich leise. Dann stapfte sie wütend aus dem Haus. Lena sah durchs Fenster, wie sie zu den Pferdeställen lief.

»Ich hatte mir meine Ankunft hier anders vorgestellt«, murmelte sie. Sie hatte immer noch keine Ahnung, wie es weitergehen sollte.

Das Klingeln ihres Handys riss sie aus ihren dunklen Gedanken. Sie beeilte sich, es herauszuholen, und hoffte, es wäre Paul. Enttäuscht erkannte sie jedoch die Nummer von Klemens. Sie hatte nicht die geringste Lust, mit ihm zu sprechen, besann sich dann aber ihrer Verpflichtungen gegenüber dem Kollegen und nahm das Gespräch an.

»Klemens«, sagte sie mit einem gequälten Seufzen, »was kann ich für dich tun?«

Klemens Sauer legte sofort los. »Deine Betty ist vielleicht ein nettes Früchtchen! Sie hat mich gleich am ersten Tag in die Buchhaltung versetzt.«

»Bitte was?« Lena schnappte nach Luft. Klemens war ihr Garant dafür gewesen, immer auf dem neusten Stand zu bleiben, was die Firma betraf. Offenbar wusste Betty das auch. Schon die Art, wie sie den neuen Schreibtisch in Beschlag genommen hatte, hatte Lena beunruhigt. Aber nun läuteten bei ihr alle Alarmglocken. Klemens gehörte zu ihrem Team wie der dampfende Kaffee am Morgen.

»Bist du betrunken zur Arbeit erschienen?« Lenas Stimme zitterte.

»Nein, ich weiß schon, was für mich während deiner Abwesenheit auf dem Spiel steht«, meinte er kleinlaut. »Ich will dich nicht verrückt machen, aber unter den Kollegen wird gemunkelt, dass du nicht wiederkommst.«

Ein eisiger Schauer lief über Lenas Rücken. »Dann müsste Betty aber bei dem Vorstand eingeschlagen sein wie 'ne Bombe. Dafür dürfte sie noch gar keine Gelegenheit gehabt haben. Ich bin erst seit einem Tag weg.«

»Ein Tag und schon weg vom Fenster, Baby, so geht das nun mal«, erwiderte Klemens heiser. »Deine ach so treue Betty sägt offenbar schon länger an deinem Stuhl. Hast du nicht bemerkt, wie er ins Wackeln geraten ist?«

Lenas Gedanken rasten. Hätte sie etwas bemerken müssen? Es war alles wie immer gewesen. War sie derart mit ihren Projekten beschäftigt gewesen, dass Betty im Hintergrund leichtes Spiel gehabt hatte?

»Nein, offenbar nicht«, hauchte sie. Kraftlos ließ sie ihren Arm sinken. Aus der Ferne vernahm sie Klemens' besorgte Rufe. Benommen hob sie das Telefon wieder ans Ohr. »Ich bin hier.«

»Lena, es tut mir leid, aber ich musste dich informieren«, meinte er zerknirscht.

»Schon gut, danke, Klemens. Wenn ich etwas für dich tun kann, melde dich gern bei mir.«

»Ich fürchte, dass du deinen Einfluss verloren hast. Trotzdem vielen Dank ... und ... alles Gute für dich.« Klemens unterbrach die Verbindung.

Lena schüttelte sich, um sich zu besinnen. Wie das klang! ›Alles Gute‹? War das nun ein Abschied für immer? Ihr fiel ein, dass sie eben erst einen Großauftrag für das kommende Jahr an Land gezogen hatte. Wenn Klemens' Vermutungen stimmten, wollte Lena versuchen, den Auftrag zu stornieren.

Sollten doch andere, in diesem Fall wohl Betty, selbst die Kohlen aus dem Feuer holen.

Langsam, wie in Zeitlupe, sank sie auf den Küchenboden. War jetzt alles aus? In diesem Augenblick wusste sie, wie es in Fee aussehen musste. Klemens musste da etwas falsch verstanden haben, schloss Lena ihre Überlegungen ab. Dennoch blieb ein bitterer Geschmack zurück, wie Galle. Sie nahm sich vor, der Sache auf den Grund zu gehen. Später.

14
Schwestern für immer

Fee fand Lena auf der Weide hinter dem Haus. Inmitten der Pferde saß sie im Schneidersitz im Gras und starrte vor sich hin. Sie bemerkte nicht, dass Fee sich leise neben ihr niederließ. Erst als Fee ein Räuspern von sich gab, sah sie verwirrt auf.

»Hey«, sagte Lena flach.

»Selbst hey«, erwiderte Fee. Bella schien darauf zu hoffen, dass eine der Frauen eine Möhre mitgebracht hatte, denn sie stupste sie abwechselnd mit der Nase an. Dies wiederholte die Stute so lange, bis eine der beiden kicherte. Fee musste sich zusammennehmen, um nicht laut loszulachen. Bellas Bemühungen waren einfach zu komisch. Doch es war auch sehr berührend, wie sie die Hansen-Frauen aufzumuntern versuchte.

»Pferde spüren genau, wenn dicke Luft herrscht oder ihr Besitzer Kummer hat«, erklärte Fee gedankenverloren.

»Aber ich bin nicht die Besitzerin, die bist du.«

Fees Mundwinkel hoben sich. »Sie gehört dir. Vielleicht ahnt sie es schon.«

Lenas Kopf schnellte zu Fee herum. Mit großen Augen sah sie ihre Schwester an.

»Ich schenke sie dir«, erklärte Fee. »Vielleicht gibt es in Hamburg ja einen Stall, der sie aufnehmen könnte.«

Lena richtete sich kerzengerade auf. »Die Arme würde in der Stadt verkümmern. Sie sollte auf Wiesen laufen und galoppieren können, wann immer sie will.«

Fee winkte ab.

»Bitte entschuldige, ich war vorhin ungerecht. Es kommt nicht wieder vor.« Sie senkte den Blick.

Bellas Kopf ruhte auf Lenas Schulter. Der Atem der Stute streifte leicht ihre Wange. Lena fühlte sich geborgen und beschützt. Sie drückte das Gesicht gegen Bellas Kopf, der sanft auf und ab wippte, als ob das Pferd die Geste nur zu gut verstünde.

»Sie ist ein schlaues Tier, unsere Bella«, flüsterte Lena bewegt. Fee hakte sich bei ihr ein und rückte näher an sie heran.

»In jedem Fall schlauer, als wir es sind«, erwiderte sie mit erstickter Stimme.

Aufmunternd stieß Lena ihre Schwester an. »Was meinst du, bin ich noch sattelfest?«

Fee zuckte mit einer Schulter. »Probieren wir es aus.«

Sie sprang auf und reichte Lena die Hand. Ob zur Versöhnung oder um ihr aufzuhelfen, blieb unklar. Lena ergriff die Hand, zögerlich, aber auch erleichtert. Schwungvoll kam sie auf ihre Füße und lächelte verhalten. Sollte sie es wirklich wagen, auf ein Pferd zu steigen?

»Du kannst es noch«, versicherte Fee, als ob sie Lenas Gedanken gelesen hätte. Bella schnaubte, wie zur Bestätigung.

Fee forderte die Stute auf, ihr in den Stall zu folgen. Doch Bella wich nicht von Lenas Seite. Zart stupste sie sie an.

»Na, wenn das so ist ... Dann mal los.« Lena musste schmunzeln ob der Hartnäckigkeit ihres Pferdes.

»Tiere wissen nur zu gut, wann sie gebraucht werden. Bella ist da sehr feinfühlig«, erklärte Fee. Lena nickte leicht verwirrt. Sie freute sich auf den Ausritt.

Wird schon schiefgehen.

Geduldig ließen sich die Pferde satteln. Fee hatte für sich den Hengst Mo ausgewählt. Nervös tänzelte er unter Fees Führung herum.

»Du brauchst einfach die Herausforderung, nicht wahr?« Lena schüttelte den Kopf. Ihre Schwester hatte sich noch nie mit leichten Aufgaben zufriedengegeben. Mo war ein ausgesprochen temperamentvolles Tier.

Fee strahlte. »Ich liebe ihn, und er ist gar nicht so ungestüm, wie er gerade tut.«

Lena krauste die Stirn.

»Nee, aber vielleicht schlecht erzogen?« Sie bereute die Worte sofort. Hatte sie den Bogen erneut überspannt?

Fee jedoch kicherte übermütig. »Das sieht nur so aus.«

Sie führten ihre Tiere zunächst im Schritttempo an Heidelandschaften und Dünen vorbei. Lena spürte sofort, wie sehr sich ihre Muskeln beim Reiten entspannten. Beinahe hatte sie den Eindruck, zu fliegen. Für einen kurzen Moment schloss sie die Augen und atmete die würzige Nordseeluft ein. Als sie die Lider aufschlug, lächelte sie beseelt. Wann hatte sie sich zuletzt derart leicht gefühlt? Als ob sie von Wolken getragen über die Dünenlandschaft schwebte. Sie musste juchzen, so stark war das Glück, das sie überkam. Fee kicherte in sich hinein.

Einvernehmlich schritten die Pferde nebeneinander. Mo hatte seinen Übermut abgelegt und gehorchte den Kommandos seiner Reiterin augenblicklich. Die Wege wurden allmählich breiter, bald hatten die Schwestern den Strand erreicht. Fee schaute Lena von der Seite an.

»Im Schritt beherrschst du das Westernreiten absolut perfekt«, lobte sie Lena.

Diese zog den Kopf ein. »Ich weiß nicht recht, aber wenn du meinst ... Du bist hier die Kennerin und Reitlehrerin.«

Fee bekräftigte ihre Aussage mit einem heftigen Nicken. Mo wurde etwas ungeduldig, sobald sie den Strand betraten. Lena wusste ebenso wie Fee, dass die Tiere nur auf diesen Moment gewartet hatten. Lenas Herz klopfte wild in ihrer Brust. Sie konzentrierte sich darauf, sich nicht krampfhaft an die Zügel zu klammern. Bella würde dies als Aufforderung verstehen. Sie reagierte unglaublich sensibel auf Lenas Führung. Die Zügel mussten ihren Hals nur leicht streifen, damit sie die Richtung wechselte.

Lena atmete dreimal tief durch und nickte, als Fee sie ansah. Sie waren sich auch ohne Worte einig. Zusammen trieben sie die Tiere an und ließen sie laufen.

Im Galopp rannten Bella und Mo die Wasserlinie entlang. Lena hatte sich ein wenig vor diesem Augenblick gefürchtet, aber sie saß im Sattel wie früher. Der Wind zerrte an ihren offenen Haaren. Sie schmeckte Salz auf ihren Lippen und strahlte wie schon lange nicht mehr. Fee überholte sie und preschte davon.

Mo, dieser Teufel!

Er musste sich auspowern, und Fee ließ ihn. Lena grinste. Ihre Schwester war zum Leid ihrer Eltern von Kindesbeinen an eine Draufgängerin gewesen. Es hatte sich nichts daran geändert. Lena fühlte sich nicht sicher genug im Sattel, um Mos Tempo nachzueifern. Stattdessen ließ sie Bella langsamer laufen. Im gemächlichen Trab, den Sattel unter ihrem Po spürend, breitete sie die Arme aus, als wollte sie die Welt umschließen. Obwohl Fee vorausritt, bildeten sie für den Betrachter eine Einheit. So wie es sein musste.

Irgendwann ließ Fee ihr Pferd anhalten. Lena spähte nach vorn, um zu erkennen, was da los war. Fee redete offenbar mit jemandem. Neugierig trieb Lena ihre Stute an. Als sie die beiden erreichte, entdeckte sie ein Leuchten in Fees Augen und eine verräterische Röte auf ihren Wangen. Dieser Mann musste ihre unglückliche Liebe sein.

Lena saß ab. Bella blieb an ihrer Seite, bis sie die Zügel herunterhängen ließ.

»Hallo, wer hat denn etwas von Pause gesagt?«, witzelte sie.

Das Gesicht ihrer Schwester glühte, aber anscheinend hatte sie nicht vor, Lena den gutaussehenden Kerl vorzustellen. Neugierig musterte Lena ihn. Er trug eine verwaschene Jeans, dazu ein rot kariertes Flanellhemd. Lena ergriff kurzerhand selbst die Initiative.

»Moin, ich bin Lena.« Sie ergänzte: »Die Schwester aus der Stadt.«

»Freut mich, ich habe schon einiges über dich gehört.« Dabei schmunzelte er, als ob es nur peinliche Dinge gewesen wären. Ihre Blicke verfingen sich ineinander. Lena bewunderte insgeheim seine stahlblauen Augen. »Hauke«, stellte er sich vor und reichte ihr die Hand.

Fee räusperte sich ungeduldig.

»Wir müssen weiter«, erinnerte sie kühl.

Lena stöhnte. »Ich hoffe, ich komm da wieder hoch.«

Sie nickte Hauke zu und hievte sich in den Sattel. Mo begann zu tänzeln, doch Fee hatte ihn schnell im Griff. Die Frauen lenkten die Tiere Richtung Hansen-Hof. Lena schielte zu Fee hinüber.

»Habe ich etwas Falsches gesagt?«

»Nein«, brummte Fee. »Du flirtest bloß mit ihm. Ich dachte, du seist glücklich mit *deinem* Paul.«

Lena hielt Bella an. »Warum betonst du das so? Außerdem habe ich nicht geflirtet.« Fee sagte nichts, aber Lena ging ein Licht auf. »Jetzt verstehe ich. Du bist eifersüchtig, weil du in ihn verknallt bist?«

Fee rollte genervt mit den Augen. Lena trieb Bella wieder an. Nebeneinander ritten die beiden im Schritttempo weiter.

»Ach, ich habe mich erst heute ihm gegenüber zum Affen gemacht«, gestand Fee.

»Das wäre mal etwas sehr Außergewöhnliches.« Lena kicherte. »Keine Angst, ich habe null Interesse an diesem Mann. Ich war nur freundlich. Nun sag schon, wer ist er, was macht er? Ist er verheiratet oder anderweitig vergeben?«

»Er ist Tierarzt und ledig.« Fee schmollte. »Glaubst du wirklich, ich würde mich an jemanden hängen, der in einer Beziehung ist?«

Lena rümpfte die Nase.

»Wäre nicht das erste Mal«, konterte sie.

Fee stand in den Steigbügeln auf. Vor einigen Jahren hatte sie eine Affäre mit einem verheirateten Gastronomen aus Westerland gehabt. Damals war sie am Boden zerstört gewesen, als sie bemerkt hatte, dass er nicht daran dachte, seine Frau zu verlassen.

»Das ist lange her. Auch ich lerne manchmal aus Fehlern«, sagte sie spitz.

»Fee!« Lena erhob warnend ihre Stimme. »Wenn das mit uns so zickig weitergeht, dann mach ich das nicht lange mit, damit das klar ist. Ich will weder deine Kerle noch deinen Hof. Aber er scheint nett zu sein«, warf sie versöhnlich ein. Dass sein kräftiger Händedruck ihr Herz hatte höherschlagen lassen, behielt sie besser für sich. Sie würde Fee ohnehin nicht ins Gehege kommen. »Ich bin hier, um dir zu helfen.«

Bella wurde unruhig. Sie hatte ein Gespür für Stimmungen wie kein zweites Tier. Sanft klopfte Lena auf ihren Hals und sprach beruhigend auf sie ein. Zusehends wurde Bella gelassener und lief wieder gleichmäßig an der Wasserkante entlang.

»Es ist nicht weiter schlimm, dass du dich zum Affen gemacht hast«, fügte Lena hinzu. »Er ist immerhin Tierarzt und liebt die Viecher.«

Fee sah ihre Schwester verständnislos an, dann grinste sie. »Da könntest du recht haben«, meinte sie. »Entschuldige meinen Ausbruch.«

»Klar, was sonst«, gab Lena zurück.

Das letzte Stück galoppierten sie, bis sie den Hof erreichten. Nachdem die Tiere versorgt und erneut geputzt worden waren, durften sie auf die Weide. Die Schwestern tranken einen Tee und überlegten gemeinsam, wo sie mit der Arbeit beginnen sollten.

»Ich wäre dir dankbar, wenn du dich um den Papierkram kümmern könntest, da bin ich ein ziemlicher Chaot«, meinte Fee zerknirscht. »Ich fürchte, es steht nicht gut um den Hansen-Hof.«

Lena sah Fee erstaunt an. Wie war das möglich? Finanziell hatten die Hansens nie Probleme gehabt.

»Darf ich erfahren, wie du das meinst?«

Fee zuckte mit den Schultern. »Seit Papa gestorben ist, habe ich den Papierkram nicht angerührt. Ich glaube, da war auch ein Brief von der Bank dabei.«

»Wo ist der?«

»Im Büro, aber da herrscht ...«

Lena trank eilig ihren Tee aus und erhob sich.

»Lass mal sehen«, forderte sie Fee auf.

Diese protestierte kleinlaut: »Da ist unglaublich viel durcheinander, ich sollte ...«

Lena verließ die Küche und suchte das Büro auf. Als sie die Klinke betätigte, war die Tür verschlossen. Fee trat aus der dunklen Diele und wedelte mit einem Schlüssel.

»Ich würde lieber erst für Ordnung sorgen«, sagte sie dünn.

Lena stemmte die Fäuste in die Hüften.

»Aufmachen«, befahl sie mit ernster Miene. Doch ihre Mundwinkel zuckten. Sie kannte Fee und war auf alles vorbereitet. Dachte sie zumindest.

Doch der Anblick, der sie hinter der Tür erwartete, raubte Lena den Atem. Durch das Büro schien ein Herbststurm hindurchgefegt zu sein. Dies alles zu ordnen würde Wochen dauern.

Fassungslos ging Lena um den Schreibtisch herum. Er war der Stolz ihres Vaters gewesen. Noch sein Großvater hatte den Tischler der Insel beauftragt, dieses Schmuckstück aus Eichenholz herzustellen. Die Verschnörkelungen an den Seiten waren eine exklusive Arbeit, um die ihn so manch einer beneidet hatte. Momentan war leider nichts davon zu erkennen, da sich Zeitschriften darauf stapelten. Beim genaueren Hinsehen erkannte Lena die zerlesenen Jagdzeitschriften ihres Vaters, der zwar nie Jäger gewesen war, aber diese Hefte trotzdem verschlungen hatte. Lena hörte in ihrer Erinnerung noch das leise Umblättern der Seiten, untermalt von dem Räuspern ihres Vaters. Sie lächelte versonnen. Es war eine schöne Erinnerung. Aber der alte Kram musste trotzdem raus.

Fee argwöhnte schon, was Lena sagen wollte.

»Ich konnte mich nicht davon trennen«, gestand sie. »Das war so ein Gefühl wie ... Abschied.«

Lena nickte leicht. »Wir packen das zusammen an, einverstanden?«

»Geht nicht auch der Dachboden? Dann wären sie nicht verloren.« Flehend sah Fee sie an.

Lena seufzte und spürte plötzlich Tränen in ihren Augen brennen. »Also gut«, krächzte sie, »dann aber jetzt.«

Fee lief los, um die Luke zum Dachboden zu öffnen, als ob sie nur darauf gewartet hätte. Lena hatte den Eindruck, dass ihre Schwester erleichtert war, dass sie eine Entscheidung getroffen hatten. Womöglich hätte Lena sie nicht alleinlassen dürfen, als es darum gegangen war, die Beerdigung zu organisieren. Sicher war Fee mit ihrer Trauer überfordert gewesen. Niemand war da gewesen, der sie hätte in die Arme nehmen können. Lena hatte immerhin Paul gehabt, wenn er auch viel arbeiten musste.

Von Selbstvorwürfen geplagt, schnappte Lena sich den ersten Stapel Hefte und trug ihn zur Treppe den Dachboden hinauf, wo Fee auf sie wartete. Sie nahm die alten Ausgaben entgegen, um sie hochzubringen. Nach einigem Hin und

Her waren die Erinnerungen an ihren Vater schließlich verstaut. Fee kletterte die Leiter herunter, in ihren Haaren hatten sich Spinnweben verfangen. Hastig versuchte sie, die klebrigen Fäden loszuwerden.

»Ich weiß, da hätte ich auch schon früher draufkommen können.« Schuldbewusst sah sie Lena an.

»Jetzt sind sie ja problemlos verstaut. Und wenn wir in Zukunft unserem Vater nahe sein möchten, schauen wir auf dem Dachboden nach, ob wir ihn dort finden.«

Fee verzog entsetzt das Gesicht, und Lena musste lachen.

»Hör auf damit, das ist ja gruselig!«

15
Benno

Lena benötigte dringend frische Luft. Der Staub der Unterlagen und Papiere kribbelte unaufhörlich in ihrer Nase. Sie hatte fürs Erste genug davon geschluckt. Nachdem sie ihre Hände gewaschen hatte, trat sie vor die Tür, um nach Bella zu schauen. Fee hockte auf dem Treppenabsatz und putzte hartnäckigen Schmutz von ihren Stiefeln. Ihr gesamter zierlicher Körper bebte bei den kräftigen Bewegungen. Beim Näherkommen stockte Lena der Atem.

»Was treibst du da?«, kreischte sie aufgebracht.

Fee blinzelte gegen das Sonnenlicht und strahlte.

»Deine Stiefel putzen«, verkündete sie bei bester Laune. »Ich will mich erkenntlich zeigen, weil du doch so viel Staub schlucken musst, wie du immer behauptest.« Fee hielt ihr einen der Reitstiefel entgegen. »Schau, wie er glänzt.«

Lena schimpfte.

»Ich will aber nicht, dass sie glänzen!«, empörte sie sich.

»Na hör mal, so kannst du damit unmöglich zum Jahresfest der Reitergilde aufkreuzen, die –«

»Fee!«, zischte Lena. »Lass das bitte sofort sein! Die Patina ist so gewollt, du verdirbst mir mal eben so meine Tausend-Euro-Tucci-Stiefel.«

Fee ließ die Hände sinken.

»Tausend Euro …«, flüsterte sie erschüttert. Doch Lena lachte schon wieder.

»Nicht tragisch, Liebes, später werden sie ihren Glanz wieder verlieren.«

Fee schien sie nicht zu hören.

»Damit hätte ich leicht und locker meine Autoreparatur bezahlen können.« Sie brach ab.

Lena hatte bisher angenommen, dass Fee zu nachlässig mit ihrem Wagen war und darum keinen Werkstatttermin vereinbart hatte. Hatte sie größere Geldsorgen als vermutet? Lena war noch nicht bis zu den Bankunterlagen vorgedrungen. Das würde sie schnellstmöglich nachholen. Fee hatte zwar angedeutet, dass es mit dem Hof nicht zum Besten stünde, doch hatte Lena nicht angenommen, dass sie in Schwierigkeiten steckte. Hatte sie nicht einen Brief von der Bank erwähnt?

Lena ließ sich neben ihr auf der Treppe nieder und legte tröstend den Arm um sie. »Mach dir nichts draus, die Stiefel sind es nicht wert, deswegen zu streiten.«

Fee fuhr herum. »So, warum hast du sie dann gekauft?«

»Die stehen schon eine Weile bei mir im Schuhschrank, ich dachte, ich könnte sie bestimmt mal gebrauchen. Jetzt können sie sich endlich bewähren.« Lena war selbst klar, dass sich das für Fee merkwürdig anhören musste. Sie würde nie etwas anschaffen, das sie nicht sofort brauchte. Doch Lena hatte nicht vor, sich für ihren Kauf zu entschuldigen, auch wenn sie den Anflug eines schlechten Gewissens verspürte.

»Fee, ich brauche mich nicht dafür zu rechtfertigen, dass ich sie gekauft habe.«

Fee sog scharf die Luft ein. »Nee, nicht nötig, aber ich finde solche Ausgaben eben überflüssig.«

»Stimmt. Aus heutiger Sicht würde ich dir zustimmen.«

Fee sah Lena verständnislos an. »Was ist heute anders?«

Lena druckste etwas herum, entschied sich dann aber, die Katze aus dem Sack zu lassen. Sie zog die Knie heran und umschlang sie mit beiden Armen.

»Ich muss damit rechnen, dass ich meinen Job verloren habe, Klemens hat heute im Telefonat so merkwürdig geklungen.« Lena war verwundert, dass sie keine Tränen für die Nachricht übrighatte. Fee sprang erschrocken auf.

»Sind wir etwa beide pleite?«, fragte sie verstört.

Lena lächelte. »Nein, ich verfüge über ein ausreichendes Polster auf dem Konto. Mach dir keine Sorgen.«

»Verflixt, ist das meine Schuld?«

»Unsinn, rede dir das bloß nicht ein!«

Fees Gesicht hellte sich auf. »Dann wäre es doch eine Option, dass du für immer hierbleibst!«

Lena fand, dass dies kein Grund für Jubelausbrüche war.

»Ich würde hier untergehen, meine Zukunft liegt in jedem Fall in Hamburg«, erinnerte sie ihre Schwester.

»Paul kann herkommen und schauen, wie reizvoll es hier ist«, frohlockte Fee.

»Er hat erlebt, wie *nett* es auf der Insel ist. Er ist da leider trotzdem anderer Meinung.«

Fee legte das Putzzeug zur Seite. Die Stiefel übergab sie Lena.

»Beim ersten Abwurf im Sand werden die wieder wie neu.« Fee grinste.

»Bella wirft mich nicht ab«, meinte Lena verunsichert.

»Aber Mo«, sagte Fee überzeugt.

»Wohl kaum!« Eher würde die Hölle gefrieren, bevor Lena Mo ritt.

Ein fremdes Auto fuhr auf das Grundstück und kam direkt vor ihnen zum Stehen. Die Schwestern verstummten. Matteo stieg aus und grinste die beiden an. Lena ignorierte ihn und fixierte stattdessen das Innere des Wagens. Es saß jemand auf dem Beifahrersitz, ein älterer Mann. Er rührte sich nicht und schien die Situation erst mal zu beobachten.

»Moin, die Damen«, grüßte Matteo gut gelaunt. »Ich habe jemanden mitgebracht, aber er ist sich nicht sicher, ob er wirklich aussteigen möchte. Er fürchtet, euch zu überrumpeln.«

»So leicht überrumpelt man uns nicht«, trällerte Fee, während sie ebenfalls versuchte, durch die Windschutzscheibe etwas zu erkennen. »Bei uns ist jeder Gast willkommen, solange er nicht um Aufnahme bittet. Mit meiner Schwester ist die Bude schon überfüllt.« Fee lachte, aber Lena sah sie verärgert an.

»Du bist ja lustig heute!«

»Sei nicht so empfindlich, Schwesterherz, ich frotzle nur herum.«

Matteo gab seinem Fahrgast ein Zeichen, auszusteigen. Lena schätzte das Alter des Mannes auf mindestens siebzig. Er wirkte zunächst unentschlossen, doch dann näherte er sich den Frauen, seinen Blick auf Fee gerichtet. Ein Lächeln umspielte seine schmalen Lippen. Dabei leuchteten seine grauen Augen. Schnell wurde er jedoch ernst und wirkte nahezu traurig.

»Ich möchte nicht stören, aber ich ... habe erfahren, dass Maria gestorben ist«, meinte er bedauernd.

Lena und Fee senkten gleichzeitig betroffen den Blick. Fee fing sich als Erste wieder.

»Ja, das ist sie. Unser Vater ebenfalls«, erwiderte sie und beobachtete ihn kritisch.

»Sie kannten unsere Eltern?«, fragte Lena.

Er nickte und schob seine Hände tief in die Taschen seiner Cordhose.

»Ich habe vor dreiunddreißig Jahren bei euren Eltern gearbeitet«, erklärte er.

»Das ist lange her«, kommentierte Lena abweisend. An ihre Eltern erinnert zu werden, schmerzte sie.

»Das stimmt. Ich bin damals nach Amerika ausgewandert, es folgte ein jahrelanger Briefkontakt, der leider später abgebrochen ist«, erzählte er. »Doch ich habe meine Zeit hier bei eurer ... euren Eltern nie vergessen.«

»Kommen Sie doch herein«, bot Fee an. »Ich koche uns einen Tee – oder wäre Ihnen Kaffee lieber?«

»Wenn ich wählen darf, hätte ich gern einen Kaffee. Früher haben Maria und ich in der Küche unsere Pausen verbracht, ihr Kaffee war Weltklasse.« Er folgte Fee hinein, doch bevor er die Diele betrat, befreite er sich von seinen Schuhen. Er schmunzelte verlegen. »Maria hätte mir den Kopf abgerissen, wenn ich die Bodden anbehalten hätte.«

»Da könnten Sie recht haben«, erwiderte Fee. In ihrem Lachen schwang ein wenig Wehmut mit.

»Wie ist denn Ihr Name?«, erkundigte sich Lena, während sie den Fremden beim Ausziehen seiner Schuhe beobachtete.

Betroffen richtete der Mann sich auf. »Oh, Entschuldigung, ich habe mich nicht vorgestellt. Ich heiße Benno Weise, ich würde mich freuen, wenn ihr mich Benno nennt.«

Lena schluckte. Der Name kam ihr bekannt vor, sie erinnerte sich dunkel daran, ihn in Streitgesprächen zwischen ihren Eltern gehört zu haben. Doch Lena hatte nie herausgefunden, worum es dabei gegangen war.

Als sie ein Räuspern hinter sich vernahm, fiel ihr ein, dass sie Matteo völlig vergessen hatte. Beim Umdrehen stieß sie mit dem Piloten zusammen.

»Hoppla, du bist aber stürmisch«, entgegnete er. Sie starrte ihn mit schreckgeweiteten Augen an.

»Möchtest du etwa auch einen Kaffee?«, stammelte sie verlegen. Seine Nähe erzeugte in ihrem Inneren eine Nervosität, die sie mit aller Macht zu verbergen versuchte. Matteo berührte sie kurz, um sie davon abzuhalten, über Bennos Schuhe zu stolpern. Sein Blick ließ nicht von ihrem ab.

»Gern, wenn ich nicht störe.«

»Nein, nein, das haben schon ganz andere versucht und nicht geschafft«, murmelte Lena und führte ihn in die Küche.

Obwohl Matteo sie aufwühlte, war sie doch froh, dass er bleiben wollte. Sie hatte kein gutes Gefühl bei dem Fremden, der behauptete, ihre Eltern gekannt zu haben. Vielleicht waren Fee und sie zu leichtgläubig. Bennos graue Augen schienen sie zu durchleuchten. Sein Lächeln mit dem fehlenden Schneidezahn wirkte unheimlich auf sie. Was, wenn er ungemütlich wurde?

Sofort verwarf Lena den Gedanken. Was sollte dieser alte Mann ihnen schon anhaben können? So wie er in der Küche saß, sah er mit seinem lichten grauen Haar eher schutzbedürftig aus. Seine Hände hatten in seinem Leben offenbar schwere Arbeit verrichtet, das verriet die rissige, raue Haut. Lena vermutete, dass er trotz seiner schmächtigen Figur auch heute noch gut mit anpacken konnte.

Fee stellte Kaffeebecher auf den Tisch und holte Milch und Zucker hervor. Matteo wartete in der Küchentür.

»Matteo, setz dich doch«, bat Fee ihn herein. Das ließ er sich nicht zweimal sagen und schob sich an Lena vorbei, um einen Stuhl für sich zu beanspruchen. Dann schaute er erwartungsvoll in die Runde. Lena seufzte und erklärte sich bereit, einige Kekse aus der Speisekammer zu holen.

Als sie zurückkam, sah sie, dass Benno ein Foto ihrer Mutter anstarrte. Eine der letzten Aufnahmen aus dem Urlaub vor drei Jahren auf der Insel Borkum. Als er Lenas Blick bemerkte, schaute er sofort zerknirscht drein.

»Sie war bildhübsch«, meinte er. Dann widmete er seine ganze Aufmerksamkeit wieder Fee. Diese versuchte zu lächeln, scheiterte jedoch. Die Erinnerungen an ihre Eltern waren zu schmerzhaft.

»Das war sie, ohne Zweifel«, hauchte sie. Ihre Hand zitterte leicht beim Kaffeeausschenken.

Lena wurde das alles zu viel.

»Sagen Sie, Benno, was führt Sie denn konkret zu uns?« Ihre Stimme klang so scharf, dass alle sie erstaunt anschauten. Aber Lena stand nicht der Sinn nach Smalltalk. Wieso war dieser Mann gekommen?

Benno knetete verlegen die Hände.

»Du bist groß geworden«, erwiderte er leise und sah Lena durchdringend an.

»Ich kenne Sie nicht, daher denke ich, wir bleiben lieber beim Sie«, konterte Lena kühl.

Matteos Blick wanderte von einer Schwester zur anderen, er wirkte amüsiert. Das ärgerte Lena zusätzlich. Warum war er überhaupt geblieben? Immer wieder betrachtete er ihre Lippen, was Lena nervte und ihr gleichzeitig Herzklopfen verursachte. Sie verstand sich selbst nicht, aber wenn Matteo in ihrer Nähe war, spielten ihre Hormone Katz und Maus mit ihr.

Benno richtete seinen Oberkörper auf.

»Dann komme ich am besten gleich zum Punkt. Eure Mutter hat mir damals zehntausend D-Mark versprochen, damit ich verschwinde und nicht auf dem Recht des Umgangs mit meiner Tochter bestehe. Damals verfügte sie nicht über die Mittel, heute muss euer Erbe dafür herhalten.« Er sah Fee an. »Heute ist der Tag, an dem ich die Erfüllung dieses Versprechens einfordere. Nicht nur, weil ich das Geld brauche, sondern weil euer Vater ja nun ebenfalls von uns gegangen ist.«

Man hätte eine Stecknadel fallen hören können, so still war es in der Küche geworden. Selbst Matteo hatte sein Grinsen verloren.

Fee fand als Erste die Sprache wieder.

»Verlassen Sie sofort mein Haus!«, donnerte sie wütend.

»Dem kann ich nur zustimmen«, flüsterte Lena erschüttert.

Benno zog ein vergilbtes Blatt Papier hervor und knallte es vor ihnen auf den Küchentisch.

»Ich habe ein Schriftstück von Maria, das beweist, dass

ich die Wahrheit sage.« Schadenfroh blinzelte er die Schwestern an.

Matteo behielt als Einziger die Nerven und nahm den Brief zur Hand. Mit gerunzelter Stirn überflog er, was dort geschrieben stand. Lena reckte den Hals, um etwas zu sehen. Sie glaubte, die steile Handschrift ihrer Mutter zu erkennen.

»Raus!«, schrie Fee aufgebracht und wies mit ausgestrecktem Arm zur Tür. Sie atmete stoßweise.

Lena ergänzte kalt: »Gehen Sie, wir werden uns bei Ihnen melden.«

»Nicht wir, unser Anwalt«, rief Fee aus und sank auf einen Stuhl.

Benno zog unbehaglich den Kopf ein. Dann schlurfte er hinaus.

Unterdessen sah Lena zu Matteo. Wieso hatte er diesen zwielichtigen Mann hierhergebracht? Matteo deutete Lenas vorwurfsvollen Blick sofort richtig. Er hob abwehrend beide Hände. »Ich hatte keine Ahnung, warum er zu euch wollte. Ich habe einzig und allein einen Auftrag erledigt, die Beförderung von Menschen ist nun mal mein Job!«

»Bring ihn so schnell wie möglich hier weg, sonst ...«

Matteo maß Fee mit einem besorgten Blick. Lena gab ihm keine Möglichkeit, noch etwas zu sagen: »Ich kümmere mich um meine Schwester, aber verschwinde!«

Er flüchtete aus der Küche.

Lena eilte zu Fee. Mit weit aufgerissenen Augen starrte diese ins Leere. Lena ließ sich vor ihr in die Hocke nieder. Sanft streichelte sie über ihr Gesicht.

»Kleines«, flüsterte sie betroffen, »er lügt, weil er Geld will. Es gibt viele Halunken, die sich Todesanzeigen vornehmen und –«

Fee fuhr sie an: »Das ist aber schon länger her, warum kommt er erst jetzt?«

Lena sah ihr an, dass ihre Welt in Trümmern lag. Wenn

Bennos Behauptung stimmte, war sie nicht die Tochter ihres Vaters.

»Lena, du bist nicht meine Schwester!«, rief sie dann auch aus.

Lena schüttelte sie leicht. »Unsinn, wir sind Geschwister, und daran wird sich nie etwas ändern. Hörst du? Wir sprechen gleich morgen bei Dr. Steinbach vor, er ist ein guter Anwalt und wird diesen Typen in die Flucht schlagen.«

Lenas Versuche, ihre Schwester zu beruhigen, scheiterten. Sie war sich nicht sicher, wie überzeugend sie klang. Auch sie hatte Angst und fragte sich, welche Folgen dieser Auftritt von Benno Weise haben würde, falls er die Wahrheit sprach.

Lena schüttelte sich. Unmöglich, dass ihre Mutter sich auf solch einen üblen Menschen eingelassen hatte. Von vornherein war er ihr unsympathisch gewesen.

Zum Glück befreite sich Fee schnell aus den Fängen ihrer Verzweiflung. Von einer Minute zur nächsten fand sie zu ihrer alten Form zurück.

»Pah, der soll mal kommen!«, schimpfte sie. »Er wird noch bitter bereuen, sich mit uns angelegt zu haben!«

Lena lächelte sanft.

»So ist es. Wir werden nicht zulassen, dass der Ruf unserer Familie auf solch fragwürdige Art durch den Dreck gezogen wird. Wir müssen davon ausgehen, dass er uns lediglich erpressen will. Das werden wir nicht zulassen.«

Lena mochte sich gar nicht ausmalen, wie der Inselfunk glühen musste. Da war sie wieder, die Enge der Insel. Genau aus diesem Grund war Sylt ihr zu klein geworden.

16
Entwurzelt

Fee hatte sich vor der besorgten Lena zusammenzunehmen versucht. Offenbar war ihr das gelungen. Nun war sie in den Stall geflohen, und die Verzweiflung brach wieder über sie herein.

Sobald sie aus Lenas Sichtfeld verschwunden war, flossen Tränen über Fees Gesicht. Ihre Mutter hatte ein Verhältnis mit einem Stallarbeiter gehabt? Fee war entrüstet. Dieser Mann sollte ihr leiblicher Vater sein? Fees Gedanken kehrten in ihre Kindheit zurück. Hatte sie sich damals nicht oft gefragt, warum sie so anders war als ihre Schwester? Lena war ein kluges Kind. Die Schule hatte sie ohne Schwierigkeiten gemeistert. Zweimal hatte sie eine Klasse überspringen dürfen und sich immer noch gelangweilt, weil sie den Schulstoff so schnell durcharbeitete. Als die Lehrerin vorgeschlagen hatte, dass sie eine weitere Klasse überspringen sollte, hatten ihre Eltern jedoch energisch abgelehnt. Sie waren der Ansicht gewesen, dass es Lena nicht guttun würde.

Fee hingegen hatte die Schule gehasst. Ihr hatte von vornherein eine Zukunft auf dem Hof vorgeschwebt. Dass sie hierfür eine gute Bildung benötigte, hatte sie beinahe zu spät erkannt. Mit größter Anstrengung hatte sie das Abitur abgelegt. Ihre Mutter hatte sie stets sanft angelächelt und gemeint: ›Du bist eben meine kleine Spätzünderin. Ich weiß, dass du alles schaffen wirst, was du dir vornimmst.‹ Dabei hatte sie ihr liebevoll über die Haare gestrichen und Fee einen Kuss auf die Stirn gegeben.

Im Licht ihres neuen Wissens erschien Fee diese Reaktion geheuchelt. Immerhin hatte ihre Mutter gewusst, warum sie so anders gewesen war als Lena. Doch nein, damals hatten ihre Worte Fee getröstet, und das war die Hauptsache. Fee schämte sich dafür, ihrer Mutter in Gedanken Vorwürfe zu machen.

Da ihre Mutter ihrem Liebhaber Geld angeboten hatte, um das Ganze zu verschweigen, ging Fee davon aus, dass ihr Vater nichts davon gewusst hatte. Der Glückspilz. Sicher wäre für ihn eine Welt zusammengebrochen, hätte er es erfahren. Ungefähr so wie für Fee an diesem Tag. Vermutlich hatte ihre Mutter richtig gehandelt, denn Fee zweifelte nicht an ihrer Liebe zu ihrem Mann. Doch warum hatte sie sich dann auf einen Seitensprung eingelassen, wenn sie gewusst hatte, dass alle darunter leiden würden? Hatte ihre Mutter beide geliebt, sich letztendlich aber für ihren Ehemann entschieden?

Fee seufzte schwer. Fragen über Fragen, aber leider keine Antworten. Sie verkroch sich zu Mo in die Box. Dort hockte sie still in einer Ecke und ließ sich von ihm anstupsen. Die weichen Nüstern an ihrem Gesicht fühlten sich tröstlich an. Er schien sie herauszufordern. Fee sah zu ihrem Pferd hoch. Wärme erfüllte sie.

»Du willst, dass ich mit dir ausreite?« Fee misslang ein Lächeln. Doch sie richtete sich aus der unbequemen Sitzhaltung auf und klopfte auf Mos Hals. »Einverstanden.« Sie sah an sich herunter. Sie würde in Turnschuhen ausreiten. Ihr fehlte die Kraft, sich umzuziehen.

Nachdem sie ihr Pferd gestriegelt hatte, führte sie es aus dem Stall. Dunkle Wolken zogen am Himmel auf.

»Passt zu meiner Stimmung«, murmelte sie. Dann stieg sie auf Mo und preschte davon.

Am Meer angekommen, ließ sie Mo langsam laufen. Er trottete gehorsam an der Wasserlinie entlang. Fee erlaubte ihren Gedanken abzuschweifen. Ein dicker Regentropfen traf sie direkt auf die Nase. Es störte sie nicht weiter. Doch dann öffnete der Himmel seine Schleusen, und sturzbachartiger Regen löste sich aus den Wolken. In der Ferne donnerte es bereits, aber Fee dachte nicht an Umkehr. Sie trieb Mo an und flog im Galopp über den Strand.

Erst als ihre Kleidung bis auf die Unterhose durchnässt war, drehte sie um und trat den Heimritt an. Die Naturgewalten erfrischten sie. Sie liebte Herausforderungen, und es kümmerte sie nicht, dass Lena sich um sie sorgen könnte, da sie nicht wusste, wo Fee steckte.

Der Strand zeigte sich menschenleer, bis Fee eine Gestalt in Begleitung eines Hundes entdeckte. Sie zügelte Mo und ritt im Schritt weiter. Es war Hauke. Erst als Fee unmittelbar vor ihm anhielt, bemerkte er sie. Er schaute sie überrascht an.

»Fee? Hat dich das Unwetter auch erwischt?«

Sie schüttelte den Kopf, dabei spritzten Wassertropfen aus ihren Haaren.

»Nein, ich habe den Wolkenbruch gesucht und gefunden«, erwiderte sie sarkastisch.

Hauke beäugte sie durchdringend.

»Ist alles in Ordnung bei dir?« Er schien wirklich um sie besorgt.

Sie saß ab. Ihre Füße versanken augenblicklich im weichen Sand.

»Nee, aber ich kriege das wieder hin«, entgegnete sie wenig überzeugend.

Hauke trat näher an sie heran. Prüfend sah er Fee an. Während der Regen über sein Gesicht lief, lächelte er. Vorsichtig schob er Fee eine Haarsträhne hinters Ohr. Bevor er die Hand wieder wegzog, ergriff sie diese und legte ihre Wange hinein. Dann küsste sie seine Handinnenfläche. Ehe er darauf reagieren konnte, wich sie zurück.

»Entschuldige«, hauchte sie gegen den aufkommenden Wind. »Ich muss dann mal.«

Hauke hielt sie am Handgelenk fest und hinderte sie daran, aufs Pferd zu steigen. Ihre Blicke hingen aneinander. Doch beide schwiegen.

»Du solltest ins Trockene«, raunte er schließlich an ihrem Ohr. Obwohl der Wind an ihren nassen Klamotten zerrte, liefen heiße Schauer über Fees Rücken.

»Ach, du nicht?«, fragte sie belustigt. »Dir kann das Wetter nichts anhaben?«

»Nein, ich bin nicht so zerbrechlich, wie du es gerade zu sein scheinst.«

Fees eben erst aufgekommene Leichtigkeit verflog. Es hatte sich so gut angefühlt, die auf ihrer Seele lastende Schwere für einen Augenblick abzulegen.

»Das sieht nur so aus«, erwiderte sie rau. »Mich haut so schnell nichts um.« Fee wischte über ihre regennassen Wangen und hoffte, dabei auch die Tränen zu entfernen.

»Das weiß ich«, entgegnete Hauke, »darum muss dir heute jemand total die Laune verregnet haben.«

Was für ein Pech, dass man sich auf der Insel so gut kannte. Hauke hatte sie durchschaut. Fee entzog ihm ihr Handgelenk und stieg eilig auf das Pferd. Ein letztes Mal rief sie Hauke gegen den Wind zu: »Das hat noch keiner geschafft!«

Dann trieb sie Mo an. Hauke sah ihr noch lange nach.

Fee traf außer Atem auf dem Hof ein. Sie führte Mo in den Stall und stieß auf ihre Schwester, die sie besorgt musterte.

»Liebes, du gehst besser unter die heiße Dusche, ich kümmere mich um dein Pferd.«

Fee sah sie verwundert an. »Bist du dir sicher? Ihr mögt euch doch nicht besonders.«

Lena zuckte mit der Schulter. »Wir kommen klar, versprochen.« Ihre Schwester schürzte die Lippen. »Verschwinde jetzt. Du holst dir sonst eine Erkältung.«

Fee fügte sich der Aufforderung und schlurfte ins Haus. Ihre Schwester … War Lena das überhaupt noch?

17
Okka von Weidenfeld

Lena und Fee hatten es sich vor dem Kamin gemütlich gemacht. Das Feuer loderte leise vor sich hin, und die Frauen starrten in die Flammen. Fee hatte nach ihrem Ausritt die Tiere versorgt und Lena einige Brote belegt. Als beide fertig waren, hatten sie sich mit einer Flasche Rotwein und den Käsebroten ins Wohnzimmer gesetzt. Lena befüllte die Gläser mit dem heimischen Wein.

»Prost, Fee, auf unsere Familie«, sagte Lena mit zittriger Stimme.

»Familie«, stieß Fee resigniert hervor. »Was soll das sein?«

Lena hob ihr Weinglas hoch. »Wir natürlich.«

Fee seufzte und ließ ihr Glas an das von Lena klingen. Lena nahm einen großen Schluck und sah nachdenklich ins Feuer.

»Sag mal«, begann sie, »was ist eigentlich aus Okka geworden? Übernachtet sie manchmal noch auf dem Hof, wenn es in ihrem Wohnwagen im Winter zu kalt wird?«

Fee hielt inne. »Wie kommst du jetzt auf Okka? Sie hat seit Jahren eine gut funktionierende Heizung in ihrem Pappkarton. Sie kommt nur selten vorbei.« Fee lachte auf. »Okka von Weidenfeld, ich fand ihren Nachnamen schon als Kind lustig. Irgendwie erinnerte er mich an eine Diva oder an die Sesamstraße.«

Lena ging nicht weiter darauf ein. »Nun, du bist im Sommer geboren, also ist Mutti irgendwann in den Wintermonaten mit dir schwanger geworden. Könnte Okka etwas darüber wissen?«

»Hm, das ist kein schlechter Ansatz, aber ich glaube, um die Belange der Familie hat sie sich nie gekümmert.«

»Das mag sein, aber vielleicht hat sie doch etwas mitbekommen«, gab Lena zu bedenken.

»Einen Versuch wäre es allemal wert«, erwiderte Fee versonnen.

»Sie lebt noch in Rantum auf dem Campingplatz?«

»Klar, wo soll sie denn auch sonst hin?«

»Ist es für dich in Ordnung, wenn ich ihr morgen mal auf den Zahn fühle?«, fragte Lena.

»Ich glaube nicht, dass dabei etwas herauskommt, aber bitte sehr«, meinte Fee. »Soll ich dich begleiten?«

Lena schüttelte heftig den Kopf. »Das würde zu überfallartig wirken. Ich gehe da lieber ganz unverbindlich vorbei und schaue bei ihr rein.«

Fee war einverstanden.

Nachdem die Frauen zwei weitere Flaschen Wein getrunken hatten, fielen sie übermüdet in die Federn. Fee bestand darauf, bei Lena im Bett zu schlafen, weil sie nicht allein sein wollte. Lena grinste liebevoll. Ihre kleine Schwester. Wie früher kuschelte sie sich neben Lena ein.

Am darauffolgenden Tag machte Lena sich auf nach Rantum zum Campingplatz. Sie war ein wenig nervös. Was, wenn sie nichts herausfand oder Okka ihr etwas anvertraute, was Lena nicht hören wollte? So viel wollte sie nämlich gar nicht über die Liebelei ihrer Mutter mit diesem Benno wissen …

Lena ging zu Fuß am Strand entlang, so sah der Besuch wenigstens etwas zufällig aus. Außerdem tat ihr die Nordseeluft enorm gut nach dem Weinkonsum am Vorabend. In ihrem Kopf schien ein kleiner Specht zu wohnen und sich mit seinem Hämmern über sie lustig zu machen.

Der Campingplatz unweit des Rantumbeckens war nur vierhundert Meter vom Weststrand entfernt. Lena meldete sich vorsorglich in der Rezeption an.

»Ich möchte eine Freundin besuchen«, erklärte sie. Die nette Frau hinter der Glasscheibe nickte und erteilte Lena die Erlaubnis, den Platz zu betreten.

Der Wohnwagen von Okka befand sich weiter hinten bei den Dauerstellplätzen. Lena kannte den Weg noch genau. Als Kind war sie oft hier gewesen. Sie staunte nicht schlecht, als sie die Parzelle entdeckte. Okka hatte sich hier mit den Jahren eine kleine Oase erschaffen. Ein weißer Lattenzaun umgab das Grundstück, und einige Beete verschönerten den Platz. Ihre Leidenschaft für Gartenzwerge war offenbar nicht verschwunden. Einige wirkten belustigt, andere blickten erbost in die Gegend. Manche lachten ausgelassen. Lena schmunzelte über die Vielzahl der Wächter aus Ton.

»Okka? Bist du zu Hause?«, rief sie durch die offene Tür des Wohnwagens. Er war nie verschlossen, auch wenn Okka gerade mal nicht in der Nähe war.

»Ja, wo soll ich denn sonst sein«, kam die raue Stimme der alten Frau aus dem Camper. Schon erschien sie in der Tür, durch die sie fast nicht hindurchpasste. Lena kam es so vor, als ob sie noch fülliger geworden wäre. Stets hing eine Zigarette in ihrem Mundwinkel, so auch jetzt.

»Ich bin es, Lena!«

»Na da brat mir doch einer ’nen Storch. Lena Hansen, was verschafft mir die Ehre? Bist du wieder auf die Insel gezogen?«

Lena grinste. »Nö, so leicht kriegt man mich nicht wieder her, aber ich bin bei Fee zu Besuch und dachte mir, ich schau mal bei dir vorbei.«

Okka sah Lena misstrauisch an. »Red keinen Unsinn, du willst doch etwas.«

Okka war nicht nur ein herzensguter Mensch, niemand verstand es außerdem besser als sie, zwischen den Zeilen zu lesen. Bei Lena war sie immer schon besonders gut darin gewesen, die Sorgen der jungen Hansen-Frau zu durchschauen.

Die Zigarette qualmte, hin und wieder kniff Okka ihr linkes Auge zu, damit der Rauch nicht hineingeriet. Nie war es der Camperin in den Sinn gekommen, den Glimmstängel aufzugeben. Ihre Kleidung wies fast immer Brandlöcher auf, doch die waren auf den bunt bedruckten Blusen nicht auszumachen. Der rote Nagellack blätterte ab. Okka nahm es da nicht so genau. Zusammen mit dem dicken blauen Lidstrich, der in den Siebziger- oder Achtzigerjahren sicher mal angesagt gewesen war, war das ein Markenzeichen dieser urigen Frau.

»Ich habe einen Tee fertig, möchtest du?«

Lena nickte.

»Gern. Ich freue mich, dich zu sehen«, meinte sie aufrichtig.

Die Frauen verzogen sich ins Innere des Campers. Lena quetschte sich auf die Sitzbank und wartete, bis Okka Becher auf den Tisch stellte. Sie war nie zuvor im Wohnwagen gewesen. Okka hatte sie stets im Vorzelt empfangen. Neugierig sah Lena sich um. An den Wänden hingen Fotos aus vergangenen Zeiten: Okka mit Federschmuck im Haar und Mikrophon in der Hand. Erstaunt sah Lena sie an.

»Du hast einmal gesungen?«

»Ja und wie«, erwiderte Okka, nicht ohne Stolz. »Ich war nicht immer eine verlotterte Person. Früher war ich sogar recht berühmt. Ich habe im Friedrichstadt-Palast Auftritte gehabt.«

Lena fand Okka keinesfalls verlottert, sie war gepflegt und für ihr Alter eine schöne Dame, bis auf den abblätternden Nagellack und die Brandlöcher in ihrer Kleidung. Lena war beeindruckt. »Das wusste ich gar nicht, warum hast du nie davon erzählt?«

»Ach Kind, das ist alles lange her und nicht mehr wichtig. Aber was ist mit dir? Deine biologische Uhr tickt schon. Kinder sind für dich kein Thema?«

Lena verneinte heftig. »Ich werde keine Kinder haben. Ich will arbeiten und mich nicht auf das Muttersein festlegen.«

Okka krauste die Stirn. »Das wirst du vielleicht eines Tages bereuen. Du solltest dir das gut überlegen.«

Lena misslang ein Lächeln.

»Glaube mir, ich habe gut darüber nachgedacht.« Sie wollte zwar das Gespräch nicht in diese Richtung lenken, aber unter Umständen war das die Gelegenheit, auf die Geburt ihrer Schwester zu sprechen zu kommen.

»Ich hatte mich damals auch dagegen entschieden und sogar eines wegmachen lassen«, redete Okka weiter. »Es vergeht kein Tag, an dem ich nicht daran denke.«

Lena riss die Augen auf.

»Du hattest einen Schwangerschaftsabbruch? Ich weiß nicht, ob ich das könnte«, gab sie zu.

»Ich war damals der Star auf der Bühne, ein Kind hätte alles zunichtegemacht. In der DDR gab es strenge Regeln, die ich einzuhalten hatte. Ich fürchtete um meine Existenz.«

Dass Okka aus dem Osten Deutschlands stammte, war Lena auch neu. Okka bemerkte ihr Erstaunen und grinste.

»Ich bin halt eine Ossitante«, witzelte sie. »Ich bin mein Leben lang nicht auf Rosen gebettet gewesen.«

Lena fehlten die Worte. Sie hatte immer gedacht, dass Okka aus Überzeugung auf dem Campingplatz wohnte. Offenbar war dies nicht unbedingt der Fall.

»Lena, mit dem Kinderwunsch ist es wie mit dem Durst. Zuerst bemerkt man ihn nicht, aber dann wird er immer schlimmer. Vergiss das nicht.«

»Aber ich habe diesen Wunsch doch gar nicht!«, protestierte Lena. Das ging ihr zu weit. Warum diskutierte sie hier mit Okka über das Kinderkriegen? Dennoch hinterließen die Worte der alten Frau einen bitteren Nachgeschmack. Lena rutschte auf ihrem Platz hin und her. Sie musste den Übergang zu Fee hinbekommen. Warum nicht direkt auf den Punkt kommen? »Sag mal, Okka, du bist doch damals im Winter immer zu uns gekommen, wenn es im Camper zu kalt wurde –«

»Ich war deinen Eltern sehr dankbar dafür«, unterbrach Okka sie.

»Darum geht es mir nicht.«

Okka sah sie über den Rand der schmalen Nickelbrille hinweg fragend an. »Sondern? Ich bin neugierig geworden, raus mit der Sprache.«

»Kannst du dich an einen Arbeiter erinnern …?«

»Ich habe über die Jahre viele Arbeiter dort gesehen, welchen meinst du genau?«

»Benno Weise.«

»Ach du lieber Himmel, diesen unangenehmen Kerl habe ich in der Tat kennen und verachten gelernt.«

Lenas Herz klopfte ihr bis zum Hals. Würde sie von Okka erfahren, was ihre Mutter mit Benno zu tun gehabt hatte? Ob sie ein Verhältnis gehabt hatten?

Okka kniff argwöhnisch die Augen zusammen und beugte ihren Oberkörper vor.

»Ist er etwa wieder aufgetaucht?« Lena nickte bekümmert. »Was will er?«

Lena zögerte. Sie fürchtete sich vor der Wahrheit. Was wäre, wenn sich die Behauptungen dieses Mannes bestätigten? Sie holte tief Luft. »Er verlangt Geld, weil er Fees Vater sein soll.«

Okka begann schallend zu lachen. »Deine Mutter und er? Das ist doch ein Scherz. Sie war oft genervt von seinen

Versuchen, sie zu umwerben. Rotzfrech! Auch wenn dein Vater dabei war, hat er sie belästigt. Er musste dann den Hof verlassen.«

»Aber er hat einen Brief von Mama. Daraus geht hervor, dass wir ihm zehntausend D-Mark schulden.«

Okka schluckte trocken und lachte dann bitter auf. »Kannst du dir vorstellen, dass Fee seine Tochter ist?«

»Niemals, sie ist das Abbild unseres Vaters, wie sollte denn da ...«

Okka schwieg.

»Aber er hat diesen handgeschriebenen Brief unserer Mutter«, gab Lena zu bedenken.

»Steht darin, dass er der Vater von Fee ist?«

Sie überlegte krampfhaft.

»Nein, ich glaube nicht.« Lena versuchte sich an den Inhalt des Briefes zu erinnern. Eigentlich war es ein Schuldschein, aus dem nichts weiter hervorging. Sie und Fee waren ob seiner Behauptungen derart verwirrt gewesen, dass sie nicht genauer hingeschaut hatten. Aber hatte Matteo vielleicht noch in Erinnerung, was darin gestanden hatte?

»Na also. Ihr müsst einen Anwalt aufsuchen, aber ich glaube nicht, dass der Kerl wiederkommt, nachdem ihr ihn vom Hof gejagt habt.«

Woher wusste Okka, dass sie ihn verjagt hatten? Lena hatte dies mit keinem Wort erwähnt.

»Ich hoffe doch, das habt ihr gemacht?«, setzte Okka hinzu. Lena nickte gedankenverloren. »Benno ist nicht so selbstsicher, er wird sich dorthin verziehen, wo er hergekommen ist.«

Lena seufzte schwer. »Das hoffen wir, aber dieser Brief war eindeutig in der Handschrift unserer Mutter verfasst ...«

»Ich erinnere mich daran, dass er sehr talentiert war, was Schriften anging. Das war sozusagen sein Hobby. Sorg dich nicht. Ich denke, er ist weg und wird sich hüten, noch mal aufzukreuzen. Schließlich hat er auch nie Unterhalt gezahlt, er sollte die Füße also stillhalten.«

»Hoffentlich hast du recht …«

Die Unterhaltung wechselte zum Wetter. Okka hielt die Sache für erledigt. Beim Abschied erinnerte sie Lena noch einmal daran, sich mit dem Thema Kinderkriegen auseinanderzusetzen.

»Irgendwann hat dein Körper diese Entscheidung für dich getroffen!«, rief sie ihr hinterher. »Ich mach auch hin und wieder den Babysitter.« Okka lachte kehlig.

Lena winkte ihr zu und beeilte sich, nach Hause zu kommen, um Fee die Neuigkeiten zu berichten.

18
Paul

Es waren inzwischen zwei Wochen vergangen, seit Benno Weise unerwartet auf dem Hansen-Hof erschienen war. Lena und Fee hatten nichts mehr von ihm gehört. Die Arbeit auf dem Hof ließ den Vorfall nach und nach in den Hintergrund rücken. Das Gespräch mit Okka hatte den Frauen zusätzlich eine gewisse Sicherheit gegeben.

Lena hatte das Büro aufgeräumt und diverse Schreiben der Bank in Augenschein genommen. Daraus ging hervor, dass Fee die Kredite gekündigt werden sollten. Lena war es gelungen, mit einer Bürgschaft das Schlimmste abzuwenden. Außerdem hatte Lena entdeckt, dass Fee die Einkommenssteuererklärungen nicht vollständig abgegeben hatte. Fee war der Ansicht, dass sie die Steuererklärung selbst erledigen konnte, dabei hatte sie aber nur die Einnahmen angegeben und die nicht unwesentlichen Ausgaben vergessen.

»Fee, wie konnte das denn passieren? Du hast Betriebswirtschaftslehre studiert, du musst doch –«

»Das weiß ich jetzt auch nicht mehr! Offensichtlich war ich mit allem überfordert. Schau, die Rechnungen habe ich alle sorgfältig weggeheftet.« Hektisch blätterte Fee die Ordner durch.

»Aber die kannst du nicht mehr geltend machen«, schimpfte Lena, »die sind lange abgerechnet!«

»Ich weiß«, gab Fee kleinlaut zu. »Ich bin aber auch eine dusselige Kuh.« Sie war den Tränen nahe. Das Geld wäre jetzt hilfreich gewesen.

Nun hieß es, einen Plan aufzustellen, wie es weitergehen könnte. Die Idee, einen Teil der Stallungen zu Ferienwohnungen umzufunktionieren, schlug Fee energisch aus. Ihr schwebte eher vor, Reitstunden zu geben. Dazu müssten jedoch weitere Pferde angeschafft werden, damit sich die Gruppenstunden lohnten.

Lena grübelte über die Idee nach, während sie Bella für einen Ausritt putzte. Sie liebte den Umgang mit den Tieren. So versunken war sie, dass sie zusammenzuckte, als sie hinter sich ein zögerliches »Guten Tag« vernahm. Sie wandte sich um und sah direkt in Matteos bewundernde Augen. Ihre Blicke verfingen sich ineinander, und Lena hatte Mühe, sich von ihm zu lösen. Es war unerklärlich, warum ausgerechnet dieser Lebenskünstler ihre Sinne so zu vernebeln verstand.

»Moin! Bringst du wieder einen Störenfried mit?«, stichelte Lena. Dabei grinste sie ihn herausfordernd an. Längst hatte sie sich daran gewöhnt, dass er von Zeit zu Zeit hier auftauchte. Nur dass er sie so aus dem Gleichgewicht brachte, war für sie schwer zu verstehen.

Sie war nie spießig gewesen, jedoch froh, mit Paul einen sicheren Hafen angesteuert zu haben, nachdem ihr Leben zuvor nicht immer rundgelaufen war. Sie würde sich jetzt nicht von ihren Hormonen leiten lassen. Es war albern, sich in Matteos Gegenwart kribbelig und atemlos zu fühlen. Zumal er im Grunde genommen ein Fremder für sie war. Aber sie konnte sich trotzdem nicht dagegen wehren. Doch jedes Mal, wenn es sie überkam, machte sie sich klar, dass sie keine weitere Kerbe an seinem Bettpfosten sein wollte. Dieser Gedanke half ihr, das Kribbeln in den Griff zu bekommen.

»Schon vergessen?«, fragte Matteo. »Ich habe eine Einladung zum Kaffee von dir.«

Lena schluckte zunächst. Wann war sie denn dermaßen leichtsinnig gewesen? Doch dann schmunzelte sie siegessicher. »Natürlich habe ich es nicht vergessen, aber war das heute?«

Matteo nickte langsam, als ob er sich nicht mehr sicher wäre. »Wenn es dir nicht passt …«

»Doch, doch, es wird zumindest passend gemacht«, erwiderte sie. Lena schnippte mit den Fingern und wies Bella in die Box. Das Tier schien enttäuscht, trotzdem folgte es Lenas Kommando und trottete hinein. Lena verriegelte die Tür und ließ das Putzzeug in die Aufbewahrungskiste fallen.

»Ich habe den Kaffee vorhin schon gekocht. Die Kanne steht drüben unter den Apfelbäumen.« Lena war froh, dass dies nicht gelogen war, denn nach ihrem Ausritt hatten Fee und sie zusammen über die weitere Planung reden wollen. Nun ging sie in Begleitung von Matteo hinüber zur Apfelplantage. Auf dem Weg stoppte er an seinem Wagen, öffnete den Kofferraum und zauberte einen Kuchen hervor. Grinsend hielt er ihn hoch.

»Schau, ich habe gebacken.« Lena beäugte ihn skeptisch. »Du glaubst mir nicht? Ich bin ein Multitalent, inzwischen solltest auch du das wissen«, frohlockte er. Lena rümpfte sie Nase.

»Ich hoffe, du bringst mich nicht damit um?«, konterte sie frech.

»Liegt mir fern, los, komm«, erwiderte Matteo knapp und machte eine Kopfbewegung in Richtung Obstbäume.

Sobald sie den schattigen Platz erreicht hatten, setzte er sich auf einen der wackligen Holzstühle, um die süße Verführung anzuschneiden. Lena staunte. Der Kuchen sah tatsächlich selbstgebacken aus. Sie bezweifelte allerdings, dass er aus Matteos Küche stammte.

Es war ein herrlicher, warmer Tag. Lediglich einige Schleierwolken glitten, von leichtem Wind getrieben, über den Himmel. Ein Sommertag wie im Bilderbuch, mit einer romantischen Atmosphäre. Für Lenas Geschmack war es etwas zu vertraut. Es kam ihr falsch vor, hier mit Matteo zu sitzen. Hatte sie ihn eben angehimmelt?

Nachdem sie den Kaffee in die Becher gefüllt hatte, probierte sie zuallererst den Kuchen.

»Du willst mir aber nicht weismachen, dass du ihn selbst gezaubert hast? Er ist köstlich«, schwärmte sie.

»Natürlich, ich bin ein verkannter Backkünstler. Du musst meine Fähigkeiten nicht ständig infrage stellen!«, entgegnete Matteo. Lena lachte herzlich über seinen empörten Gesichtsausdruck.

»Ich werde daran arbeiten«, versprach sie vergnügt. Sie hob die Kaffeetasse an den Mund, wo diese erstarrte. Lena vergaß Kaffee, Kuchen und das schöne Wetter. Nur wenige Meter von ihnen entfernt stand ... Paul. Wie aus dem Nichts war er plötzlich da.

Lenas Gesicht entbrannte. Fieberhaft überlegte sie, ob sie irgendetwas Verfängliches gesagt oder getan hatte. Noch während ihre Gedanken rasten, stellte sie den Kaffeebecher ab und sprang auf, um Paul zu umarmen. Doch irgendetwas stimmte nicht. Sein Körper versteifte sich, dann wich er leicht vor ihr zurück. Lena zögerte, ließ sich jedoch nicht beirren und schlang ihre Arme um seinen Hals. Es folgte ein flüchtiger Kuss.

Als sie sich von ihm löste, sagte sie unkompliziert: »Darf ich dir Matteo vorstellen? Er ist ein langjähriger Freund der Familie.«

Sie sah die Überraschung in Matteos Gesicht. Er hatte offenbar nicht damit gerechnet, dass Lena ihn als Freund bezeichnete, und war recht erfreut. Paul murmelte etwas, was Lena nicht verstand. Sie überging die seltsame Situation und bot an, ein weiteres Gedeck zu holen. Die beiden verdutzt dreinschauenden Männer blieben allein, während sie ins Haus eilte.

Als sie zurückkam, erhob sich Matteo gerade.

»Lena, ich will nicht stören. Ich schaue an einem anderen Tag wieder vorbei. Vielen Dank für den Kaffee«, säuselte er und reichte ihr die Hand zum Abschied. Ein kurzes Nicken in Pauls Richtung und schon wandte er sich zum Gehen.

»Ich bin wohl derjenige, der stört, stimmt's?«, knurrte Paul.

Lenas Augen flatterten. Sie versuchte möglichst locker zu wirken.

»Paul, ich freue mich, dass du gekommen bist«, versicherte sie ihm und küsste ihn. Diesmal intensiver und inniger. Augenblicklich versank sie vor Hingabe zu ihrem Verlobten und merkte, wie sehr sie seine Nähe vermisst hatte. Endlich gab auch Paul nach und legte liebevoll die Arme um sie.

»Baby«, raunte er in ihr Ohr, »wann kommst du zurück? Ich bin in Hamburg schrecklich einsam ohne dich.«

Lena löste sich sanft aus der Umarmung. Sie hatte Paul noch nichts von den Veränderungen an ihrem Arbeitsplatz erzählt. Es hatte sich nie eine Gelegenheit dazu ergeben. Ihre Telefonate waren selten, und wenn sie mal miteinander sprachen, hatte Lena keine Lust, darüber zu reden, dann war ihr nur Paul wichtig. Der die Gespräche ohnehin kurzhielt. Sie war sich auch nicht sicher, ob jetzt der richtige Moment für dieses Thema gekommen war. Paul wirkte ungeduldig, als könnte er es kaum abwarten, die Insel wieder zu verlassen. Lena wusste, wie ungern er hier war.

»Ich bin ja erst seit zwei Wochen hier«, wich sie seiner Frage aus. »Zwei Wochen habe ich noch.«

Paul warf den Kopf in den Nacken. Offenbar war dies nicht die Antwort gewesen, die er sich wünschte.

»Hast du denn irgendetwas erreicht? Sind die nächsten Wochen ausschlaggebend für den Erfolg deiner Mission?« Paul klang verärgert. Er wandte sich ab und starrte zu den Pferden hinüber. Lena legte liebevoll ihre Hand auf seine Schulter.

»Wollen wir ein wenig an den Strand gehen? Ich denke, dort lässt es sich besser über alles reden.« Paul blickte demonstrativ auf seine glänzenden Schuhe. Lena erriet seine Gedanken. »Ach, wir gehen barfuß. Deine Schuhe bleiben verschont.«

Sie lachte über seinen gequälten Gesichtsausdruck. Er war eben durch und durch eitel. Aber darum liebte sie ihn ja auch. Zumindest hatte sie diese Eigenschaft am Anfang ihrer Beziehung sehr charmant gefunden.

»Ich weiß nicht«, sagte er. »Ich fahre in einer Stunde zurück aufs Festland, ich fürchte, das wird nichts.«

Lena riss erstaunt die Augen auf und presste dann die Lippen fest zusammen. Sie versuchte gar nicht erst, ihre Enttäuschung zu verbergen. Paul blieb nicht einmal für eine Nacht bei ihr?

»Ich denke, deine Aufgaben liegen fürs Erste hier und meine in Hamburg«, fuhr er fort. »Darüber warst du dir doch im Klaren. Oder täusche ich mich?« Paul wirkte kühl und abweisend. Hatte er allen Ernstes gedacht, sie würde mit ihm nach Hause kommen? Wie das in ihrem Inneren nachhallte. Konnte Hamburg ihre Heimat bleiben, wenn sie dort keinen Job mehr hatte? Inzwischen war sie, was das betraf, ziemlich sicher, denn Klemens hatte sie ein weiteres Mal angerufen und ihr mitgeteilt, dass es einen großen Umbruch in der Firma gab und einige Mitarbeiter die Kündigung erhalten hatten. Lenas Versuche, mit einem der Vorstandsmitglieder zu sprechen, waren erfolglos geblieben. Es war ihr, als ob sie abgewimmelt wurde.

Lena musste sich eingestehen, dass ihr die Arbeit mit den Tieren inzwischen sehr gefiel. Nächste Woche würden die Reitstunden beginnen. Es waren zwar noch keine zusätzlichen Pferde auf dem Hof eingezogen, aber Fee hatte beschlossen, es trotzdem zu versuchen. Ihre Schwester freute sich wahnsinnig darauf und hatte dabei sogar den

Auftritt eines gewissen Benno Weise vergessen. Die Anfragen überstiegen bei Weitem das Angebot. Fee war völlig aus dem Häuschen. Es war gut, sie so zu sehen.

Lena zeigte auf die Sitzgruppe unter den Bäumen.

»Möchtest du wenigstens ein Stück Kuchen? Oder lieber nur einen Becher Kaffee?« Sie fragte eher aus Höflichkeit. Sie kannte Pauls Sorge, an Gewicht zuzunehmen, daher mied er Zwischenmahlzeiten und erst recht Süßes.

Widerwillig ließ er sich auf einem der Stühle nieder, nicht ohne die Sitzgelegenheit zuerst auf Sauberkeit zu überprüfen.

»Deiner Hose wird es nicht schaden, wenn du dich entspannst.« Lena bemühte sich gar nicht erst, die Ironie in ihrer Stimme zu verbergen.

Paul mied es, die gesamte Stuhlfläche einzunehmen, und wirkte etwas verkrampft. Lena dagegen saß ihm lässig mit gespreizten Beinen gegenüber. Er hasste Nachlässigkeiten, gerade bei Frauen. Mit dem Wissen, dass sie ihn damit provozierte, löste sie die Klammer im Haar und ließ es unkontrolliert über ihre Schulter fallen. Pauls linke Augenbraue schnellte nach oben. Nachdenklich rieb er sein Kinn.

»Du hast dich verändert«, stellte er fest, ohne den Blick von ihr zu wenden. Lena hatte eine ziemlich genaue Vorstellung davon, worauf er anspielte, stellte sich jedoch unwissend.

»Wie soll ich das verstehen? Bin ich deiner nicht mehr würdig, nur weil ich momentan nicht wie das Püppchen aussehe, in das du dich verliebt hast?« Lena ärgerte sich über seine Bemerkung. Ein tadelloses Aussehen war ihr stets wichtig gewesen. Doch mit Stöckelschuhen kam sie auf einem Bauernhof nun mal nicht klar. Außerdem fühlte sie sich wohl dabei, ihr Leben auf der Insel unbekümmert zu gestalten.

»Was redest du denn da?« Paul sprang auf. »Ich muss jetzt los. Wir sehen uns hoffentlich in Hamburg, wenn das hier«, er machte eine ausladende Armbewegung, die das gesamte Umfeld einschloss, »endlich unter den Hammer kommt.«

Lena plusterte sich auf und erhob sich ebenfalls. »Hier kommt nichts unter den Hammer«, empörte sie sich. »Und in Hamburg«, sie holte kurz Luft, »habe ich keinen Job mehr.«

Paul hielt inne.

»Du gibst alles auf?« Er klang entsetzt. Lena konnte die Tränen nicht zurückhalten. Kannte Paul sie so schlecht, dass er nicht wusste, wie gern sie ihre Arbeit hatte? Wie konnte er annehmen, dass sie alles hinschmeißen könnte? Sie schluckte.

»Du solltest losfahren, damit du den Zug erwischst«, erinnerte sie ihn. Dann stellte sie das Geschirr zusammen und stapfte damit ins Haus. Sie sah sich nicht nach Paul um. In diesem Augenblick war es ihr egal, ob er blieb oder fortfuhr. Eine Mischung aus tiefer Verletztheit und Ärger ergriff sie. Mit lautem Scheppern deponierte sie die Tassen in der Küche auf der Arbeitsplatte und starrte aus dem Fenster. Paul war gerade im Begriff, die Tür seines Wagens zu öffnen. Er schaute nicht auf, sondern schwang sich ins Auto. Dann fuhr er mit durchdrehenden Reifen davon.

»So eine Scheiße«, flüsterte Lena und war selbst über ihre Ausdrucksweise verwundert. Sie dachte an die Umarmung vorhin. Sie war vertraut und liebevoll gewesen, Lena hatte die Geborgenheit gespürt, die sie mit Pauls Nähe verband. Warum war dann plötzlich alles anders gekommen?

Sie überlegte, ob es vielleicht besser wäre, ihm nachzufahren. Aber hätte er nicht etwas mehr Zeit für sie mitbringen können? Die Idee, nach Hamburg zu fahren, verwarf sie. Es gab viel zu tun, und zu Hause würde der Verlust ihrer

Stellung im Architekturbüro doppelt wehtun. Dafür fehlte ihr der Mut.

19
Blumenwiese der Sehnsucht

Fee strich über die Wildblumenwiese, die sie eigens für ihre Bienenvölker angelegt hatte. Sie sorgte mit Leidenschaft und Hingabe dafür, dass die bunte, vom Aussterben bedrohte Vielfalt auf der Insel erhalten wurde. Die moderne Landwirtschaft hatte wenig Verständnis für diese Pflanzen. Pestizide zerstörten über Jahrzehnte das Wachstum der Heil- und Nutzkräuter. Fee hatte es sich zur Aufgabe gemacht, der Natur einen Platz einzuräumen, der selbst auf dem Festland äußerst knapp wurde. Damit Mensch und Tier davon profitieren konnten.

Leider waren die Pflanzen zu selten, um sie zu ernten und ihre Heilkräfte zu nutzen. Der Staat unterstützte diese Wiesen jedoch mit Fördergeldern. So erfreuten sich Fees Bienenvölker an einer für sie köstlichen Wiese, und sie selbst schöpfte deren wertvollen Honig ab, der guten Absatz erzielte. Bärwurz, Arnika, Gänseblümchen und Johanniskraut waren einige der Pflanzen, die hier auf den Tisch der Bienen kamen. Und nicht nur ihnen kam diese Vielfalt zugute: Beim Kontrollieren der Blüten entdeckte Fee immer öfter selten gewordene Insekten, die sich hier heimisch fühlten.

An diesem Tag hatte sie ihre Schutzkleidung dabei, weil sie die Bienenkästen öffnen musste. Sie hatte die Befürchtung, dass ein Pilzbefall ihre Völker bedrohte. Hauke hatte ihr versprochen, einen Blick darauf zu werfen. Fee war eine erfahrene Imkerin und verfügte über genügend Hilfsmittel, um mit so etwas fertigzuwerden, doch ein Tierarzt, der ebenfalls der Imkerei verfallen war, kam ihr gerade recht.

Vier Augen sähen mehr als zwei, hatte Hauke gemeint und seine Hilfe angeboten. Fees Haut kribbelte vor Aufregung. Hauke war ihr gegenüber bisher zurückhaltend geblieben, doch das machte ihn für sie nur noch interessanter.

Sie saß im Schneidersitz am Rand der Wiese und sog deren Duft ein. Eine solche Wiese gab es sonst nirgends auf Sylt. Die Insel galt hauptsächlich wegen ihrer Dünenlandschaft und der Heidefelder als Augenweide und Erholungsort. Doch Fee liebte ihre Wildblumen und Kräuter nicht weniger. Sie ließ ihren Blick schweifen. Die Bienen tanzten freudig zwischen den Blüten hin und her.

»Moin Fee, bist du schon im Land der Träume? Ich dachte, du arbeitest rund um die Uhr?« Hauke schlenderte grinsend auf sie zu. Dann ließ er sich neben ihr ins Gras fallen. Fee sprang jedoch sofort auf und sorgte für Abstand. Haukes Nähe war zwar aufregend, aber sie hatte nicht vor, ihn das merken zu lassen.

»Hey, da bist du ja«, brachte sie hervor. »Danke, dass du dir die Zeit nimmst.«

»Kein Ding«, meinte er. Dann lächelte er verschmitzt. »Ich erhoffe mir etwas davon.« Er zwinkerte ihr verschwörerisch zu. Das war eindeutig zu viel für Fee. Eine verräterische Hitze strömte in ihre Wangen. Das Kribbeln in ihrem Bauch drohte überzukochen.

»Ähm ... Ich verstehe nicht.« Ihr blieb fast die Spucke weg. Würde er ihr heute näherkommen? Hauke rieb sein Kinn, er schien nachzudenken.

»Ich bin völlig hin und weg ...«, Fees Herz pochte so laut, dass sie fürchtete, Hauke würde es hören, »... von deiner Wiese. Wäre es okay für dich, wenn ich meine Bienenvölker dazustelle?«

Ein Guss aus einem Eimer mit Eiswasser hätte nicht kälter sein können. Fee fühlte jegliche Hitze verfliegen. Zurück blieben Enttäuschung, Ärger und Scham. Was war sie nur für eine Idiotin? Jetzt hatte sie sich erneut zum Affen gemacht. Sie versuchte zu lachen, um locker zu erscheinen. Es klang etwas blechern, aber sie kam zurück in die Spur.

»Klar, sehr gern. Wann immer du willst. Dort drüben zur linken Seite hin ist Platz für deine Kästen.«

Haukes Gesicht hellte sich auf. »Vielen Dank, meine Bienen werden sich freuen. Außerdem laufen wir uns dann vielleicht öfter mal über den Weg.«

Fee zuckte zusammen. Was war das nun wieder? Sie stöhnte innerlich.

Männer sind unglaublich kompliziert. Hauke ist da offenbar keine Ausnahme.

»Gut möglich«, erwiderte sie resigniert. »Meine Bienenkästen stehen da drüben.« Sie wies zur anderen Seite der Wiese. Dann griff sie zur Schutzkleidung, um sie sich überzuziehen. Hauke tat es ihr gleich. Dabei sah er sie immer wieder fragend an.

»Habe ich etwas Falsches gesagt?«, wollte er wissen. Fee schnappte nach Luft.

»Wie kommst du darauf?« Sie setzte eine erstaunte Miene auf.

»Nur so. Wenn nicht, ist es ja gut.«

Schweigend gingen sie zu den Bienen. Fee öffnete nacheinander die Kästen, und augenblicklich schwirrten die Honigsammler summend über sie hinweg. Beide verhielten sich ruhig und besonnen. Hauke prüfte die Kästen und schüttelte leicht seinen mit Schutzhut versehenen Kopf.

»Alles bestens, ich kann weder Schädlinge noch Pilzbefall entdecken. Wir können auf die Chemiekeule verzichten.« Fee war erleichtert. Bienen waren vom Aussterben bedroht, doch ihren ging es zum Glück gut. »Ich hätte da sonst eine sanfte Methode, ihnen zu helfen, aber auch das ist hier nicht erforderlich. Wann darf ich denn meine Kästen vorbeibringen?«

»Wann immer du willst, stell sie einfach ab«, entgegnete Fee kühl. Sie hütete sich davor, ihm näherzukommen. Jede Berührung würde das lodernde Feuer in ihr schüren, von dem sie nicht wusste, ob sie es je wieder eindämmen könnte.

Langsam, damit sie die Bienen nicht aufscheuchten, bewegten sie sich fort. Fee befreite ihren Körper von der Schutzkleidung. Hauke verlangsamte die Schritte und betrachtete Fee eindringlich.

»Ich werde das Gefühl nicht los, dich verärgert zu haben.«

Auch er hatte sich der Schutzkleidung entledigt und hielt Fee nun sanft am Arm zurück. Sie erzitterte unweigerlich ob der Berührung und schlug für einen Moment die Lider nieder. Dann sah sie ihm direkt in die Augen.

»Nein, nicht verärgert«, flüsterte sie.

»Sondern?«

Fee bewegte leicht den Kopf hin und her. Sie konnte ihm unmöglich ihre Liebe gestehen und zog es vor, zu schweigen. Hauke trat näher an sie heran. Fee wich einen Schritt zurück. Doch Hauke war sofort wieder bei ihr. Unsicher streckte er seine Hand aus, dann streichelte er ihr Gesicht. Dort, wo er sie berührte, wurde ihre Haut glühend heiß. Die Wärme kroch über ihren Rücken. Sie kämpfte mit ihren Gefühlen und dem Verlangen, ihn zu küssen.

Urplötzlich legte Hauke eine Hand in ihren Nacken und zog sie sanft näher. Ihre Lippen bebten, bis Hauke seinen fordernden Mund auf ihren legte. Ein herber Duft von Zedernholz und Zitronen umgab sie. Jetzt schlang sie ihre Arme um seinen Hals und versank voller Leidenschaft und Hingabe in seinen Kuss.

Haukes Atem ging schwer, als sie sich wieder voneinander lösten.

»Verdammt, Fee, du machst es einem nicht leicht.«

Fee schnappte nach Luft.

»Ein Kompliment, das ich ebenso zurückgeben kann.« Sie kicherte ausgelassen.

Plötzlich waren Haukes Hände überall. Seufzend sank Fee in die Blumenwiese und zog ihn mit sich herunter. Ein Schwarm Bienen umkreiste summend die Liebenden, dann schwirrte er weiter zur Mitte der Blumenoase.

20
Es bleibt die Kälte

Seit Tagen ließ Lena der unverhoffte Besuch ihres Verlobten nicht los. Warum war er derart abweisend gewesen? Lag es daran, dass Matteo mit ihr unter den Apfelbäumen gesessen hatte? Sie zermarterte sich den Kopf, ob nicht doch irgendetwas zwischen ihnen passiert war, was Paul falsch aufgenommen haben könnte. Unmöglich, Matteo hatte sie nicht einmal berührt. Sie war sich sicher, Paul keinen Grund zur Eifersucht geliefert zu haben.

Oder doch? Musste sie sich nicht eingestehen, dass Matteos Nähe eine Wirkung auf sie hatte? Wellen von Hitze durchströmten ihren Körper, sobald sein Blick den ihren traf. Wann hatte Paul sie zuletzt so angesehen? Lena bekam ein schlechtes Gewissen und schämte sich ihrer Gefühle für den Piloten. Paul hatte einen anstrengenden Job und arbeitete hart für ihre gemeinsame Zukunft. Ihm war der berufliche Erfolg, verbunden mit einem gewissen Wohlstand, schon immer wichtig gewesen. Das hatte sie von vornherein gewusst und für richtig erachtet. Warum also fühlte sie sich jetzt um die fehlende gemeinsame Zeit mit ihm betrogen, ja gar allein? Paul liebte sie, daran zweifelte sie nicht. Oder etwa doch?

Ein Ruck durchfuhr ihren Körper. Sie musste zu ihm und das klären. Lena führte die Pferde auf die Wiese und lief zurück ins Haus, um einen Hosenanzug auszuwählen. Danach duschte sie. Kurz überlegte sie, ob sie auf Schminke verzichten sollte, widerstand jedoch dem Impuls und legte ein leichtes Tages-Make-up auf. Sie bürstete ihre Haare, bis sie glänzend über ihre Schultern fielen, und fixierte sie mit einer Klammer. Zufrieden betrachtete sie sich im Spiegel. Da war sie wieder, die alte Lena. Die Businessfrau, die wusste, was sie wollte.

Sie ließ die Schultern sinken. Warum fühlte sich das alles bloß falsch an? Lena verharrte vor dem Standspiegel und betrachtete sich mit geneigtem Kopf. Sie kam sich irgendwie verkleidet vor. Die Wochen auf dem Hof hatten sie verändert. Plötzlich schien der geliebte Hosenanzug nicht mehr zu ihr zu passen.

Sie gab sich einen Ruck. Sie musste sich irren, denn sie war Lena Hansen, die erfolgreiche Architektin. Mit einem Spürsinn für lukrative Bauvorhaben. Ein Traumberuf für sie, seit sie denken konnte. Das war alles so, wie es sein sollte.

Lena suchte ihr Handy und wählte Matteos Nummer. Er meldete sich sofort.

»Lady, was verschafft mir die Ehre deines Anrufs?« Seine warme Stimme hüllte sie unvermittelt ein. Doch sie blieb kühl.

»Hast du Zeit?«

»Für dich? Immer.«

»Ich muss nach Hamburg.«

Ein heiseres Lachen ertönte. »Heute wieder zurück?«

Lena überlegte. »Ja, ich denke schon.«

»Du denkst oder du weißt es?«

Nach kurzem Zögern antwortete sie: »Ich bin mir sicher.«

»Okay, wann?«

»Jetzt.«

Schweigen am anderen Ende der Leitung.

»Kommst du zum Landeplatz, oder soll ich dich abholen?«

»Ich bin schon unterwegs«, erwiderte Lena fest. Dann unterbrach sie die Verbindung und benachrichtigte Fee.

Anschließend bestieg sie ihren Wagen und sauste zum Flugplatz.

Matteo wartete bereits auf sie. Er lehnte am Hubschrauber und sah ihr abwartend entgegen. Verwundert verzog er die Mundwinkel.

»Schick, schick«, meinte er. Dabei ließ er offen, ob er es ernst meinte. Oft hatte er sie wissen lassen, wie wunderschön er sie in Jeans und Reitstiefeln fand.

Lena ging nicht darauf ein. »Können wir?«

Matteo schlug die Hacken zusammen und salutierte. »Zu Befehl, Lady, bitte einsteigen.«

Lena verdrehte genervt die Augen. Ob es richtig gewesen war, ihn anzurufen und um einen Flug zu bitten? Sie kletterte auf den Co-Piloten-Sitz, hielt ihre Handtasche umklammert und starrte stur nach vorn. Matteo startete den Motor. Er warf Lena einen prüfenden Blick zu, hütete sich allerdings, weitere Fragen zu stellen. Lena dankte es ihm im Stillen.

Nieselregen hatte eingesetzt, als sie den Sportflugplatz in Hamburg erreichten.

»Verdammt, warum regnet es hier?«, murmelte Lena. Eine Regenjacke oder wenigstens einen Schirm hatte sie nicht dabei.

Matteo griff hinter seinen Sitz und förderte einen Regenschirm zutage.

»Bitte nicht irgendwo liegen lassen«, ermahnte er sie leise.

Lena schnappte sich wortlos den Schirm und stieg mit mürrischem Gesichtsausdruck aus. Genau in eine Pfütze hinein. Wasser spritzte hoch, und ihre Seidenhose war sofort voller unschöner Flecken.

»Auch das noch!«, zischte sie verärgert. Hektisch wischte sie sie weg.

Als sie sich aufrichtete, stand Matteo vor ihr. Mit treuherzigem Blick meinte er: »Du kannst alles tragen, auch die Wasser-Öl-Tropfen der Landebahn.« Lena musste lachen, was in diesem Augenblick unglaublich guttat. Matteo freute sich über seinen gelungenen Scherz. »Ich warte hier auf dich, Lady.«

Die Worte waren Balsam für Lenas aufgewühlte Seele.

»Danke«, hauchte sie. Dann eilte sie über die Landebahn zum Ausgang.

Sie hatte nicht die leiseste Ahnung, wo sie nach Paul suchen sollte. Zuerst fuhr sie in sein Büro. Dort teilte seine Sekretärin ihr mit, dass Paul sich für den heutigen Tag freigenommen habe. Verwundert starrte Lena auf die Tür zu Pauls Büro. Sie konnte sich nicht daran erinnern, dass so etwas schon mal vorgekommen war.

Besorgt verließ sie das Gebäude, in dem ihr Verlobter die meiste Zeit seines Lebens verbrachte, und winkte einem Taxi zu. Der Fahrer bedeutete ihr jedoch, dass er schon anderweitig gebucht war. Lena fluchte. Ein feiner Nieselregen erinnerte sie daran, dass sie Matteos Leihgabe, den Schirm, in Pauls Vorzimmer vergessen hatte. Genervt eilte sie die Treppenstufen hinauf, riss die Tür auf, erntete einen ärgerlichen Blick der Sekretärin und verschwand wieder. Verdammt, sie durfte Matteo nicht ewig warten lassen!

Dieses Mal klappte es mit einem Taxi. Sie nannte dem Fahrer die Adresse und lehnte sich in die Polster zurück. Warum war sie nur derart gereizt? Sie versuchte ruhiger zu werden, doch es gelang nur mäßig. Es half, als sie vor ihrem Haus in Nienstedten ankam. Lena sah an dem alten Backsteingebäude empor. Oben im Schlafzimmer brannte Licht. Die Zimmer im Obergeschoss ließen nur wenig Tageslicht durch die Fenster, da kam es schon mal vor, dass eine zusätzliche Lichtquelle vonnöten war. Aber war Paul krank? Oder warum sonst hielt er sich dort auf?

Besorgt holte Lena den Haustürschlüssel hervor und betrat den Flur. Ein unbekannter Geruch schwängerte die Luft. Ohne sich weiter umzusehen, stieg sie, zwei Stufen auf einmal nehmend, die Treppe hoch. Die Tür zum Schlafzimmer war nur angelehnt. Lena stockte der Atem. Paul musste es sehr elend gehen, aber warum wusste sie nichts davon? Sofort überkam sie ein schlechtes Gewissen. Mit ausgestreckter Hand stieß sie die Tür auf. Dann erstarrte sie, wie vom Blitz getroffen.

Hübsche Spitzenhöschen lagen auf dem Boden verstreut, dazu BHs, die ohne Frage die Größe Doppel-D hatten. Es waren so viele, dass sie entweder verschiedenen Frauen gehören mussten oder sich über mehrere Tage und Nächte angesammelt hatten. Lenas Blick wanderte zum Bett. Eng umschlungen lagen Paul und eine Blondine dort. Sie schienen zu schlafen und hatten Lenas Eintreten nicht bemerkt.

Krampfhaft überlegte sie, was zu tun war. Sollte sie die beiden aufwecken? Unter ihren Lidern brannten Tränen, und ein dicker Kloß verschloss ihr den Hals. Aus ihrer Kehle entwich ein Krächzen, doch zu mehr fehlte ihr die Energie. Paul vernahm sie trotzdem und fuhr hektisch hoch.

»Lena!«

»Sag jetzt nicht, dass es nicht so ist, wie es aussieht«, flüsterte Lena aus ihrer Schockstarre heraus. Warum lief sie nicht davon, was erwartete sie noch von Paul? Ihre Füße schienen mit dem Teppich verwurzelt zu sein. Als ob Stahlfesseln sie daran hinderten, fluchtartig das Haus zu verlassen. Quälende Sekunden vergingen, ohne dass sie zu einer Bewegung fähig gewesen wäre. Die vollbusige Blondine wachte ebenfalls auf und griff nach ihrem Verlobten, aber er schob sie von sich.

»Bea, nicht«, brummte er, ohne Lena aus den Augen zu lassen.

Die Fußfessel löste sich auf einmal, und Lena stürmte aus dem Gebäude, das einmal ihr Zuhause gewesen war. Zitternd suchte sie draußen nach einer Möglichkeit, von diesem Ort fortzukommen. Pauls BMW parkte vor der Tür. Lena warf einen Blick in das Innere des Wagens. Offenbar hatte er es eilig gehabt, zu seiner Tussi zu gelangen, denn der Zündschlüssel steckte noch. Sie riss die Fahrertür auf und warf sich mit letzter Kraft in den Sitz. Die Tatsache, dass Paul sein Auto nie anderen anvertraute, verlieh ihr eine gewisse Genugtuung. Doch den Schmerz nahm dieser Gedanke ihr nicht. Die Reifen drehten durch, als sie tränenblind davonbrauste.

Unzählige wirre Fragen zermarterten ihr Hirn. War sie selbst schuld am Seitensprung ihres Verlobten? Jetzt wohl Ex-Verlobten. Lena schluchzte laut auf. Job weg, Mann weg, was würde als Nächstes auf sie zukommen? Sie hatte alle Katastrophen auf dem Präsentierteller serviert bekommen. Schlimmer ging es nicht mehr. Wann hatte das Glück sie verlassen? Warum hatte sie nie etwas bemerkt? Warum war Paul nach Sylt gekommen, wenn er sich bereits mit einer anderen tröstete?

Sie stellte den Wagen in der Nähe des Sportflughafens vor einer Einfahrt ab. ›Fahrzeuge werden kostenpflichtig abgeschleppt‹, verkündete ein Schild. Gut.

Den Schlüssel ließ sie stecken, dann bewegte sie sich auf wackligen Beinen zum Flugplatz. Sie betete inständig, dass Matteo an seiner Maschine auf sie wartete und nicht wie üblich im Tower Kaffee trank. Matteos Hummel sah jedoch verlassen aus. Lena stöhnte erschöpft.

Auch das noch. Wo war ihr Pilot? Sie war bemüht, nicht in Tränen auszubrechen, doch angesichts der verwaisten Maschine drohte die Verzweiflung sie zu überwältigen. *Nur nicht schlappmachen*, ermahnte sie sich immer wieder. Sie setzte sich neben die Hummel auf den Boden. Der Asphalt durchnässte ihre Seidenhose, doch das bemerkte sie nicht. Sie tauchte erst aus ihren Gedanken auf, als Matteo seine Hand auf ihre Schulter legte.

»Lady«, sagte er rau, »was ist passiert?«

Lena blickte auf und sah ihn mit verweinten Augen an. »Nichts, ich möchte nicht darüber reden. Bitte bring mich nach Hause.«

Er half Lena beim Aufstehen. Sanft drückte er ihren Arm.

»Natürlich«, entgegnete er leise, ohne weitere Fragen zu stellen. Dafür war Lena ihm unendlich dankbar. Matteos Schweigen war nicht fordernd oder gar drängend. Trotzdem gab er Lena das Gefühl, für sie da zu sein.

Unmittelbar vor der Landung auf der Insel öffnete Lena den Mund. Doch die Worte blieben ihr im Hals stecken. Stattdessen rollten abermals Tränen über ihre Wangen, und sie konnte sie nicht aufhalten. Matteo schaute sie fast liebevoll an.

»War wohl nicht so, wie du dir den Besuch in Hamburg vorgestellt hattest?« Zögernd ergriff er ihre Hand. Mit dem Daumen streichelte er sachte über ihren Handrücken. »Wenn du reden willst … Egal wann, ich bin ein guter Zuhörer.«

Lena nickte und senkte die Augen. Ihr Blick fiel auf den Verlobungsring, den Paul ihr vor einigen Wochen an den Finger gesteckt hatte. Sie drehte ihn hin und her. Dann zog sie ihn ab und ließ ihn in ihrer Handtasche verschwinden. Matteos Gesicht verfinsterte sich schlagartig.

»Er hat …«

»Offensichtlich eine andere«, spie Lena die Worte aus.

»So ein Idiot«, zischte Matteo. Er bat um Landeerlaubnis und erhielt sie sofort. Jetzt brauchte er seine ganze Konzentration, um das Landemanöver zu bewerkstelligen.

Nachdem er die Hummel sanft aufgesetzt hatte, wandte er sich besorgt Lena zu. Für einen Augenblick durfte er ihre Hand halten, dann entzog sie sie ihm. Sie schluchzte laut auf und stürzte aus dem Cockpit. Wenigstens hatte der Himmel ein Einsehen und seine Schleusen geschlossen. Am Horizont versuchte die Sonne durchzukommen, doch es schoben sich weitere Wolken davor.

Lena stieg in ihr Auto, um … nach Hause zu fahren. Ja, der Hansen-Hof war in den vergangenen Wochen tatsächlich ein Heim für sie geworden. Vorläufig würde dies wohl auch so bleiben müssen. Sie erwischte sich bei dem Gedanken, dass es weitaus Schlimmeres gab als den Hof.

21
Glücksmomente

Fee schwebte nur so dahin, während sie die Gänse versorgte und danach das Kartoffelfeld und die Apfelplantage begutachtete. Nicht mehr lange und die Ernte stand an. Fees Haut trug immer noch Haukes Duft. Bei jeder Bewegung, beim leichtesten Windzug umwehte er ihre Sinne. Selbst der Nieselregen konnte ihrer guten Laune nichts anhaben. Zumal er für ihre Felder nach der langen Flaute wichtig war. Es war heiß gewesen, und der Wind, der auf der Insel herrschte, hatte den Boden ausgetrocknet. Sie hoffte nur, dass der Regen morgen aufhörte, denn dann wollte Hauke seine Bienenkästen vorbeibringen. Es kribbelte unaufhörlich in ihrem Bauch. Sie würde es sich nicht nehmen lassen und ihm persönlich die Stelle zeigen, an der sein Bienenvolk in den nächsten Monaten ausschwärmen durfte. Fee ahnte, wie dieses Treffen ausgehen würde – voller Leidenschaft und Hingabe in der Blumenwiese. Ein sehnsuchtsvolles Prickeln breitete sich in ihrem Körper aus. Himmel, wie sie diesen Mann begehrte. Ja, sie war bis über beide Ohren verliebt. Sehnsüchtig erwartete Fee die Rückkehr ihrer Schwester aus Hamburg, um sie an ihrem Glück teilhaben zu lassen.

Sie lief hinüber zur Pferdeweide. Mo hatte am Morgen leicht gelahmt, sie wollte sichergehen, dass es ihm wieder besser ging. Sie entdeckte ihn bereits aus der Ferne. Doch was sie dort sah, gefiel ihr überhaupt nicht. Die Schmerzen schienen schlimmer geworden zu sein. Besorgt rannte sie das letzte Stück zur Koppel. Flink stieg sie über das

Gatter und näherte sich dann langsamer ihrem Pferd. Mo schnaubte leise, als er lahmend auf sie zukam.

»Hey, mein Dicker, was machst du für Sachen?« Vorsichtig tastete sie Mos Fesseln ab. Der linke Vorderfuß war geschwollen. Fee vermutete eine Sehnenentzündung. Sie versuchte ihn dazu zu bekommen, einige Schritte zu gehen. Doch er weigerte sich, schnellte den Kopf hoch und wieherte laut.

»Warte, ich bin gleich zurück.« Beruhigend strich sie über die Nüstern des Tieres. Dann entfernte sie sich, um ihren Koffer mit Salben und Verbänden zu holen. Sie überlegte, ob es angebracht wäre, Hauke anzurufen, verwarf jedoch den Gedanken. Aus jahrelanger Erfahrung wusste sie, was zu tun war. Nur selten hatte sie für lahmende Pferde einen Tierarzt gebraucht, was Hauke natürlich wusste. Fee wollte nicht den Eindruck erwecken, einen Vorteil erwirken zu wollen, nur weil sie beide ... Trotz der Sorge um Mo kribbelte ihr Körper schon wieder.

Eilig nahm sie den Koffer mit den nötigen Versorgungsdingen und zusätzlich eine Gamasche, um die Fessel zu schützen, und lief zurück zur Weide. Nachdem sie eine kühlende Salbe aufgetragen hatte, legte sie vorsichtig einen leichten Verband an und versorgte ihr Pferd mit der Gamasche. Mo hielt nicht viel davon, er tänzelte ungeduldig hin und her. Fee sprach beruhigend auf das Tier ein, zwischendurch summte sie ein Wiegenlied. Es war ihr gleichgültig, ob jemand sie deswegen für eine Spinnerin hielt. Zufrieden registrierte sie, dass Mo sich entspannte. Als sie fertig war, führte sie ihn langsam einige Schritte über die Wiese. Seine Bewegungen wirkten weitaus flüssiger als zuvor.

Sie schreckte auf, als Lenas Wagen vorfuhr. Ihre Schwester bremste scharf ab, blieb jedoch zunächst sitzen. Fee zog die Stirn in Falten. Sie ahnte, dass etwas vorgefallen war.

Sofort dachte sie an Benno Weise. Ob Lena eine neue Nachricht von ihm bekommen hatte? Mit beschleunigtem Puls schloss Fee das Gatter zur Weide und ging besorgt auf ihre Schwester zu, die endlich aus dem Auto stieg. In den letzten Wochen hatte Fee sich immer wieder die Frage gestellt, was wäre, wenn Lena tatsächlich nur zur Hälfte mit ihr verwandt wäre. Lenas Beteuerungen, dass dies nicht von Wichtigkeit sei, überzeugten die junge Landwirtin nicht gänzlich. Doch eines war klar: Lena so aufgebracht zu sehen schmerzte Fee unsagbar. Geschwisterliebe konnte man nun mal nicht von einem Augenblick zum nächsten ablegen.

Fee lief eilig hinüber zu Lena, doch diese schien sie nicht zu bemerken. Lena wirkte erschöpft und sank auf die Stufen vor dem Hauseingang. Endlich war Fee bei ihr.

»Liebes, was ist mit dir?« Fees Stimme versagte vor Sorge, lediglich ein Krächzen entwich ihrer Kehle.

Lena wehrte eine Umarmung ab und legte das Gesicht in ihre Hände. »Ich bin eine Idiotin«, sagte sie schniefend. »Alles habe ich für diesen Kerl getan, und zum Dank vergnügt er sich mit so einer Blondine. Noch dazu in meinem Bett.«

Fee war erleichtert, dass Lenas Laune nichts mit ihrem angeblichen Vater zu tun hatte. Verschämt verwarf sie den Gedanken sogleich wieder. Für Lena war eine Welt zerstört worden. Fee hatte Paul nie richtig gemocht – gut, sie hatte ihn auch nicht wirklich gekannt. Aber nun hasste sie ihn regelrecht.

Schweigend ließ sie sich neben Lena nieder. Ihre Schultern berührten sich. Als Lena nicht von ihr abrückte, versuchte Fee es erneut mit einer Umarmung. Dieses Mal ließ Lena sie gewähren.

»Lena, es tut mir leid.« Zu mehr Worten war auch Fee nicht imstande. Ein dicker Kloß steckte in ihrem Hals fest. Hier waren Worte ohnehin überflüssig. Wie Lena ihren

Körper gegen sie lehnte, verriet genug. Sie verstanden sich, ohne etwas sagen zu müssen. Lena war verzweifelt, und Fee tröstete sie. Lenas Oberkörper bebte. Trotz der wärmenden Sonne schien ihre Schwester zu frieren.

»Komm, lass uns hineingehen«, schlug Fee vor. »Ich habe Tee gekocht.«

Lena versteifte sich. Wild schüttelte sie ihre Mähne, dabei schluchzte sie laut auf.

»Ich will hierbleiben«, jammerte sie herzzerreißend. Fee seufzte leise.

»Natürlich«, flüsterte sie und umklammerte ihre Schwester fester.

Nach einer Weile löste Lena sich aus der Umarmung, wischte sich die geschwollenen Augen trocken und erhob sich.

»Gilt das Angebot mit dem Tee noch?« Sie reichte Fee die Hand und zog sie hoch.

»Auf jeden Fall, mein Hintern schmerzt schon von der harten Steintreppe«, meinte Fee. Dabei beobachtete sie das Gesicht ihrer Schwester ausgiebig. »Geht's denn wieder?«

»Klar, eine Hansen lässt den Kopf nicht so schnell hängen«, erwiderte Lena und schluckte die aufkommenden Tränen tapfer herunter. Sie stieg die wenigen Stufen empor. Es wirkte so, als ob sie einen Berg erklimmen würde. Sie schaute kraftlos und zerstört aus. Fee folgte ihr besorgt. Hoffentlich erholte Lena sich schnell, denn für Fee war es unerträglich, sie leiden zu sehen.

Mit starrem Blick pustete Lena wenig später in ihren Teebecher.

»Nun steht es wohl fest«, murrte sie, um Fassung bemüht. »Ich bleibe vorerst auf Sylt. Das wird dich sicher freuen.« Sie starrte Fee fast vorwurfsvoll an.

»Ich müsste lügen, wenn ich Nein sagen würde. Aber ich habe nie gewollt, dass du unglücklich bist«, entgegnete Fee.

»Ich weiß«, hauchte Lena. Sie schaute Fee entschuldigend an.

»Wir rocken das«, versicherte Fee ihr und hoffte inständig, dass es ihrer Schwester bald besser ging.

22
Süßes für Lena

Lena versorgte die Gänse. Sie hatte sich langsam an das schnatternde Federvieh gewöhnt und die anfängliche Furcht abgelegt. Lächelnd warf sie einen Blick zum Paddock, wo Fee gerade jungen Mädchen Reitunterricht erteilte. Es war ihr deutlich anzusehen, wie viel Freude sie daran hatte. Als Lena Geräusche aus der Hofeinfahrt hörte, wandte sie sich um. Dort kam jemand mit dem Rad angefahren. Wenn sie nicht alles täuschte, war das Matteo. Der Drahtesel war viel zu klein für seine langen Beine. Er trat kräftiger in die Pedale, als er Lena entdeckte.

»Moin Lady, ich wollte mich erkundigen, wie es dir inzwischen ergangen ist. Du warst letzte Woche ja recht durch den Wind.« Mit einem gekonnten Sprung landete er vor Lena auf den Füßen. In seinen Augen schimmerte der bekannte Schalk, doch es lag auch so etwas wie Besorgnis darin.

»Das ist lieb«, sagte Lena leise. »Aber ich komme klar, danke.«

Matteo zog die Augenbraue hoch. Es schien, als wollte er sogleich den Rückzug antreten. Doch dann griff er in die Satteltasche seines Rads und holte eine große Schachtel hervor. Lena erkannte die beliebten Pralinen der Insel-Bonbonfabrik. Geschmack hatte er, das musste sie ihm lassen. Matteo kratzte verlegen sein Kinn.

Wie süß, dachte Lena verzückt. Er wirkte unsicher, fast nervös. Eine Seite von ihm, die sie noch nicht kannte.

»Mir helfen Süßigkeiten, wenn ich Kummer habe. Ich

dachte mir, dass du dich vielleicht auch darüber freuen würdest.« Er streckte Lena die Packung entgegen. Zögernd nahm sie das Geschenk an.

»Danke schön.« Ihre Blicke trafen sich und hielten einander gefangen. Lena brach den tiefen Blickkontakt als Erste. Sie musste zugeben, dass Matteo sie nicht kaltließ. Aber sie konnte den Gedanken an Paul auch nicht ganz abschütteln.

Er versuchte sie seit Tagen telefonisch zu erreichen. Es versetzte ihr jedes Mal einen schmerzhaften Stich, wenn sie das Konterfei ihres Ex-Verlobten auf ihrem Handydisplay sah. Doch sie wollte nicht mit ihm sprechen. Was könnte er ihr schon sagen? Es war alles nicht so, wie es ausgesehen hatte? Es war ein Ausrutscher gewesen? Etwas völlig Harmloses? Für Lena war das Erlebnis in ihrem Haus in Hamburg alles andere als harmlos gewesen. Der Schock saß immer noch tief, ein Fels lastete auf ihrer Seele. Ein Zurück würde es für sie nicht geben. Paul hatte sich entschieden. Er hatte es vorgezogen, Lenas Abwesenheit dafür zu nutzen, seine Sekretärin zu beglücken. Damit war zwischen ihnen alles gesagt.

Ob Lena auf Sylt bleiben wollte, war noch nicht sicher. Lediglich das Jahr, das ihr Vater in seinem letzten Willen verfügt hatte, würde sie an Fees Seite verbringen. Alles andere war ungewiss.

»Kann ich etwas für dich tun?« Matteo blinzelte sie an.

»Danke, mir ist nicht mehr zu helfen«, entgegnete sie bestimmt. Nun war die Sache für sie erledigt. Sie verspürte keine Lust, mit Matteo über ihre Beziehungsprobleme zu reden.

Eilig leerte sie den Eimer mit Gänsefutter in die dafür vorgesehene Vorrichtung. Danach schloss sie das Gatter und war im Begriff, zu den Pferden hinüberzugehen. Doch dann fand sie ihr Handeln etwas unfreundlich. Schließlich war Matteo hier, um sie aufzumuntern.

»Na komm, ich spendiere dir einen Kaffee«, meinte sie spontan. Ein Lächeln huschte über Matteos Gesicht.

»Aber nur wenn ich nicht störe«, sagte er.

»Wann hast du mal nicht gestört?« Lena knuffte ihn neckisch.

Leichtfüßig ging sie voraus. Matteo holte sie ein und blieb an ihrer Seite. Sie zuckte zusammen, als sie seine Finger in ihren spürte. Dann ließ sie es jedoch geschehen. Mit ineinander verschlungenen Fingern schlenderten sie ein Stück über die Kiesauffahrt. Einerseits war es ein fremdartiges Gefühl für Lena, andererseits spendete ihr die Berührung einen gewissen Trost.

Matteo räusperte sich. Sofort löste Lena ihre Hand aus dem warmen, starken Griff des Mannes, den sie kaum kannte.

»Benno Weise schleicht wieder auf der Insel herum«, sagte er. »Ich fürchte, er ist zu allem bereit. Er hat meistens einen Typen in Anzug an seiner Seite. Sieht irgendwie nach Ärger aus.«

Lena blickte ihn aus verengten Augen an. »Du meinst, er hat sich nicht einfach zurückgezogen, wie wir gehofft haben?«

Bedauernd schüttelte Matteo den Kopf. »Ich würde es mir für euch wünschen, aber ich hab so ein komisches Bauchgefühl. Ich hielt es für besser, dir das sofort mitzuteilen.«

»Fee wird ihn in der Luft zerreißen«, raunte Lena. Dabei kroch auch ihr eine unglaubliche Wut in die Glieder.

»Das wäre natürlich die Lösung.« Matteo grinste leicht.

Lena beobachtete, wie Fee mit den Reitschülern den Paddock verließ. Fröhlich gab sie Kommandos, die Lena aufgrund der Entfernung nicht verstand. Doch ihrer Schwester war deutlich anzusehen, wie glücklich sie momentan war. Die Liebe zu ihrem Tierarzt verlieh ihrem Gesicht einen sanften Glanz. Leichtfüßig, fast federnden Schrittes, führte sie die Gruppe zu den Stallungen. Die Mädchen folgten ihr kichernd und schnatternd wie Gänse. Lena überlegte, ob sie ihre Schwester informieren sollte, dass ihr Möchtegernvater wieder auf der Insel weilte. Dann wäre sie zumindest nicht derart überrumpelt wie beim letzten Mal.

»Du musst es ihr sagen«, ermahnte Matteo sie. Hatte er ihre Gedanken erraten? Lena sah zu ihm auf.

»Ich fürchte mich davor. Sie hatte einen schrecklichen Zusammenbruch, als dieser Benno Weise behauptete, ihr leiblicher Vater zu sein. Sie hat sich zwar relativ rasch davon erholt, aber ich glaube, sie verdrängt den Gedanken daran einfach. Darin sind wir beide recht gut.« Lena seufzte schwer.

Matteo strich ihr sanft eine Haarsträhne hinters Ohr. »Ich würde sie an deiner Stelle darauf vorbereiten.«

Lena nickte.

»Das werde ich wohl tun müssen«, erwiderte sie nachdenklich.

Sie stieß die Haustür auf und bat Matteo hinein. Es war ein heißer Tag, selbst am Strand wehte kaum ein Lüftchen. Lena schloss für eine Sekunde die Augen, als sie die kühle Diele betrat. Obwohl ihre Haut so erhitzt war, fröstelte es sie plötzlich. Matteo folgte ihr in die Küche. Lena roch an dem Kaffee in der Warmhaltekanne und rümpfte die Nase.

»Der ist inzwischen ungenießbar«, stellte sie fest. Wenige Augenblicke später duftete es nach frischem Kaffee. Lena nahm die Pralinen zur Hand. Dabei schaute sie Matteo fragend an.

»Es sind deine«, meinte er. »Wenn du sie öffnen möchtest ...«

Lena grinste. »Ich brauche Nervennahrung.«

Mit geübten Bewegungen löste sie die Folie der Verpackung und nahm den Deckel ab. Sofort strömte ihr der himmlische Duft von Schokolade entgegen. Lena hielt

Matteo die Schachtel hin. Gezielt schnappte er sich eine der Nougatpralinen, die sofort in seinen Mund wanderte.

»Köstlich«, murmelte er und schloss dabei für einen genießerischen Moment die Lider.

Lena lachte. »Du scheinst diese Dinger ja zu lieben.«

Matteo nickte und ließ sich die Schokolade im Mund zergehen.

»Ich verschenke nur etwas, was ich selbst gerne haben möchte«, erwiderte er.

»Dann freue ich mich besonders darüber, dass du sie nicht behalten hast.« Beide lachten ausgelassen. Bis zu dem Augenblick, als Fee hereingestürmt kam. Lena wurde sofort ernst. Matteo wandte sich etwas ab.

»Lena!«, rief Fee verärgert. »Du wolltest doch den Kakao für die Mädels zubereiten.«

»Oh«, entfuhr es Lena, »das habe ich vergessen, entschuldige. Ich hole es sofort nach. Geh du nur zu den Mädchen und sorg dafür, dass sie nicht ungeduldig werden. Ich bringe dann alles raus.«

Fee schnaubte, wandte sich um und lief zurück zum Stall. Fahrig hantierte Lena in der Küche herum.

»Kann ich dir helfen?« Matteo stand prompt neben ihr. Lena spürte sofort die Wärme, die er ausstrahlte, und wurde kurz verlegen. Gleich darauf fing sie sich jedoch wieder. Sie wies auf die Tür zur Speisekammer.

»Dort ist eine Dose mit Keksen. Wenn du so lieb wärst und einige auf Teller legen würdest.« Sie reichte ihm einen Stapel Geschirr und war froh, dass sie ihn so schnell aus ihrer Nähe bekam. Währenddessen schüttete sie Milch in einen großen Topf und schaltete den Herd ein. Aus den Augenwinkeln sah sie, wie Matteo sorgfältig das Gebäck verteilte. Dabei wanderten einige Kekse direkt in seinen Mund.

»Du bist eine Naschkatze«, stellte Lena fest.

»Stimmt leider, ich muss dafür auch regelmäßig Sport treiben, damit ich nicht so rund werde wie du«, konterte er frech.

Lena schnappte sich ein Küchentuch und bewarf ihn empört damit. Mit Genugtuung sah sie, wie das Wurfgeschoss unmittelbar in seinem verdutzten Gesicht landete. Sie musste kichern. »Du unmöglicher Kerl!«

»Na warte, mich greift niemand ungestraft an!«

Matteo startete einen Gegenschlag Lena wich ihm zunächst geschickt aus, doch dann griff er sie am Handgelenk und drehte sie zu sich. Lena kreischte auf, aber Matteo ließ nicht locker. Aus nächster Nähe standen sie sich gegenüber. Lenas Atem beschleunigte sich, sie fühlte sich schwerelos. Sie waren sich so nahe, dass Lena seinen Herzschlag spürte. Matteos glühender Blick hielt sie gefangen. Nur wenige Millimeter trennten ihre Lippen. Lena erbebte innerlich.

Dann war der ganze Zauber vorbei. Denn hinter Lena zischte es laut, was sich nicht der Hitze zwischen ihnen verdankte, sondern der Milch, die hochbrodelte und mit einem Schwall über den Topfrand auf der Herdplatte landete.

»Verdammter Mist«, schimpfte Lena. Sie beeilte sich, den wild gewordenen Milchtopf zur Seite zu schieben.

»Vorsicht«, mahnte Matteo besorgt, während er mit einem Tuch die Platten trockenwischte. »Pass auf, dass du dich nicht verbrühst.« Seine Warnung kam jedoch zu spät: Die heiße Milch hatte Lenas Finger schon erwischt. Sie jammerte vor Schmerz.

»Sofort unters kalte Wasser«, befahl Matteo und zog sie zum Spülbecken. Lena keuchte, als der Wasserstrahl über ihre brennenden Finger wusch. Gleich darauf verspürte sie Linderung.

Matteo blieb dicht hinter ihr stehen. Sanft küsste er ihren Hals, dabei murmelte er etwas Unverständliches.

»Matteo«, hauchte Lena und schloss für einen Moment die Augen.

Er drehte sie zu sich und küsste zärtlich ihre leicht geöffneten Lippen. Lena wand sich zwischen ihm und der Spüle hervor.

»Ich muss den Schokotrunk fertig machen«, meinte sie unsicher, doch ihre Stimme zitterte vor Emotionen. Hastig rührte sie die Kakaomasse in die Milch und passte dieses Mal genau auf, dass sie nicht überkochte.

23
Abendrot, Abendnot

Fee hatte Lena und Matteo neugierig angesehen, als sie sie zusammen in der Küche angetroffen hatte. Dennoch stellte sie keine Fragen, und Lena war ihr sehr dankbar dafür. Matteo verabschiedete sich von den Schwestern und stieg auf sein Fahrrad. Er fuhr davon, nicht ohne sich laufend nach ihnen umzudrehen. Fee pfiff leise durch die Schneidezähne.

»Was für ein Abgang«, meinte sie anerkennend und sah Lena vielsagend an. Diese errötete.

»Na schau nicht so ...«

»Wie denn?« Fee legte den Kopf schief.

»Na, so eben!«

Fee kicherte.

Die Reitschülerinnen waren allesamt abgeholt worden, und die beiden waren allein auf dem Hof. Lena musste mit Fee unbedingt über Benno Weise reden. Sie fürchtete jedoch die Reaktion ihrer Schwester. Insgeheim grollte sie außerdem ihrer Mutter, von der sie immer geglaubt hatte, sie wäre an der Seite ihres Vaters glücklich gewesen. Offenbar hatte ein Hofhelfer ihre Wünsche besser erfüllen können als ihr Mann. Für Lena waren ihre Eltern in Sachen Liebe ihre großen Vorbilder gewesen. Mit Paul hatte sie sich eine ähnlich glückliche Ehe erträumt. Nun lag alles in Scherben.

Der Gedanke an Paul versetzte ihr einen Stich. Gleichzeitig fühlte sie sich schuldig. Matteo hatte sie heute geküsst. Unglaublich schön war das gewesen. Fast war ihr die

Sehnsucht nach ihm peinlich. Waren Paul und sie nicht unzertrennlich gewesen? Woher kam dann dieses Verlangen, noch dazu nach einem Mann, den sie anfänglich als Macho abgestempelt hatte? Versteckten sich in ihrem Inneren etwa Sehnsüchte, von denen sie nie etwas geahnt hatte? Warum löste ausgerechnet dieser Pilot so ein Chaos in ihr aus? Paul hatte sie bitter enttäuscht, das war Fakt, aber warum konnte Matteo sie so schnell trösten?

»Wollen wir heute den Sonnenuntergang am Strand genießen? Ich spendiere dazu eine Flasche Sekt«, unterbrach Fee ihre Überlegungen. Lena sah erstaunt auf.

»Wäre dafür nicht ein gewisser Tierarzt zuständig?«, neckte sie ihre kleine Schwester.

»Nö, heute nicht, er hat Nachtbereitschaft und möchte lieber in der Nähe der Praxis bleiben.« Fee zog die Schultern hoch. »Ich bin keine Ziege und laufe dem Bock nicht hinterher.« Sie lachte über ihren Scherz.

»Fee, bitte, wie du wieder redest. Lass das bloß niemanden hören.« Lena schüttelte den Kopf.

»Mach ich doch nicht. Nur du hörst mir zu, aber ich denke, auf dich kann ich mich verlassen.« Die Frauen lachten. Sie legten den Pferden eine weitere Gabel voll Heu hinein und schlossen das Tor der Scheune. Lena war mulmig zumute. Wie würde Fee reagieren, wenn sie erfuhr, dass Benno Weise zurück auf Sylt war?

»Du bist heute so nachdenklich. Hat Paul etwas damit zu tun?«

Lena fühlte sich erwischt. »Ähm … nein, der kann mir gestohlen bleiben.«

»Ich hatte heute den Eindruck, dass du und Matteo …« Fee guckte Lena grinsend an.

»Wir haben uns geküsst«, gestand diese.

Fee quietschte vergnügt. »Ich hab’s gewusst! Du siehst irgendwie glücklich aus.«

Lena seufzte. Das, was sie Fee gleich erzählen musste, würde sie alles andere als freuen.

»Mal schauen, ich möchte es langsam angehen lassen. Vielleicht ist es falsch, sofort nach einer Trennung etwas Neues anzufangen. Noch eine Enttäuschung würde mich völlig aus der Bahn werfen.«

»Ich denke, bei Matteo musst du dir keine Sorgen machen. Ich habe ihm vom ersten Augenblick angesehen, dass er in dich verschossen ist.«

Lena starrte ihre Schwester entrüstet an. »Woher willst du das denn wissen?«

»Ich kenne ihn halt etwas länger.« Fee tat geheimnisvoll.

»Jetzt sag nicht, du hattest doch was mit ihm?«

Fee winkte lässig ab. »Nein, sicher nicht. Wie du weißt, war ich vor langer Zeit in ihn verliebt, bis mir Hauke aufgefallen ist.«

»Hauke und du ... Ist es ernst?«

Fee nickte, dabei leuchteten ihre Augen wie Sterne um Mitternacht.

»Ich wünsche euch viel Glück«, entgegnete Lena sanft.

»Danke.«

Die beiden gingen nebeneinanderher ins Haus, zogen ihre Arbeitsklamotten aus und duschten ausgiebig, Lena im Obergeschoss und Fee in der Schleuse, dort, wo sie die Stallkleidung ausgezogen hatte.

Nun waren die Schwestern gleichzeitig fertig. Fee holte den Sekt aus der Speisekammer, und Lena nahm ein großes Stück Käse aus dem Kühlschrank. Beides gaben sie in einen Weidenkorb. Fee legte noch zwei Gläser dazu. Lena bemerkte den prüfenden Blick ihrer Schwester. Sie versuchte ihn zu ignorieren, doch Fee ließ das nicht zu. Sie setzte den Korb laut auf dem Tisch ab und stemmte die Fäuste in die Hüften.

»Verdammt noch mal, Lena, du verheimlichst mir doch etwas!«

Lena senkte die Lider.

»Benno Weise ist auf der Insel«, sagte sie. Sofort tat es ihr leid, denn Fee wurde kreidebleich.

»Wieso kommst du erst jetzt damit an? Wann hattest du vor, mir das zu sagen?«

»Ich weiß es nicht. Ich hatte Angst, du brichst wieder zusammen.«

»Aber was will er hier? Glaubt er wirklich, wir geben ihm Geld?«

Lena zog eine Schulter hoch, was so viel bedeutete wie: ›Ich weiß es doch auch nicht.‹

»Matteo hat es mir erst heute gesagt«, meinte sie.

»Ach, und danach habt ihr euch miteinander vergnügt? Du bist mir ja eine tolle Schwester ... Aber vielleicht bist du es nicht einmal.«

Lenas Herz krampfte sich schmerzhaft zusammen. Sie liebte Fee, und daran würde sich auch nichts ändern. Aber wie sollte sie ihr das klarmachen? Fee wurde bei diesem Thema immer dermaßen ablehnend, dass Lena nicht wusste, wie sie damit umgehen sollte.

»Wollen wir zum Strand?«, versuchte sie es. »Oder ist dir die Lust daran verloren gegangen?«

»Verloren gegangen«, brummte Fee. Sie verließ die Küche mit hängenden Schultern. Lena blieb betroffen zurück.

»Dann kann ich dir auch nicht helfen!«, rief sie ihrer Schwester nach und warf sich frustriert auf einen Küchenstuhl.

Eine halbe Stunde später erschien Fee mit zerknirschtem Gesichtsausdruck im Türrahmen des Wohnzimmers. Lena hatte sich dorthin zurückgezogen. Sie blätterte lustlos in einer Zeitschrift. Als sie ihre Schwester entdeckte, ließ sie das

Heft sinken und sah Fee erwartungsvoll an. Diese schlich näher heran und hockte sich neben Lena nieder.

»Wir sollten einen DNA-Test verlangen, bevor wir auch nur daran denken, diesem Typen irgendeine Zuwendung zukommen zu lassen«, begann sie das Gespräch.

»Gute Idee«, stimmte Lena zu. »Dann wären wir auf der sicheren Seite, und du könntest dir immer noch überlegen, ob du ihn in dein Leben lassen möchtest.«

»Davon kann keine Rede sein. Er wird nicht den Vater spielen und ich nicht die glückliche Tochter.«

»Wir hatten nur einen Vater, und der lebt nicht mehr«, pflichtete Lena ihr bei. Fee hatte bisher den Kontakt zum Rechtsanwalt abgelehnt. Doch nun blieb ihr nichts anderes übrig, als sich den Dingen zu stellen. »Wir holen uns morgen einen Termin beim Anwalt, dann heizen wir dem Kerl ordentlich ein.«

»Der wird sich noch wünschen, uns nie kennengelernt zu haben!« Fee war jetzt ganz in ihrem Element. Sie würde den Kampf mit dem Unbekannten aufnehmen, ganz gleich, was dabei herauskam.

Lena stand wortlos auf und lief in die Küche. Sie kam mit dem verwaisten Weidenkorb zurück. »Jetzt trinken wir aber einen, oder?«

»Unbedingt«, erwiderte Fee. Ein stummer Blickwechsel der Schwestern genügte, um sich zu einigen, dass sie doch noch zum Strand hinuntergehen wollten. Fee wirkte jedoch weiterhin nachdenklich. Das Gefühl, dass Benno Weise sich in ihr Leben drängte, quälte sie unsagbar. Lena ergriff ihre Hand.

»Hey, wir werden mit allem fertig, was man uns entgegenwirft, auch mit diesem merkwürdigen Typen.«

»Dein Wort in Gottes Gehörgang«, brummte Fee.

»Okka meinte übrigens, dass es für ihn eine ganz schlechte Idee wäre, auf diesen zehntausend D-Mark zu beharren.

Immerhin hat er nie Unterhalt gezahlt, da müsste er jetzt einiges blechen.« Lena grinste über das ganze Gesicht. »Das wäre doch was.«

Fee überlegte kurz. »Okka ist eine schlaue Frau«, stellte sie fest. »Warum sind wir nicht von selbst darauf gekommen?«

Die Schwestern schlenderten zum Strand hinunter. Ihnen bot sich ein atemberaubender Blick aufs Meer, mit einem glühend roten Sonnenuntergang. Der Feuerball am Himmel schien jeden Moment im Meer versinken zu wollen. Fast glaubte man es zischen zu hören. Lena zog sich ihren Schal fester um die Schultern. Mit dem Verschwinden des Tagesgestirns wurde es schlagartig kühl. Fee breitete eine Decke aus, und beide ließen sich darauf nieder. Im Schneidersitz öffnete Fee die Sektflasche, und Lena holte den Käse hervor.

»Prost, Lena, auf uns.«

»Auf uns«, wiederholte Lena schmunzelnd. Laut klangen die Gläser aneinander.

»Wir hätten mal etwas mitnehmen sollen, was nicht so zerbrechlich ist«, meinte Lena etwas später besorgt. Diese zarten Gläser stammten aus dem Besitz ihrer Mutter, die stets darauf geachtet hatte, dass ihnen nichts passierte.

»Wir sind doch vorsichtig«, sagte Fee hoffnungsvoll und stellte ihr leeres Sektglas im Sand ab. »Viel wichtiger ist es, dass wir gleich morgen unseren Anwalt Dr. Steinbach aufsuchen. Ich will so schnell wie möglich einen Vaterschaftstest beantragen, damit dieser ganze Mist ein Ende hat.«

Fees Augen wurden dunkel. Sie sprühten nur so vor Wut. Doch Lena erkannte die Angst darin. Die Furcht davor, dass ihr bisheriges Leben eine einzige Lüge gewesen war. Lena spürte einen schmerzhaften Stich in der Herzgegend. Fee war ihre einzige verbliebene Familie, und das war umgekehrt genauso. Natürlich würde es für Lena nichts ändern, sollte dieser Benno tatsächlich Fees leiblicher Vater sein. Aber für Fee ... Sie würde es nicht verkraften.

»Ich glaube, ich hab einen Schwips«, sagte Fee da und kicherte.

Lena schüttelte amüsiert den Kopf. Da sorgte sie sich um das Seelenleben ihrer Schwester, und die alberte herum. Beide lachten jetzt herzhaft. Dabei rannen Fee Tränen über die Wangen. Ein deutliches Zeichen dafür, dass die aufgestauten Emotionen sich Bahn brachen.

»Ich hab auch zu viel getrunken«, erwiderte Lena und umarmte Fee stürmisch. »Komm, lass uns zurücklaufen.«

»Na, ich vermute, es wird eher ein Zurücktorkeln.«

Beieinander eingehakt, mit dem leeren Korb unter dem Arm, begaben die Frauen sich auf den Weg. Der weiche Sand machte ihren Gang nicht gerade stabiler. Sie hinterließen tiefe Spuren, die der sanfte Sommerwind hinter ihnen verwehte.

24
Der Morgen danach

Lena stöhnte gequält auf, als Fee mit einem Ruck die Vorhänge zurückzog und die grelle Morgensonne sie blendete. In ihrem Kopf hämmerte ein Specht und erinnerte sie daran, dass sie am Abend zuvor einen über den Durst getrunken hatte. Sie verkroch sich unter die warme Decke.

»Spinnst du«, grummelte sie, »ich stehe nie so früh auf.«

»Wenn du anstrebst, eine nützliche Landwirtin zu werden, gehört das dazu. Unabhängig davon, ob du am Abend vorher gefeiert hast oder nicht«, flötete Fee amüsiert.

»Wer sagt, dass ich das anstrebe?«, protestierte Lena, ohne ihren Kopf unter der Decke hervorzustecken.

»Lena«, meinte Fee jetzt vorwurfsvoll, »wir haben einen Termin bei Dr. Steinbach, ich habe eben mit ihm telefoniert, er nimmt sich extra für uns Zeit. Außerdem ist es neun Uhr. Ich habe längst die Tiere versorgt und Brötchen geholt. Demnach beschwer dich nicht.«

Lena warf die Bettdecke zur Seite.

»Geht es dir denn gut?«, fragte sie und musterte ihre Schwester zweifelnd.

»Nö, hab ich auch nicht behauptet, aber was sein muss, muss eben sein. Komm schon, du kannst vor dem Termin bei Dr. Steinbach noch duschen.«

»Megagroßzügig«, murrte Lena und schlurfte ins Bad. Fee nickte zufrieden und verschwand im Untergeschoss.

Nach dem Frühstück machten die Schwestern sich auf den Weg nach Westerland.

»Wir nehmen meins«, bestimmte Lena und winkte mit ihrem Autoschlüssel. Den Talisman mit dem Bernstein hatte Paul ihr geschenkt. Fest umfasste sie den Bund und verspürte einen leichten Stich. Glück hatte er ihr nicht gebracht.

»Meines ist dir wohl nicht gut genug, was?« Fee setzte eine gespielt grimmige Miene auf.

»Doch, auf jeden Fall, aber ich mag Zuverlässigkeit und möchte nicht riskieren, irgendwo liegen zu bleiben.«

»Mein Auto hat mich bisher nie im Stich gelassen, es braucht nur ein bisschen Überredungskunst, dann schnurrt es wie ein Kätzchen«, verkündete Fee, ließ sich jedoch mit einem verträumten Blick in den bequemen Sitz des Sportwagens gleiten. »Ich möchte ihn mal fahren!«

»Klar, du kannst ihn zu jeder Zeit haben.« Lena war mit ihrem Wagen nicht derart pingelig wie Paul mit seinem. Sie freute sich, wenn Fee Spaß damit hatte.

»Dann fahre ich später zurück«, meinte die jüngere Hansen-Tochter mit erhobenem Kinn. Lena schüttelte lachend den Kopf.

»Nur zu«, erwiderte sie.

Mit jedem Kilometer, den die Schwestern Westerland näherkamen, wurde Fee stiller. Sie rutschte tief in den Sitz und saß mit eingezogenen Schultern neben Lena.

»Nicht verzagen«, tröstete Lena sie und ergriff ihre Hand.

»Ich habe eine Heidenangst vor diesem Termin«, gestand sie. Lena wusste, noch bevor sie etwas gesagt hatte, wie es in ihr aussah.

»Glaub mir, ich auch«, versicherte Lena, »aber wir müssen da jetzt durch.« Sie hielt hinter dem Linienbus und wartete darauf, dass die Ampel grün wurde. Dann bemerkte sie eine vertraute Gestalt. »Schau, da ist Okka!«, rief sie aus.

Fee ließ das Seitenfenster herunter, als Okka an ihnen vorbeiwatschelte.

»Moin Okka, so früh unterwegs?«

Okka trat an das Auto heran.

»Was heißt hier früh, ich bin schon längst keine Langschläferin mehr! Und ihr? Wollt ihr euch die Alimente von Benno sichern?« Sie kicherte.

»Mal schauen, was der Anwalt dazu meint«, gab Lena zu bedenken. Okka verabschiedete sich rasch, denn der Verkehr floss wieder, und Lena gab Gas. Nach der schwierigen Parkplatzsuche gingen die Schwestern zur Friedrichstraße.

Dr. Steinbach öffnete die Tür seines Büros und begrüßte die beiden freundlich, aber mit besorgter Miene.

»Was kann ich für Sie tun?«, erkundigte er sich, nachdem er hinter seinem Schreibtisch Platz genommen hatte. Lena erklärte ihm den Grund ihres Besuches und schielte zwischendurch zu Fee hinüber. Sie wirkte immens zerbrechlich, und Lena sorgte sich, dass sie jeden Moment einen Nervenzusammenbruch erleiden würde. Doch Fee blieb ruhig und sagte kein Wort.

Dr. Steinbach lachte freudlos aus. »Das ist ja ein nettes Früchtchen. Haben Sie schon einen Vaterschaftstest beantragt, oder soll ich einen bewirken?«

»Noch nicht«, piepste Fee, »aber ich denke, das muss jetzt passieren, denn er ist hier auf der Insel gesehen worden.«

»Ich muss ehrlich zu Ihnen sein, auch mir ist gestern zu Ohren gekommen, was er vorhat. Aber seien Sie versichert, an Geld wird er nicht kommen, denn wenn ich mir die Alimente ausrechne, die über die Jahre angefallen sind, hat er, zumindest was das angeht, mit Zitronen gehandelt.«

Fees Atem ging schneller.

»Ich will aber nicht, dass er mein Vater ist!«, rief sie aufgebracht.

»Das kann ich gut verstehen, und ich denke auch nicht, dass da etwas dran ist«, entgegnete der Anwalt. »Euer Vater hätte mir erzählt, wenn es Probleme in seiner Ehe gegeben hätte.«

Lena machte große Augen. »Sie waren so gut befreundet?«

»Mehr als das. Ich war in allen Dingen sein engster Vertrauter … und er meiner. Ich vermisse ihn immer noch sehr.«

Die Hansen-Töchter schluckten. Warum hatte es nie Hinweise darauf gegeben?

»Ihr wart zu jung, um etwas zu bemerken«, erklärte er, als ihm ihre Verwunderung auffiel. »Wir waren uns einig, unsere Freundschaft nicht an die große Glocke zu hängen. Auf der Insel waren wir beide sehr bekannt, und wir wollten nicht den Eindruck erwecken, dass wir aus der Freundschaft unseren Vorteil ziehen würden.«

»Versteh ich nicht.« Lena wurde ungehalten. Warum sollte man eine Freundschaft verstecken?

»Seien Sie versichert, liebe Lena, wir hatten unsere Gründe.«

Fee schlug mit der Faust auf den Tisch. »Können wir nun bitte weitermachen?«

Dr. Steinbach fragte nach dem Brief ihrer Mutter.

»Den hat der Typ wieder eingesteckt.«

»Dann würde ich vorschlagen, wir warten auf die nächsten Schritte des Herrn Weise. Ohne Schriftstück kann ich nichts für Sie erreichen. Er wird sicher bald einen eigenen Anwalt beauftragen und auf euch zukommen.«

Lena fiel auf, dass Dr. Steinbach im Gespräch laufend vom Sie zum Du wechselte. Fee schien es offenbar nicht zu bemerken. Lena störte das jedoch nicht weiter.

»Gut, uns bleibt wohl oder übel keine Wahl«, sagte sie. »Vielen Dank, Herr Dr. Steinbach, dass Sie sich die Zeit für uns genommen haben.«

Er erhob sich schwerfällig und lächelte den Frauen zu.

»Selbstverständlich, jederzeit. Wenn es etwas Neues gibt, meldet euch bei mir.«

Fee wirkte, als ob sie gerade aus dem Tiefschlaf erwachte. Verwirrt sah sie ihre Schwester und dann den Anwalt an.

»Wie jetzt, das war alles?« Sie stampfte mit dem Fuß auf. »Ich will das geklärt haben!«

Lena ergriff ihre Hand. »Wir werden es klären, versprochen. Nun komm, wir fahren nach Hause.«

Fee ließ sich gedankenversunken auf die Straße führen. Lena war in Sorge. Ihre Schwester gefiel ihr gar nicht, in ihr braute sich offenbar etwas zusammen. Draußen vor der Tür, direkt in der Einkaufsstraße, rastete sie aus. Sie schimpfte, schrie und stieß Lena von sich, als diese sie in den Arm nehmen wollte. Einige Passanten blieben verwundert und neugierig um sie herum stehen.

»Das ist doch kompletter Irrsinn!«, rief Fee. »Wie soll ich denn jetzt zur Tagesordnung übergehen?«

Lena sah sich gezwungen ihre Schwester mit einer leichten Ohrfeige zur Besinnung zu bringen. Fee schüttelte sich kurz und verstummte. Nun durfte Lena sie in den Arm nehmen und zum Auto führen. Fee zitterte.

»Alles wird gut, Liebes«, flüsterte Lena. »Wir fahren nach Hause.«

»Lena«, hauchte Fee, »ich möchte nicht, dass wir Halbgeschwister sind.«

Lena lächelte sanft. »Ich auch nicht«, beteuerte sie, »aber ich würde dich auch dann lieben.«

Fees Miene wurde weich. »Ich dich auch.«

Sie hatte die Lust daran verloren, das Steuer zu übernehmen. Also stieg Lena auf der Fahrerseite ein und Fee neben ihr. Plötzlich entdeckten sie Benno Weise auf der Straße. Tatsächlich war er in Begleitung eines Mannes, der ungewöhnlich gut gekleidet war. Fee fasste nach dem Türgriff, doch Lena hielt sie zurück.

»Lass es sein«, warnte sie milde. »Wir warten ab, bis er sich meldet.«

Fee stöhnte auf.

»Ich hätte gute Lust, ihm eine reinzuhauen.« Kraftlos fiel sie in den Sitz zurück. Lena beeilte sich, den Wagen zu starten, und fuhr los.

25
Mo greift ein

Wieder vergingen Tage ohne einen Hinweis auf das Vorhaben von Benno Weise. Fee hatte sich wieder gefangen und die Tatsache, dass er auftauchen und Forderungen stellen könnte, offenbar erfolgreich verdrängt. Das Wetter meinte es gut mit der Insel und bescherte ihnen strahlenden Sonnenschein. Die Reitstunden bereiteten Fee nach wie vor Freude, und die Mädchen waren stolz auf ihre Fortschritte. Erhobenen Hauptes schlenderten sie über den Hof, führten die Tiere von der Weide zum Paddock und begannen selbstständig mit Longierarbeiten, bis Fee zu ihnen stieß. Es tat ihr zusehends gut, die Reitschülerinnen zu motivieren.

Lena beobachtete sie lächelnd. Ihre Füße steckten in den rosa Gummistiefeln, die sie mehr und mehr liebte. Schließlich hatte ihr Vater sie persönlich für seine Tochter gekauft. Zugegeben, anfangs hatte sie die Dinger nicht tragen wollen, doch inzwischen zog sie sie ihren Pumps sogar vor. Trotz der Probleme, die sich um sie herum auftürmten, verspürte sie eine Leichtigkeit, die sie so nie gekannt hatte. Insgeheim hatte sie ihrem Vater sein Testament verziehen. Vielleicht hatte er recht damit gehabt, dass das Landleben das Richtige für sie war.

Lena war auf dem Weg in die Pferdeställe, um sie auszumisten, als ein Auto mit Hamburger Kennzeichen vorfuhr. Ihr stockte der Atem. Paul stieg aus und eilte auf sie zu. Offenbar hatte er sich einen neuen Wagen zugelegt. Einen optimalen Aufreißerschlitten. Wut stieg bei dem Gedanken in Lena auf.

»Lena, warum erreiche ich dich nicht über das Telefon?«

Entrüstet stemmte sie die Hände in die Hüften.

»Kannst du dir sicher denken! Was willst du hier?« Feindselig sah sie ihm entgegen.

»Mit dir reden«, konterte Paul genervt. »Ich versuche seit einer Ewigkeit, dich zu erreichen.«

»Das kannst du dir sparen«, giftete sie ihren Ex-Verlobten an.

»Lena, bitte verzeih mir. Ich liebe dich und möchte dich nicht verlieren.« Er berührte sie sanft an der Schulter. Lena zuckte angewidert zurück.

»Das hättest du dir vorher überlegen müssen! Für mich gibt es keine Umkehr.«

»Ich weiß, dass ich einen Fehler gemacht habe. Bea war einfach da, und ich bin schwach geworden, ich bin eben auch nur ein Mann.« Treuherzig sah er Lena an.

»Werde glücklich mit ihr.« Sie war im Begriff, ihn stehen zu lassen, doch er hielt sie fest.

»Lena!«

Sie schaute ihn mit finsterem Blick an.

»Sofort loslassen«, befahl sie kalt.

»Ach, hast dich wohl inzwischen mit diesem Piloten getröstet, oder wie darf ich das verstehen?«, fragte Paul scharf. »Habe ich euch neulich doch bei einem Stelldichein überrascht?«

Das traf Lena wie ein Schlag ins Gesicht. Wie konnte Paul nur so etwas sagen? Wenn Männer tatsächlich alle so waren, wie Paul behauptete, würde sie in Zukunft eher auf die Liebe verzichten!

»Ich brauche mich nicht trösten zu lassen«, gab sie zurück. »Ich bin endlich frei in meinen Entscheidungen und muss mich nicht mehr nach einem Kerl richten!« Das war zwar gelogen, aber die Worte rutschten einfach über ihre

Lippen. Das gekränkte Gesicht Pauls verlieh ihr Genugtuung.

»Na hoffentlich muss dich kein Mann mehr ertragen, du Vollblut-Emanze!« Paul spuckte die Worte regelrecht aus.

Lena dachte daran, was Fee ihr ständig vorbetete: Er war ihrer nicht wert. Aber warum war er derart gehässig zu ihr? Schließlich hatte *er* sie betrogen, nicht umgekehrt.

Hinter Paul entdeckte Lena Fee, die mit Mo über den Hof schlenderte. Offenbar erkannte ihre Schwester die unangenehme Situation schon aus der Ferne. Kurz entschlossen schickte sie Mo vor, der urplötzlich hinter Paul auftauchte und ihn schubste. Nicht zärtlich wie bei Fee und Lena, nein, er versetzte Paul einen solchen Stoß, dass dieser vornüberfiel und stolpernd gegen sein Auto krachte. Mo stellte sich zwischen Lena und Paul. Es wirkte, als ob er den Eindringling vom Hof jagen wollte.

Lachend kreuzte Lena die Arme vor der Brust. »Er scheint dich nicht sonderlich zu mögen.«

»Ruf ihn zurück!«, schrie ihr Ex-Verlobter entsetzt.

Fee war nähergekommen und fiel in Lenas Lachen mit ein. »Er ist doch kein Hund! Er macht immer, was er will.« An Lena gewandt fügte sie hinzu: »Am liebsten würde ich die Gänse auf ihn loslassen, aber die Arbeit, sie wieder einzufangen, ist der Typ mir nicht wert.«

Lena seufzte gespielt.

»Oder deine Bienen? Wäre aber schade um den verseuchten Honig«, kommentierte sie grinsend. Paul rührte sich nicht, er blieb halb auf seinem Auto liegen und zitterte vor Angst.

Lena bewegte sich auf Mo zu und klopfte sanft auf seinen Hals. »Guter Junge, aber nun komm, er gibt Interessanteres im Leben als diesen Blödmann.« Sie schnippte leicht mit den Fingern und führte, unter den überraschten Blicken ihrer Schwester, den Hengst zum Stall. Zur Belohnung gab sie ihm eine extra Portion Hafer. »Danke, Großer, du bist einfach toll.«

Draußen vernahm sie das Geräusch von Autoreifen in der Hofeinfahrt. Paul hatte sich verzogen. In Lenas Augen brannten Tränen und drohten überzulaufen. Sie schniefte und schluckte den Kloß im Hals herunter. Wie war es nur möglich, dass er sie so hatte täuschen können? Sie fragte sich nicht zum ersten Mal, warum er ihr eine Szene gemacht hatte, als sie sich geweigert hatte die Insel früher zu verlassen. Hatte er zu dem Zeitpunkt nicht bereits eine Affäre mit dieser Bea gehabt?

Fee trat leise hinter sie. »Na, ihr werdet doch noch Freunde, wie es aussieht.«

Lena legte ihre linke Wange gegen die des Pferdes.

»Freunde für immer«, flüsterte sie ergriffen. Dann wirbelte sie herum. Ihre Augen leuchteten. Es schien, als ob der Zwischenfall mit Paul überhaupt nicht existierte. »Fee, ich habe eine Idee, die mir schon länger im Kopf umhergeht! Was hältst du davon, wenn wir einige Alpakas auf die Weide holen? Wir könnten Wanderungen für Urlauber und gestresste Einheimische anbieten. Nebenbei wäre ihre Wolle eine weitere Einnahmequelle. Ich habe viel darüber gelesen und denke, sie wären eine Attraktion auf Sylt.«

Fee wirkte skeptisch. »Wer von uns soll sich denn darum kümmern? Vor allem, wenn du die Insel wieder verlässt?«

»Ich werde mich kümmern«, beschloss Lena unvermittelt und feierlich. »Ich werde mein Haus in Hamburg verkaufen und hierbleiben. Ich weiß nur noch nicht, ob es auf Dauer klappen kann, mit dir unter einem Dach zu leben.« Jetzt war Lena froh darüber, dass sie damals das Haus allein gekauft hatte. Sonst hätte sie es nun mit Paul teilen müssen.

Fee jubelte laut auf. Mo wurde in seiner Box unruhig. Lena besänftigte das Tier auf eine so liebevolle Art, dass Fee nur staunte.

»Du hast keinen Bammel mehr vor Mo?«

»Warum denn? Er ist zwar ein Mann, aber einer von der verlässlichen Sorte.«

Die Geschwister lachten herzlich.

»Mit den Alpakas ... Ich überlege mir das mal. Es scheint mir eine wirklich gute Sache werden zu können«, meinte Fee nachdenklich.

Dieses Mal war es Lena, die vor Begeisterung quiekte.

26
Am Abgrund

Seit Lenas Ankunft auf der Insel waren drei Wochen vergangen. Klemens hatte sich seitdem nicht mehr bei ihr gemeldet. Ob es für sie wirklich keinen Platz mehr in ihrer Firma gab, hatte sie bisher nicht bestätigt bekommen. Doch an diesem Tag kam endlich ein Brief der Geschäftsleitung an. Mit zittrigen Fingern öffnete Lena das Einschreiben. Obwohl sie bereits die Entscheidung gefällt hatte, auf Sylt zu bleiben, war die Nachricht für sie dennoch ein Schock: fristlose Kündigung wegen Wegfall ihrer Arbeitsstelle.

Natürlich wusste Lena, dass diese Kündigung nicht rechtens war, doch sie beschloss, nicht vor das Arbeitsgericht zu ziehen. Viel schlimmer als die Nachricht selbst war für sie, dass Paul als beratender Anwalt der Firma diesen Brief verfasst und unterschrieben hatte. Dabei hatte er immer behauptet, sich nicht für Arbeitsrecht zu interessieren und solche Fälle nicht zu übernehmen.

Lena musste zum Gegenschlag ausholen.

»Na, dem werde ich beweisen, wer hier am längeren Hebel sitzt!« Sie schnappte sich ihr Handy. Paul bewohnte zurzeit ihr Haus, da es in seiner Wohnung, laut seinen Angaben, einen Wasserrohrbruch gegeben hatte. Damit musste jetzt Schluss sein. Lena würde einen Makler beauftragen, der das Gebäude für sie zum Verkauf anbieten würde, denn es könnte nie mehr ihr Zuhause sein.

Paul meldete sich sofort. Sie forderte ihn auf, das Haus zu verlassen.

»Ich bin schon vor zwei Tagen ausgezogen«, erwiderte er kalt.

»Umso besser«, flüsterte Lena und unterbrach die Verbindung.

Sie würde in den nächsten Tagen nach Hamburg fahren und auf dem Anwesen nach dem Rechten sehen. Danach einen Makler einschalten. Ihr Herz zog sich leicht schmerzhaft zusammen. Das alte Backsteinhaus war ihre Zuflucht nach langen Arbeitstagen gewesen. So wie Paul ihre Heimat gewesen war. Doch beides stand ihr nicht mehr zur Verfügung. Sie wollte es ja auch so. Aber warum spielte das Leben ihr immer wieder einen Streich? Noch vor gar nicht langer Zeit sollten die Hochzeitsglocken läuten. Jetzt waren es die Alarmglocken, die sie davor warnten, dass sie vor dem Abgrund stand.

Lena schaute zum Himmel auf. Es wehte ein leichter Ostwind, der einige dunkle Wolken mit sich brachte. Sie schlenderte zur Apfelplantage, um die Sitzauflagen der Gartenstühle einzusammeln. Es wäre schade, wenn sie dem Regen zum Opfer fielen. Sie brachte alle Auflagen in die Scheune und sah nach den Pferden, die am heutigen Tag in ihren Boxen geblieben waren. Fee meinte, sie sollten sich besser ausruhen, bevor sie im Reitunterricht arbeiten mussten. Bella hob gleich den Kopf, als sie ihre Besitzerin hörte, und wieherte leise. Mo döste vor sich hin, und die anderen zwei, Luke und Peppi, guckten neugierig über die Boxentür zu Lena. Jedes Tier erhielt eine Extramöhre und reichlich Streicheleinheiten. Dabei war nicht klar, wer hier wen tröstete oder wem Sicherheit verlieh. Lena schloss die Augen und legte seufzend ihre Wange an die von Bella.

Lena vernahm ein Kratzen von der Scheunentür her. Als sie sich umschaute, sah sie unmittelbar in Matteos tiefgründige braune Augen.

»Hey«, krächzte sie.

»Selbst hey. Wie geht es dir?«

Lena hob die rechte Schulter. »Davon abgesehen, dass ich eben die fristlose Kündigung von meiner Firma erhalten habe, die mein Ex-Verlobter verfasst und abgeschickt hat, ganz gut.«

Matteos mitleidiger Blick drang bis in Lenas Seele vor. Er nahm sie ohne Worte in den Arm und wog sie sanft hin und her. Für Lena war das eindeutig zu viel. Die Tränen bahnten sich nun einen Weg über ihr Gesicht. Matteo ergriff ihre Hand.

»Komm«, befahl er und zog sie hinter sich her. Er öffnete die Beifahrertür seines Wagens und verbeugte sich. »Lady, bitte einsteigen.«

Lena musste unweigerlich schmunzeln. »Was hast du vor?«

»Lass dich überraschen. Ich finde, du brauchst eine Auszeit«, entgegnete er.

»Aber ich –«

»Du hast für den Rest des Tages frei«, sagte er fest.

Seine Gegenwart verunsicherte Lena. Der Kuss zwischen ihnen war eine einmalige Sache geblieben. Matteo hatte nie wieder versucht, ihr auf diese Weise näherzukommen. Seine Scherze und seine Sorge schienen rein freundschaftlicher Natur.

Matteo fuhr in gemäßigtem Tempo über die Insel, leise Musik drang aus den Autoboxen.

»Warum machst du so ein Geheimnis daraus?«, wollte Lena wissen.

Matteo zwinkerte ihr zu. »Lass dich einfach mal fallen.«

Sie seufzte. Das war keine Fähigkeit, die sie beherrschte. Die Welt drehte sich, und Lena konnte ebenfalls nicht stillstehen.

Matteo bog ab zum Lister Ellenbogen, einer der schönsten Sehenswürdigkeiten Sylts. Der nördlichste Punkt Deutschlands befand sich in Privatbesitz, war jedoch für jeden zugänglich. Matteo stellte das Auto vor der Mautstelle ab. Um mit dem PKW diese Halbinsel zu befahren, musste man vorher ein Ticket lösen. Offenbar hatte Matteo sich entschieden, zu Fuß zu gehen. Das kam Lena sehr entgegen. Wo sonst als an diesem Ort mit dem feinsten Sandstrand der Welt konnte man die Seele baumeln lassen? Genau das Richtige für Lenas aufgewühltes Inneres. Sie liebte dieses Naturschutzgebiet mit seiner Artenvielfalt von Seevögeln, Schafen und Robben.

Nachdem sie ausgestiegen waren, liefen sie schweigend nebeneinanderher auf den Leuchtturm zu. Wie zufällig streiften sich ihre Hände. Am Horizont lugte die Sonne zwischen den mittlerweile zahlreichen Wolken hervor.

»Schau, das Klärchen lässt sich nicht von den Wolken vertreiben.« Matteo wies mit dem Zeigefinger über die Dünen. Lena bezweifelte, ob die Regenwolken nicht doch das Gefecht für sich entscheiden würden.

»Ich weiß nicht, das scheint mir ein aussichtsloser Kampf. Aber wir lassen es einfach drauf ankommen. Danke für die schöne Idee.«

Der Wind frischte auf und ließ das Seegras in den Dünen rascheln. Lena schielte zu Matteo hinüber. Er hatte ein Lächeln auf den Lippen und wanderte gemächlichen Schrittes durch den Sand. Im Gehen zogen beide gleichzeitig ihre Schuhe aus. Matteo legte seine am Rand der Dünen ab. Auf Lenas fragenden Blick hin erklärte er: »Ich nehme sie später wieder mit, ich muss sie nicht die ganze Zeit mit mir herumtragen.«

»Du meinst wirklich, sie sind später noch da?«

Er lachte vergnügt. »Klar, wer soll mit diesen Tretern etwas anfangen? Ich habe Schuhgröße siebenundvierzig, die passen so schnell keinem.«

Lena musste nicht lange nachdenken. Sie legte ihr Schuhwerk dazu und fühlte sich gleich befreit. Matteo wies auf die zurückgelassenen Schuhe.

»Sind sie nicht süß zusammen? Wie füreinander gemacht«, meinte er. Lena schien es, als ob er ein wenig verlegen wäre.

»Zumindest sind sie nicht verwandt, da kann nichts schiefgehen.« Sie kicherte verhalten, weil Matteo sie verständnislos anstarrte. Sie gab ihm einen Knuff. »War ein Scherz, aber du kannst gern später lachen.«

»Ach so, ich habe gehofft, das wäre eine Anspielung auf die Träger.«

Jetzt war es Lena, die ihn unsicher ansah. Es herrschte eine Beklemmung zwischen ihnen, die nur langsam verschwand.

»Kannst du von deinem Job gut leben?«, fragte sie.

»Ich habe mehrere Jobs, welchen meinst du?«

»Den Hubschrauber.«

»Es geht, ich kann nicht klagen. Ich bin hier auf der Insel sozusagen das Mädchen für alles. Ich kümmere mich um die Belange der Gäste und Einheimischen. Dabei sind es nicht nur Transportjobs. Wenn ich Zeit habe, kümmere ich mich um die Gärten von Eigentümern, die nicht dauerhaft vor Ort sind, oder verwalte Ferienhäuser. Das ist sehr abwechslungsreich, das brauche ich, um zufrieden zu sein.«

Lena blieb stehen und sah ihn unvermittelt an.

Er grinste. »Du fragst dich gerade, ob ich auch etwas richtig kann, hab ich recht?«

Lenas Wangen verfärbten sich. Hatte ihre Frage etwa abwertend geklungen? Trotzdem nickte sie.

»Hubschrauberfliegen war mein Traum, seit ich ein kleiner Junge war. Ich stamme aus einer Arztfamilie, die in Bremen zu Hause ist. Damals konnte ich mich nicht vom Druck meiner Eltern freimachen und studierte Medizin, ich setzte sogar noch den Facharzttitel für Neurologie obendrauf. Mein Vater war unglaublich stolz auf mich.«

»Deine Mutter nicht?«

»In gewisser Weise schon, aber ihr war immer wichtig, dass ihre Kinder ihren eigenen Weg gehen. Leider konnte sie dies bei ihrem Mann nicht durchsetzen.«

»Puh, das hört sich nicht gerade harmonisch an«, sagte Lena bestürzt.

»Geht so. Sie mimen immer noch das glückliche Paar. Vor allem für die Mitglieder der Ärztekammer sind die beiden perfekt. Sie erhalten regelmäßig Mitgefühl für ihren missratenen Sohn.«

Lena riss die Augen weit auf.

»Aber das ist ja unglaublich!«, rief sie aus und verschluckte sich, weil der stärker aufkommende Wind ihr die Luft nahm.

Matteo zog einen Schmollmund. »Stimmt aber leider.«

»Hast du noch Kontakt zu deinen Eltern?«

»Wenig, aber hin und wieder lande ich bei ihnen zum Mittagessen.«

»Mit der Hummel?«, fragte Lena erstaunt.

Matteo grinste belustigt. »Nein, nein, in diesem Fall meinte ich es nicht wörtlich.«

»Wie ist es mit Geschwistern?« Lena stockte. »Oh, entschuldige, ich will nicht neugierig sein oder dir zu nahe treten.«

Ein warmer Blick streifte sie, der alles bedeuten konnte.

»Schon in Ordnung«, erwiderte er. »Ich will, dass du alles von mir erfährst. Und dass du meine Schwester kennenlernst.«

»Warum?«

»Nur so.« Sie gingen einen schmalen Weg zwischen den Dünen entlang, und das atemberaubende Meer tat sich vor ihnen auf. Ein Paradies für Surfer. Sie mussten jedoch darauf achten, nicht in das Schutzgebiet zu gelangen. Schwimmen war hier streng verboten, da durch die starken Strömungen Lebensgefahr bestand.

An der Wasserlinie angekommen, blieben Lena und Matteo stehen. Sie schloss die Augen und lauschte der donnernden Nordsee. Der Wind wehte die Gischt in ihr Gesicht. Weiße Schaumkronen tanzten auf den Wellenkämmen, als machten sie sich lustig über die Bedrohung des herannahenden Unwetters. Die Temperatur fiel deutlich ab, und Lena fröstelte leicht. Skeptisch blickte sie himmelwärts.

»Ich fürchte, mit deinen Prognosen für die Sonne lagst du falsch.«

Matteo folgte ihrem Blick. »Autsch, da müssen wir uns ein bisschen beeilen, wenn wir nicht nass werden möchten.«

Lena gluckste. »Ich schätze mal, als Wetterprophet bist du weniger geeignet.«

»Man kann eben nicht perfekt sein«, konterte er grinsend und ergriff ihre Hand. »Auf geht's, wir versuchen unser Glück.«

Lachend rannten sie Hand in Hand los. Lena geriet im weichen Sand schnell außer Atem. Der stärker aufkommende Wind wurde kalt und brannte in ihren Lungen. Keuchend blieb sie stehen.

»Der Hinweg war entspannter.« Die ersten dicken Tropfen fielen und landeten auf Lenas Nase.

Matteo schmunzelte. »Ich mache gern Fitnesstraining mit dir, ich bin ein Mann für alle Fälle.«

»Das bezweifle ich nicht eine Sekunde.« Lachend setzten sie ihren Weg fort. Das typisch norddeutsche Wetter brach über sie herein. Hier in den Dünen gab es nirgends eine Unterschlupfmöglichkeit. Sie waren den Naturgewalten schutzlos ausgesetzt. In weniger als zwei Minuten waren sie bis auf die Unterwäsche durchnässt. Matteo hielt inne und sah Lena sehnsuchtsvoll in die Augen. Wie kleine Sturzbäche rann der Regen über sein makelloses, braungebranntes Gesicht.

»Es tut mir leid, ich hatte gehofft ...«

Lena legte den Zeigefinger auf seine Lippen und brachte ihn damit zum Schweigen.

»Mir tut es nicht leid«, hauchte sie und zog ihn am Kragen seines Hemdes zu sich. Es folgte ein inniger Kuss, während der Regen ihnen die Kleidung wie eine zweite Haut an den Leib klebte. Sie klammerten sich wie Ertrinkende aneinander und spürten beide, dass von nun an einiges anders sein würde.

Matteo legte seine Hände in Lenas Nacken. Dabei sah er sie zärtlich an. Ihre Blicke verfingen sich ineinander, und die Welt um sie herum schien stillzustehen. Wohlige Schauer rannen Lenas Rücken hinunter. Sie stieß einen kehligen Laut aus, der vom Wind weggeweht wurde. Matteo senkte seine Lippen erneut auf ihre, was ein Feuerwerk in ihren Nervenenden auslöste. Seufzend schmiegte sie sich an seinen muskulösen Körper.

»Lass es uns langsam angehen«, bat sie leise. Matteo nickte. Der Regen war inzwischen so stark, dass die Dünengräser flach in den Sand gedrückt wurden. Lena fröstelte in ihrer feuchten Kleidung, doch das störte sie nicht weiter.

Sie erreichten das Auto. Lena zögerte.

»Deine Polster werden nass«, gab sie zu bedenken.

»Das ist doch jetzt völlig unwichtig!«, rief Matteo, der bereits auf der Fahrerseite saß. Lena glitt in den Sitz neben ihm und sah ihn nicht an. War das eben ein Ausrutscher gewesen oder war es das, wonach es sich anfühlte? Lena traute ihren Wahrnehmungen nicht mehr über den Weg. Paul hatte einiges in ihr zerstört. Sie schüttelte die belastenden Gedanken ab.

Genieße den Augenblick, er kommt nicht zurück.

Matteo langte nach hinten und brachte einen Pullover zum Vorschein.

»Zieh deine nasse Kleidung besser aus und diesen Pulli an. Du holst dir sonst noch was weg«, meinte er fürsorglich.

»Es geht schon, ich bin nicht anfällig für Erkältungen.«

Matteo zog eine Augenbraue hoch. »Sei nicht albern, ich bin Arzt, schon vergessen?«

Lena zögerte. Doch dann entledigte sie sich eilig ihres Oberteils, ohne ihn dabei anzusehen. Sie zitterte nicht vor Kälte, sondern weil sie seine bewundernden Blicke auf ihrem Körper spürte.

Später konnte sie sich nicht erinnern, wie es dazu gekommen war. Die Scheiben des Wagens beschlugen ob ihrer heißen Atemzüge. Lena hatte sich nie besser gefühlt.

27
Tschüss, Hamburg

Lena verabschiedete sich gegen Mitternacht von Matteo. Sie sah seinem Auto nach, bis die Rücklichter hinter der ersten Biegung verschwunden waren. Dann ging sie auf Zehenspitzen durch das Haus in ihr Zimmer. Es war ihr lieber, ihre Schwester nicht zu wecken. Sie war zu aufgewühlt und wollte Fee erst mal nicht begegnen. Sie musste selbst mit der neuen Situation klarkommen. Matteo hatte ihr seine Liebe gestanden. Ihr erzählt, dass sie ihn seit ihrer Ankunft auf der Insel durcheinandergebracht hatte. In ihrem Zimmer schlang sie die Arme um sich und inhalierte den Duft des Pullis, den Matteo ihr gegeben hatte. Ihr Körper roch nach ihm, ebenso wie das Kleidungsstück. Sie zog es sich über den Kopf und presste ihre Nase hinein.

»Ich hoffe, du enttäuschst mich nicht, Matteo.« Lena fuhr zusammen, als die Zimmertür aufgerissen wurde und ihre Schwester plötzlich im Raum stand. Fee musterte sie prüfend.

»Ich habe mir Sorgen gemacht. Sogar bei Okka habe ich nachgefragt. Aber sie wusste auch nichts. Dann habe ich das Schreiben deiner Firma gesehen und zugegebenermaßen gelesen. Das ist ja der Hammer, Paul vertritt den Vorstand deiner Arbeitsstelle? Ich könnte ihn umbringen!« Lena lächelte leise vor sich hin, und Fee stockte. »Du aber offenbar nicht mehr.« Jetzt grinste sie auch. »Hat Matteo dich endlich erobert?« Lenas Miene verfinsterte für einen Augenblick. Fee umarmte sie stürmisch. »Ein Blinder konnte erkennen, dass es zwischen euch funkt! Wie es aussieht, ist das Feuer endlich entfacht worden.«

Lena seufzte verklärt. Die Erinnerungen an den Nachmittag und den Abend mit Matteo waren allgegenwärtig.

»Ich weiß nicht, was daraus wird, aber ich bin ziemlich von der Rolle«, gestand sie.

Fee drückte ihre Schwester fest an sich. »Das freut mich so für euch. Genieße es und warte ab, was ihr daraus macht.«

Lena nickte. Sie fühlte sich in ihrer Entscheidung bestärkt. Wenn sie ihr Leben neu anfangen wollte, musste sie mit dem alten abschließen. »Ich fahre morgen mit dem ersten Autozug auf das Festland. Ich muss einiges klären. Kommst du ein paar Tage ohne mich zurecht?«

»Ungern, aber es ist machbar.« Fee schmunzelte. »Dann bleibst du wirklich hier?« Lenas Kopfnicken genügte, um Fee in Jubelrufe ausbrechen zu lassen.

Die Schwestern verbrachten den Rest der Nacht gemeinsam in Lenas Bett. Aufgeregt redeten sie durcheinander. Bis sie eingeschlafen waren, dauerte es noch Stunden.

Lena erwachte erfrischt, obwohl sie kaum geschlafen hatte. Heute würde ein neuer Abschnitt in ihrem Leben beginnen. Dazu war es nötig, früh aufzustehen. Der Autozug fuhr um sieben Uhr. Bevor sie duschen ging, warf sie einen Blick auf ihr Smartphone. Matteo hatte ihr einen liebevollen Morgengruß geschickt. Vorsichtig, fast zärtlich strich sie mit dem Finger über das Display. Versonnen tippte sie eine Antwort, die voller Sehnsucht war, und legte das Telefon mit verklärtem Blick auf den Nachtschrank zurück. Fee war offenbar im Stall und versorgte die Tiere. Lena hatte gar nicht bemerkt, wie ihre Schwester das Bett verlassen hatte.

Pünktlich fuhr der Autozug im Westerländer Bahnhof ab. Lena verspürte ein aufgeregtes Kribbeln im Bauch. Ob es an

Matteo lag oder an der Ungewissheit, was sie in Hamburg erwartete, konnte sie nicht sagen. Früher war ihr Leben nie so unsicher gewesen. Wenn alles nach Plan gelaufen wäre, wäre sie vielleicht bereits mit Paul verheiratet und würde ihre Flitterwochen genießen.

»Es ist gut so, wie es ist«, hauchte sie und lächelte versonnen. Fee hatte für sie ein Frühstück zusammengestellt. Lena öffnete die kleine Dose und lachte laut auf. Fee hatte einen Zettel hineingelegt, auf dem war zu lesen: ›Verliebte haben nie Hunger.‹

Darunter befand sich lediglich ein Vollkornknäckebrot. Ohne Belag. Lena begnügte sich mit dem heißen Kaffee aus der Warmhaltekanne. Es stand für sie bereits fest, dass sie am heutigen Tag zum letzten Mal einen ihrer Seidenhosenanzüge trug. Die Stöckelschuhe quälten ihre Füße, die jetzt schon protestierten. Als Erstes wollte Lena die restlichen persönlichen Sachen aus der Firma holen. Sie würde ihren Gebäudeschlüssel auf ihren ehemaligen, nun Bettys Schreibtisch legen und nie wieder einen Fuß in dieses Büro setzen.

Ihre Hoffnung, dabei niemandem zu begegnen, erfüllte sich nicht. Im Korridor ihres Bürotraktes lief ihr Eckehard Wellenkamp über den Weg. Das zufällige Treffen mit Lena war ihm sichtlich unangenehm. »Frau Hansen, was ...«

»Ich habe einige Dinge abzuholen, und den Schlüssel möchte ich auch abgeben. Gut, dass ich Sie persönlich treffe, dann können Sie ihn gleich in Empfang nehmen. Wenn Sie mir den Erhalt bitte quittieren würden?«

»Frau Hansen ... Das ist mir äußerst unangenehm. Bitte glauben Sie mir, ich habe alles versucht ...«

»Sparen Sie sich Ihre Worte, ich bin mit der Kündigung einverstanden. Obwohl Ihnen klar sein müsste, dass da eine dicke Abfindung angesagt wäre.«

Wellenkamp schwitzte auffällig. Doch dann riss er sich

zusammen und trat wieder als Mitglied des Vorstandes auf, dessen Kampfgeist Lena gut kannte.

»Frau Hansen, Sie haben über einige Jahre hinweg einen Alkoholiker und seine gravierenden Fehler gedeckt. Ich wüsste nicht, warum Sie hier Forderungen stellen sollten.«

Wenn seine Beschuldigungen Lena trafen, so merkte man ihr das nicht an. Kalt sah sie Wellenkamp in die Augen. »So? Wenn Sie Klemens damit meinen, so irren Sie sich. Er hat gute Arbeit geleistet, war stets zuverlässig und loyal. Was ich von manch anderem Kollegen nicht behaupten könnte.«

»Herr Sauer ist nicht mehr in unserem Haus tätig.«

Lena war verärgert. Klemens tat ihr leid. »Ich muss mich doch sehr wundern, dass ich jahrelang blind war und für diese Firma die Kohlen aus dem Feuer geholt habe. Ich bin sehr froh, dass ich das ab heute nicht mehr nötig habe. Ich hoffe, Sie können nachts noch schlafen?«

»Ach wissen Sie, Frau Hansen, um meinen Schlaf ist es gut bestellt. Es war Ihr Verlobter, der sämtliche Unterlagen geprüft und dazu geraten hat, uns schnell von Ihnen zu trennen. Diesen Rat haben wir befolgt.«

Lena fuhr wütend herum. »*Ex*-Verlobter, so viel Zeit muss sein!«

Herr Wellenkamp wirkte überrascht. »Ich dachte, Sie fahren bald gemeinsam in die Flitterwochen. Als ich vor drei Wochen mit ihm gesprochen habe, sagte er so etwas. Und dass Sie ohnehin nicht zurückkommen würden.«

Lena fehlten die Worte. Welch ein Teufel! Paul hatte die ganze Sache von vornherein geplant. Sie wäre aus den Flitterwochen nach Hause gekommen, und ihre Arbeitsstelle wäre neu besetzt gewesen. Deswegen hatte er auch vorgeschlagen, dass sie nach Sylt reiste, um Fee zu helfen. Obwohl Lena gedacht hatte, dass Paul sie nicht noch mehr enttäuschen könnte, traf dieser Verrat sie schwer. Ob sie jemals wieder jemandem so blind vertrauen würde? Dabei hatte

Paul sie noch auf Sylt besucht und dazu überreden wollen, endlich nach Hause zu kommen. Hatte dies lediglich als Ablenkung gedient?

Sie dachte an Matteo und den wunderschönen gemeinsamen Tag, der bis in die Nacht gereicht hatte. Ihre Gesichtszüge wurden für einen Moment sanft, verhärteten sich jedoch sofort wieder. War Matteo der Richtige? Oder lief sie erneut in eine tückische Falle? Sie besann sich auf Wellenkamp, der sie süffisant angrinste. Wie war es nur möglich gewesen, dass Paul so einen Einfluss auf ihre Chefs hatte ausüben können?

»Auf was für ein Lügengespinst haben Sie sich da nur eingelassen?«, fragte sie scharf.

»Also wirklich, Frau Hansen, ich muss Sie doch sehr bitten.« Er rückte seine Brille zurecht, die drohte von seiner Nase zu rutschen. Lena fand, dass er nie lächerlicher ausgesehen hatte. Sie ignorierte seinen Protest.

»Wo ist Herr Sauer?«, wollte sie stattdessen wissen.

»Wenn mich nicht alles täuscht, in einer Gruppe der Anonymen Alkoholiker. Ansonsten ist er arbeitslos.« Wieder dieses selbstgefällige Grinsen. Lena wandte sich eilig um. Sie würde sonst handgreiflich werden, und das würde ihr nicht gut bekommen.

Sie stürmte in ihr ehemaliges Büro. Betty manikürte gerade ihre Fingernägel und sprang erschrocken auf, als sie Lena erkannte. Lena hob eine Hand zur Warnung.

»Du hältst deinen Mund, ich will nur meine restlichen Sachen abholen.«

Betty wies schweigend auf den Aktenschrank links neben ihr. Dort befand sich ein Karton, Lenas Name war darauf zu lesen. Lena schnappte ihn sich und beeilte sich, an die frische Luft zu gelangen. Draußen atmete sie ein paarmal tief ein und aus. Danach lenkte sie ihren Wagen zu ihrem Haus in Nienstedten.

Beim Erreichen des alten Backsteingebäudes zog Lenas Herz sich schmerzhaft zusammen. Sie hatte zwar geahnt, dass der Abschied nicht ohne Tränen ablaufen würde, aber nun, da das Haus vom Sonnenlicht angestrahlt so verlassen vor ihren Augen auftauchte, zerriss der Anblick ihr Herz. Ob sie es wirklich verkaufen sollte? Es wäre ein Leckerbissen für Investoren. Sie selbst hatte vor Jahren großes Glück gehabt, es erwerben zu können. Inzwischen waren die Immobilienpreise rasant in die Höhe geschossen. So ein Objekt angeboten zu bekommen, war wie ein Sechser im Lotto. Für Lenas Verkaufsabsichten ein großer Vorteil, den sie auszuschöpfen wusste.

Langsam stieg sie die Stufen zum Hauseingang empor. Links neben der Tür raschelte etwas hinter dem Blumentopf. Die Pflanze darin war verkümmert und nicht mehr zu erkennen, doch Lena wusste noch, dass es eine Stockrose gewesen war, ein Geburtstagsgeschenk ihrer Arbeitskollegen. Dahinter ertönte nun ein klägliches Miauen. Lena hockte sich davor und entdeckte in dem Gestrüpp ein halb verhungertes Kätzchen. Das Geschöpf war trotz des struppigen, ungepflegten schokobraunen Fells unglaublich niedlich und schlich sich mit den ungewöhnlich blauen Augen sofort in Lenas Herz.

»Hey ... na du Süße. Wie kommst du denn hierher?« Vorsichtig streckte sie die Hand aus. Das Katzenbaby fasste sofort Vertrauen zu Lena und schmiegte das Köpfchen in ihre Handfläche. Das Tier ließ es zu, dass Lena es hochnahm. »Du hast sicher Hunger, nicht wahr? Wir schauen mal, ob wir in der Hütte etwas Brauchbares für dich finden.«

Sie fingerte den Schlüssel aus ihrer Tasche und schloss die Tür auf. Abgestandene Luft empfing sie und ließ Lena angewidert die Nase rümpfen. Mit der Katze im Arm öffnete sie die Terrassentür und sorgte für Durchzug, indem sie zusätzlich das Küchenfenster aufriss. Der Kühlschrank war leer. Das hatte Lena auch nicht anders erwartet. Sie spähte in sämtliche Küchenschränke, aber auch dort fand sie nichts Geeignetes, um ihren Findling zu füttern. Sie schätzte das Alter des Stubentigers auf höchstens acht Wochen. Das Kätzchen würde spezielles Kittenfutter benötigen. Hektisch durchsuchte Lena ihre Handtasche nach ihrem Handy, dann wählte sie Haukes Nummer.

»Lena, ist etwas mit Fee? Ich habe sie heute noch nicht erreicht.«

»Nein, ich brauche deinen Rat.« Atemlos erklärte sie ihm ihr Anliegen.

Hauke lachte leise. »So schnell wirst du zur Katzenmutti. Herzlichen Glückwunsch.«

»Ich will sie eigentlich nicht behalten, aber ich muss ihr etwas zu essen geben, sie scheint mir halb verhungert.«

»Verstehe. Sollte sie länger nicht gefüttert worden sein, musst du langsam anfangen. Schau erst, ob sie überhaupt schon feste Nahrung gewohnt ist. Ansonsten brauchst du Kittenaufzuchtmilch.«

»Scherzkeks, wo soll ich die denn herbekommen?«

»Im Tierhandel findest du alles, was die Samtpfoten benötigen. Aber ich habe hier auch einiges, du kannst gern vorbeikommen, dann schaue ich mir euren Familienzuwachs an.«

Lena seufzte.

»Ich bin in Hamburg«, erinnerte sie Hauke ungeduldig.

»Aha. Aber dort gibt es sicher genügend Geschäfte, die so viel Futter haben, dass sie es sogar verkaufen.«

»Mensch Hauke, ich finde das nicht lustig. Sie weint ununterbrochen.«

»Das ist nicht zu überhören, die arme Kleine.« Haukes Antwort war mitfühlend, aber im Moment wenig hilfreich.

»Okay, ich überlege mir etwas. Aber danke für deine Ratschläge. Langsam Futter zuführen ist in jedem Fall schon mal wichtig. Bis dann.« Lena legte auf und drückte das Tier liebevoll an sich. »Wir finden etwas für dich, versprochen.«

Im Abstellraum entdeckte Lena eine Packung haltbare Milch. Gut, das war nicht unbedingt das, was Hauke gemeint hatte, aber verdünnt mit ein wenig warmem Wasser würde es schon gehen. Sie setzte das Kätzchen ab und holte einen flachen Teller aus dem Schrank. Nachdenklich betrachtete sie das verstörte Tier.

»Du brauchst einen Namen. Wie wäre es mit ... Lady?« Dann fiel Lena ein, dass Matteo sie oft so nannte. Sofort überkam sie ein warmes Gefühl. Sie sah seine dunklen Augen vor sich, die sie liebevoll musterten. »Na, ob ich das nicht eines Tages bereue, wenn ich dich so taufe?« Es war ja nicht mal klar, ob sie Lady behalten wollte. Doch wenn auf einem Bauernhof kein Platz für eine Katze war, wo dann? Lena gefiel die Idee, sie einfach mit nach Sylt zu nehmen, immer besser.

»Also gut, kleine Lady, du gehörst ab sofort zur Familie. Mal schauen, was Fee dazu sagt. Aber wie bekomme ich dich dorthin?« Die Frage, ob Lady damit einverstanden war, stellte sich gar nicht. Nachdem sie ihre Milch getrunken hatte, folgte sie Lena auf Schritt und Tritt.

Lena suchte sich im Netz einen Makler und rief ihn an.

»Ein Treffen ist aber nur heute möglich, ich muss am Nachmittag zurück nach Sylt.«

Der Makler schwieg am anderen Ende der Leitung, dann räusperte er sich. »Wäre es okay, wenn ich Ihnen meine Auszubildende vorbeischicke?«

»Mir ist es egal, wer kommt, Hauptsache, die Person ist kompetent.«

»Sie können ihr vertrauen, glauben Sie mir, Frau Hansen.«

28
Schulfreundinnen

Lena verstaute ihre Habe in Kartons, die sie auf dem Dachboden gefunden hatte, während sie auf die Maklerin wartete. Viele Sachen waren es nicht, die sie mitnehmen wollte. Die Möbel bereiteten ihr Kopfzerbrechen. Sie würde sie einlagern müssen, bis sie dafür eine Verwendung hatte. Lena überlegte, ob sie mit dem Verkaufserlös ihrer Immobilie den Bau eines kleinen Hauses auf der Koppel neben dem Bauernhof finanzieren könnte. Doch sie wusste, wie kompliziert die Behörden sich gaben, wenn es um Bebauungsabsichten auf der Insel ging. Sie entschied sich vorerst, die schönsten Möbel einzulagern und den Rest an Bedürftige zu verschenken.

Lena musste feststellen, dass ihr Sportwagen zu klein war, um ihr Hab und Gut unterzubringen. Die übrigen Kisten stapelte sie daher im Hausflur neben der Garderobe. Sie schmunzelte über Lady, die ihr weiterhin bei jedem Schritt folgte. Ihre Unzufriedenheit über diese Situation untermalte sie mit vorwurfsvollem Miauen. Lena nahm sie hoch und bewegte sich zum Terrassenfenster.

In diesem Moment öffnete sich die Eingangstür, und ein lautes »Hallo?« hallte zwischen den Wänden wider. »Entschuldigung, die Tür war nur angelehnt, da dachte ich …«

Lena sah in ein Augenpaar, das ihr bekannt vorkam. Die Maklerin wirkte für eine Auszubildende zu alt und starrte Lena überrascht an.

»Lena? Bist du es wirklich?«

»Lena Hansen, richtig. Sind Sie die ...« Lena verstummte. Nicht nur die Augen dieser Person waren ihr vertraut. Die langen roten Haare und die lustigen Sommersprossen fielen ihr sofort auf, als sie auf sie zuging. Mitten im Raum verharrte Lena.

»Moni?«, fragte sie ungläubig. Die Angesprochene nickte heftig, und die grünen Augen leuchteten.

»Wie geil ist das denn?« Moni legte sich die Hand vor den Mund. »Entschuldige, manchmal kommt der Teenager aus mir raus. Ich meine natürlich: wie schön, Lena.«

Lena lachte herzlich, und die Frauen begrüßten einander mit einer Umarmung.

»Teens forever!«, rief Lena aus. »Ich freue mich über diesen herrlichen Zufall. Ich dachte immer, du bist Anwältin geworden!«

»Das stimmt auch, aber mir wurde der Job zu staubig. Deswegen schule ich um zur Maklerin und habe es bis jetzt auch nicht bedauert, die Kanzlei meines Onkels verlassen zu haben.«

Lena gluckste glücklich. »Eine gute Entscheidung, Moni, sonst stünden wir uns hier nicht gegenüber!«

Moni sah sich interessiert um. »Ist das dein Haus? Warum willst du es denn verkaufen? Ich kenne nichts vergleichbar Schönes in Hamburg.«

»Ich lebe seit geraumer Zeit auf Sylt und leite zusammen mit meiner Schwester den Hof unserer Eltern.«

Monis Augen wurden tellergroß. »Ich bin nie wieder zu Hause gewesen, seit meine Eltern von dort weggezogen sind.«

Moni und Lena hatten gemeinsam die Schulbank auf der Insel gedrückt. Leider hatten sie sich später aus den Augen verloren.

Moni trug ein figurbetontes graues Kleid, dazu ein buntes Seidentuch und mörderisch hohe Pumps. Sehr elegant, aber nicht zu auffällig. Lediglich der rote Lippenstift war von jeher ihr Markenzeichen. Alles andere an dieser jungen Frau erinnerte nicht mehr an die Moni aus früheren Zeiten mit Norwegerpullover und Cordhosen. Ihre langen roten Locken fielen verspielt über ihren Rücken.

Die Frauen vergaßen den eigentlichen Grund ihres Treffens und saßen lange plaudernd auf dem Sofa im Wohnzimmer. Lady schlief zufrieden auf Lenas Schoß. Lena erzählte aus ihrem Leben, und Moni hörte fassungslos zu.

»Da hast du ja richtig ins Klo gegriffen«, kommentierte Moni und verfiel wieder in die Sprechweise ihrer Jugend.

»Kann man so sagen«, entgegnete Lena. Dabei spürte sie, wie erleichtert sie war, sich alles einmal von der Seele zu reden.

Moni horchte auf. »Wie heißt deine alte Firma? Liegt das Gebäude im Hafenviertel?«

»Genau dort«, gab Lena mit einem Seufzen von sich.

»Das ist ja der Hammer! Mein Chef hat die Vermarktung übernommen, nachdem ich es an Land gezogen habe. Moment mal.« Sie holte ihr Handy hervor und wählte eine Nummer.

»Chef, Moni hier.« Sie aktivierte den Lautsprecher. »Ein Kunde hört mit. Er hat Interesse an dem Objekt am Hafen«, log Moni und sah Lena verschwörerisch an. Grinsend legte sie den Zeigefinger über ihre vollen Lippen. »Warum soll es verkauft werden?«

Eine sonore Stimme ertönte, die Lena sofort sympathisch fand. »Die wollen die gesamte Firma nach Amerika verlegen. Ein Teil der Mitarbeiter ist bereits entlassen worden. Der Verkauf ist so gut wie in trockenen Tüchern. Der Wellenkamp hat bereits seinen Hausanwalt in die Staaten geschickt, um Vorbereitungen für die Übernahme der neuen Firma zu treffen.«

Lena durchfuhr ein kalter Schauer. Dieser Anwalt war

sicher Paul, sonst hätte er das Haus in Nienstedten nicht so eilig verlassen.

»Ach!«, entfuhr es Moni, deren Gedanken wohl in eine ähnliche Richtung gingen. »Dieser Paul Berger?«

»Genau der. Du bist gut informiert«, lobte Monis Chef.

Ein kehliges Lachen entfuhr Monis Kehle.

»Das ist mein Job«, konterte sie selbstsicher. Es folgte eine flapsige Verabschiedung, und Lenas Schulfreundin warf das Telefon auf das Sofa.

»Wäre doch das richtige Objekt für dich, Lena«, meinte sie grinsend.

»Unsinn, das ist eine Nummer zu groß und bringt mir nichts. Aber danke, dass du für mich Erkundigungen diesbezüglich eingeholt hast.«

Moni rieb ihre Handflächen aneinander.

»Wenn das klappt, geht mein Chef aufs Altenteil, und ich übernehme nach meiner Prüfung zur Maklerin den Laden.« Sie strahlte. Offensichtlich hatte sie ihre Ziele bald erreicht. Lena gönnte ihrer Freundin den Erfolg.

»Aber bevor du dich da reinstürzt, besuchst du Fee und mich auf Sylt. Das musst du mir versprechen.«

Moni jubelte. »Sehr gern, ich würde mich freuen!«

Lena blickte zur Uhr und zuckte zusammen. In weniger als einer Stunde würde der letzte Autozug Richtung Sylt abfahren. Sie hatte nicht die geringste Lust, in Hamburg zu übernachten. Moni sicherte ihr zu, alles Nötige für den Immobilienverkauf zu veranlassen.

»Ich werde tatsächlich bald zur Insel fahren müssen, um dir die Verträge zu bringen. Die musst du unterschreiben, damit ich für dich tätig werden darf.«

»Ich kann das doch gleich ...«

»Kommt nicht in die Tüte. Du erhältst einen ordentlichen Vertrag, den du in aller Ruhe durchliest, und wenn du dir sicher bist, setzt du deine Unterschrift darunter. Vorher nicht. Ich könnte auch die Post beauftragen, aber ich habe ohnehin ein Objekt auf der Insel aufzunehmen. Übrigens mein erster Besuch seit Jahren.«

»Dann übernachtest du bei uns«, bestimmte Lena und lachte vergnügt.

»Mal schauen, wie ich mich freischaufeln kann.«

Lena überreichte Moni einen Haustürschlüssel, damit sie die Räume in Ruhe durchsehen und potenziellen Kunden das Haus zeigen konnte, während Lena auf Sylt war. Lena war zufrieden. Sie hatte jemanden vor Ort, dem sie vertrauen konnte. Nun überlegte sie krampfhaft, was sie mit Lady machen sollte. Sie hatte keine geeignete Transportbox, und es wäre zu gefährlich, sie im Fahrzeug frei laufen zu lassen. Moni war da erfindungsreicher. Sie legte eine Decke vom Sofa in einen Karton, dessen Seiten hoch genug waren, und setzte das Kätzchen kurzerhand hinein.

»Am besten, du stellst den Karton im Fußraum deines Autos ab. Da hast du sie im Blick.«

»Sehr gut«, lobte Lena.

»Sie wird dir die Ohren volljammern, darauf musst du dich gefasst machen.« Moni grinste schadenfroh. »Ich hätte da keine große Lust drauf. Mir tun deine Nerven jetzt schon leid.«

»Ach was, es wird schon nicht so schlimm werden.« Lena war zuversichtlich.

»Viel Freude an deinem neuen Haustier. Wenn sie groß ist, wird sie Mäuse fangen und sie dir liebevoll vorführen.«

Lena schüttelte sich angeekelt. »Lieber nicht, dann bringe ich sie zu dir.«

Lena kicherte über Monis verzogenes Gesicht. Doch schon trieb ihre Schulfreundin sie zur Eile an. »Husch, husch jetzt, sonst fährt der Zug ohne dich ab.« Sie steckte Lena eine Visitenkarte zu. »Damit wir uns nicht wieder verlieren.«

Lena griff danach und ließ sich in den Autositz fallen. Durch das heruntergefahrene Seitenfenster rief sie zurück: »Geht gar nicht, du hast jetzt meine Anschrift!«

Die Frauen winkten einander zu, und Lena brauste die Auffahrt hinunter.

29
Wer ist Benno?

Als Fee von Hauke zurückkam, steuerte sie den Briefkasten an. Auf dem Weg war ihr das gelbe Postauto begegnet, was nur bedeuten konnte, dass die Postbotin etwas vorbeigebracht hatte. Flüchtig prüfte Fee die Umschläge und entsorgte die Werbung sofort in die dafür vorgesehene Mülltonne. Bei der weiteren Durchsicht erstarrte sie: ein Brief von einer ihr unbekannten Anwaltskanzlei aus Hamburg. Fee eilte ins Haus, ohne vorher die Schuhe auszuziehen, und warf die restliche Post auf den Küchentisch. Mit zitternden Fingern öffnete sie den Umschlag.

Sehr geehrte Frau Hansen,

ich vertrete Ihren Vater Benno Weise …

Fee ließ den Brief wieder sinken. Was für eine Frechheit! Er war nicht ihr Vater. Jedenfalls würde er es für Fee nie sein. Die Zeilen auf dem Papier waren eine glatte Lüge.

Sie war nicht in der Lage, den Brief weiterzulesen, sondern rief sofort bei Dr. Steinbach an, um einen Termin zu vereinbaren. Sie wünschte, dass Lena hier wäre. Allein war dieser Druck kaum zu ertragen.

»Moin, Fee Hansen hier. Ich brauche so schnell wie möglich einen Termin bei Ihrem Chef«, rief Fee krächzend in den Hörer.

»Hm, das könnte eng werden, der –«

»Es ist wichtig!«, polterte Fee sofort los.

»Das ist es meistens«, gab die Vorzimmerdame des Anwalts schnippisch zurück. Fees Stimme überzeugte sie dann aber doch. »Einen Moment bitte, ich stelle Sie durch.«

Das Rauschen von Nordseewellen verschönerte die Warteschleife, bis endlich der Anwalt den Hörer abnahm.

»Fee, was kann ich für dich tun?«

»Benno Weise hat sich gemeldet«, hauchte Fee, nach Luft ringend.

»Sehr gut, dann komm morgen Vormittag vorbei. Was schreibt er denn?«

»Keine Ahnung, ich war nicht in der Lage, den Brief weiterzulesen.«

Die warme Stimme des alten Advokaten beruhigte Fee etwas. »In Ordnung, wir schauen morgen gemeinsam drauf. Sorg dich nicht zu sehr, wir regeln das.«

Fee ließ ihr Telefon sinken. Sie hatte plötzlich das Bedürfnis, mit Mo auszureiten. Zum Glück war seine Sehnenentzündung gut abgeheilt, und er durfte wieder belastet werden. Hauke hatte ihn vor einigen Tagen untersucht und sein Okay gegeben. Fee lief zum Stall hinüber. Der Duft von Pferden, Leder und Stroh war Balsam für ihre Nerven. Mo tänzelte bereits freudig in seiner Box.

»Na mein Dicker«, begrüßte sie ihn zärtlich. »Willst du mir mal zeigen, was Freiheit heißt? Komm, wir fliegen ein bisschen, bis der Kopf wieder frei von Ballast ist.«

Sie führte ihn in die Stallgasse und striegelte ihn. Danach legte sie den Sattel auf, kontrollierte den Sitz des Zaumzeugs und ging voran. Hufgeklapper hallte durch den Gang. Brav folgte Mo seiner Besitzerin nach draußen und wartete geduldig, dass Fee aufsaß. Dann erlaubte Fee ihm loszupreschen. Sie überließ Mo die Wahl der Strecke. Er liebte es, am Strand entlangzulaufen, und galoppierte über den schmalen Weg, der dorthin führte. Fee schmeckte das Salz der Nordsee auf ihren Lippen, ihre Lungen sogen den Sauerstoff ein.

Der Strandsand spritzte unter Mos Hufen hoch, die tiefen Spuren an der Wasserlinie fielen kurz darauf den Wellen zum Opfer.

Es dauerte nicht lange, und Fee fühlte, wie neue Energie und Zuversicht in ihr wuchsen. Plötzlich war sie sich sicher: Sie war eine echte Hansen, auch wenn dieser Typ etwas anderes behauptete. Vor ihrem inneren Auge erschienen ihre Eltern. Wie liebevoll sie einander zugelächelt hatten. Wie ihr Vater die Hand ihrer Mutter genommen und ihren Handrücken geküsst hatte. Oder wie ihre Mutter die Nacht mit ihrem Vater verbracht hatte, wenn eine Kuh Probleme beim Kalben gehabt hatte. Die langen Nächte, wenn Fee wegen ihrer wiederkehrenden Bronchitis keine Luft bekommen hatte. Beide Elternteile waren für ihre Schwester und sie da gewesen.

Fee war voller warmer Erinnerungen. Lena und sie hatten eine glückliche Kindheit sowie eine unbeschwerte Jugend erleben dürfen. Das erfüllte Fee mit Dankbarkeit. In solchen Augenblicken, da sie ihrer Eltern gedachte, gewann sie ihren Kampfgeist und ihre Sicherheit zurück. Sie würde diesem Mann, der versuchte, sie zu entwurzeln, die Stirn bieten. Niemals würde er einen Platz in ihrem Leben einnehmen. Und erst recht würde er nicht an ihr Geld kommen, von dem sie ohnehin zu wenig hatte.

Sie ließ Mo schneller laufen, und er preschte weiter in Richtung Campingplatz. Furchtlos breitete Fee die Arme aus und lachte. Sie war frei. Ein Gefühl, das sie seit dem Auftauchen dieses Fremden verloren hatte.

Während die Sonne als roter Feuerball im Meer versank, lenkte Fee ihr Pferd zurück nach Hause. Das Tier schnaubte zufrieden, als sie es im langsamen Schritttempo durchs Wasser gehen ließ. Pferd und Reiterin schwitzten ob der wilden Jagd am Meer.

30
Fee sagt Ja zum Leben

Lena verließ an der Autoverladestelle den Westerländer Bahnhof. Sie fuhr nicht sofort nach Hause, sondern machte sich erst auf den Weg zu Hauke. Er hatte ihr telefonisch zugesagt, in der Praxis auf sie zu warten. Er würde Lady untersuchen und Lena das richtige Futter mitgeben. Moni hatte mit der Prognose, Lady würde während der Fahrt ihre Nerven überstrapazieren, unrecht behalten. Das Kätzchen hatte auf der gesamten Strecke in die neue Heimat geschlafen.

Hauke empfing sie vor dem Eingang zur Praxis. Fee hatte eine gute Wahl getroffen, schoss es Lena durch den Kopf, als sie ihn erblickte. In seiner Jeans und dem leichten Shirt wirkte er überaus attraktiv. Hauke war der Frauenschwarm der Insel, aber sein Herz gehörte ihrer Schwester.

»Moin Lena, da bist du ja endlich! Ich dachte schon, du hättest den Zug verpasst.«

»Wie kommst du denn auf so etwas?« Lena schmunzelte. »Die Bahn hatte mal wieder Verspätung, an mir lag es bestimmt nicht.« Dabei wäre es durchaus möglich gewesen, denn das Treffen mit Moni hatte sie die Zeit vergessen lassen. Sie ging um das Auto herum und nahm den Karton mit dem Kätzchen vorsichtig heraus. Lady blinzelte sie verschlafen an. Dabei schlich sie sich ein weiteres Stück in Lenas Herz. Hauke kam ihr entgegen und übernahm den Transport zu den Praxisräumen.

»Oje, da haben wir ja eine kleine Herzensbrecherin«,

murmelte Hauke, nachdem er den Inhalt des Kartons näher betrachtet hatte.

Lena lachte. »Das hat sie drauf. Und diese wunderschönen blauen Augen. So etwas habe ich noch nie gesehen.«

Hauke nickte.

»Babykatzen mit blauen Augen sind einfach zum Knuddeln und Verlieben. Doch egal, um welche Katzenrasse es sich handelt, alle werden mit blauen Augen geboren. Das liegt daran, dass am Anfang noch keine Pigmente vorhanden sind. Durch die Lichtbrechung der Linse wirken die Augen der Babykatzen blau. Dennoch bleiben sie, je nach Katzenart und Züchtung, nicht dauerhaft blau«, erklärte Hauke beim Hineingehen.

»Ach so, aber vielleicht behält Lady sie?«

Hauke stellte die provisorische Transportbox auf den Behandlungstisch. Dann hob er Lady heraus und begutachtete sie genau.

»Das glaube ich nicht, sie scheint noch keine zwölf Wochen alt zu sein. Die meisten Katzen verändern ihre Augenfarbe mit circa drei Monaten.« Er betrachtete das Kätzchen genauer. »Hm, welchen Namen hattest du ihr noch mal gegeben?«

»Lady«, antwortete Lena nicht ohne Stolz.

»Ich weiß nicht, ob ein Kater glücklich über diesen Namen wäre. Wie wäre es stattdessen mit Casanova?«

Lena musste lachen. »Du meinst, es ist ein Männchen?«

»Ich weiß es.« Hauke grinste. »Ich würde vorschlagen, du lässt ihn kastrieren, sobald er alt genug und zu Kräften gekommen ist. Er ist sehr dünn. Aber ansonsten gesund.«

»Dann passt der Name wieder, oder?« Beide lachten.

Hauke überreichte Lena Aufzuchtmilch für Kitten und Feuchtfutter für später. Vorsichtig gab er Lena den Kater zurück.

»Du weißt wohl nicht zufällig, wo Fee sich rumtreibt? Ich erreiche sie nämlich nicht.«

»Nein, aber ich werde es herausfinden, sobald ich zu Hause angekommen bin. Vielen Dank, dass du dir so spät noch die Zeit genommen hast für diesen kleinen Tiger.«

Lenas Gedanken kreisten um ihre Schwester. Gab es einen triftigen Grund dafür, dass sie Haukes Anrufe nicht annahm? Hatten die beiden Streit? Sie wandte sich ihm zu, bevor sie die Praxisräume verließ.

»Habt ihr gerade Stress?«

Er sah sie verständnislos an. »Wie meinst du das? Sie war heute Vormittag hier, und ich hatte nicht den Eindruck. Im Gegenteil.« Hauke schmunzelte verlegen, doch kurz darauf erschien eine Sorgenfalte über seiner Nase. »Vielleicht hat sie etwas über ihren angeblichen Vater herausbekommen?«

Lena krauste die Stirn, augenblicklich alarmiert.

»Ich muss nach Hause«, entgegnete sie und eilte mit dem Kater zum Auto.

Sie fuhr zu schnell, das wusste sie, aber ihre Schwester war jetzt wichtiger. Sie raste die Hofeinfahrt hinauf und stieg aus. Der Kater blieb im Auto. Mit der rechten Hand schirmte sie ihre Augen ab, obwohl die Sonne längst untergegangen war. Drüben auf der Wiese entdeckte sie schließlich Fee auf dem Rücken ihres Hengstes. Sie schlenderte im Schritt auf die Scheune zu und schien ... zu lächeln. Lena stieß hörbar die Luft aus. Gott sei Dank, Fee war bester Laune. Gegen den Wagen gelehnt wartete Lena darauf, dass Fee und Mo näherkamen.

»Ich dachte, es wäre etwas passiert! Hauke war auch schon in Sorge!«, rief sie, sobald ihre Schwester in Hörweite war.

»Ich melde mich gleich bei ihm«, versprach Fee. Sie ließ ihr Pferd unmittelbar vor Lena anhalten und sprang aus dem Sattel. »Es ist etwas passiert«, sagte sie. Kurz wurde ihre Miene ernst. Dann grinste sie jedoch wieder glücklich. »Wer ist eigentlich dieser Benno Weise?«

Lena hielt den Atem an. War ihre Schwester verwirrt?

»Er kann uns nichts anhaben«, sprach Fee überzeugt weiter. »Wir gehören auf immer und ewig zusammen. Daran würde auch ein positiver Vaterschaftstest nichts ändern. Ich liebe dich, große Schwester.« Sie fiel Lena um den Hals.

Lenas Augen füllten sich mit Tränen, die sie energisch wegwischte.

»Ich dich auch, Liebes«, flüsterte sie ergriffen.

Fee löste sich aus der Umarmung. »Ich muss Mo trockenreiben, er hat tüchtig geschwitzt. Kommst du mit?«

»Klar, aber ich muss dir erst jemanden vorstellen.«

Fee stutzte. »Wie, gibt es einen neuen Kerl?«

»So ähnlich, komm mit.« Sie schob Fee zur Beifahrerseite ihres Autos und öffnete die Tür. »Schau.«

»Och nö ... Wie goldig. Wo kommt der denn her?«

Lena staunte, dass Fee das Geschlecht sogleich richtig erraten hatte.

»Der Minitiger kauerte halb verhungert vor der Tür meines Hauses in Hamburg. Ich konnte nicht anders, ich musste ihn mitnehmen.«

Fee holte ihn vorsichtig heraus und kuschelte mit ihm. »Hat er schon einen Namen? Wir sollten ihn Hauke vorstellen –«

Lena hob die Hand und brachte sie damit zum Schweigen. »Ich habe ihn Lady genannt ... und war dann bei Hauke. Nun braucht er einen anderen Namen, da er ein Kerl ist.«

Fee lachte. »Aber das sieht man doch sofort. Nur Kerle wickeln die Damenwelt im Nu um den Finger.«

Lena fiel in das herzliche Lachen ihrer Schwester mit ein. Fees Gesicht verfinsterte sich abrupt.

»Welche herzlosen Menschen setzen so ein süßes Baby aus. Ich könnte kotzen«, schimpfte sie.

»Darüber habe ich mir noch nicht einmal Gedanken gemacht. Er musste unbedingt versorgt werden, und das habe ich getan. Dann hat er mich, wie du es nennst, um den Finger gewickelt.«

Die Frauen führten Mo in den Stall, um ihn trockenzureiben. Danach gaben sie ihm und den anderen Pferden Futter. Unterdessen berichtete Fee von dem Brief und dem morgigen Termin bei Dr. Steinbach. Lena gab eine Gabel voll Heu in Mos Box.

»Ich freue mich, dass du wieder da bist, Fee – ich meine die alte Fee. Wir bleiben eine Familie, ganz gleich, was kommt.«

»Da kannst du Gift drauf nehmen«, erwiderte Fee, und sie schien es tatsächlich so zu meinen. Lena war unendlich erleichtert, sie dermaßen positiv zu erleben. Da spielte es keine Rolle, was sie selbst heute erfahren hatte.

»Wie nennen wir den Tiger denn jetzt?«, fragte Fee plötzlich. Lena sah den Kater nachdenklich an, der begonnen hatte, mit einzelnen Strohhalmen zu spielen. »Paulchen wohl eher nicht?«

Lena rümpfte angewidert ihre Nase. »Nee ... Aber wie wäre es mit Tiger?«

»Klingt gut«, sagte Fee. »Wir taufen ihn Tigerboy.«

»Ohne Boy«, meinte Lena fest.

»Okay, ich sage Tigerboy und du Tiger, dann weiß er sofort, wer mit ihm spricht.« Die beiden lachten glücklich.

Später hockten sie mit Tiger auf dem Fußboden und beobachteten ihn beim Schlafen. Dabei erzählte Lena von ihrem Tag. Was ihr in der Firma widerfahren war. Auch Moni erwähnte sie. Fee hatte nur noch wenige Erinnerungen an Lenas Schulfreundin, aber sie wusste, wer sie war. Kurz vorm Zubettgehen läutete Lenas Handy.

»Das ist bestimmt Matteo, der hat dich sicher vermisst!«, rief Fee vom Bad her. Eine unbekannte Nummer leuchtete auf dem Display auf. Zögernd nahm sie das Gespräch zu so später Stunde an.

»Es sind noch mehr!« Lena erkannte die aufgeregte Stimme ihrer Freundin Moni. »Entschuldige, dass ich so spät ...«

»Schon gut, aber was ist noch mehr?« Lena dachte zuerst an Interessenten, die um das Haus feilschten.

»Katzen!«, antwortete Moni jedoch. »Kannst du mir verraten, wo ich mit ihnen hinsoll?«

Lena raufte sich ihre Mähne. »Keine Ahnung.«

»Die sind sooo süß!« Moni quietschte begeistert.

»Dann behalte du sie doch«, schlug Lena vor.

»Würde ich ja, aber ich bin den ganzen Tag unterwegs, das wäre nicht richtig.«

»Wie viele sind es?«

»Vier.«

»Moment bitte. Fee! Haben vier weitere Katzen Platz auf unserem Hof?«

Fee rubbelte ihre Haare trocken und erschien in der Badezimmertür. »Sagtest du ›unserem Hof‹?«

Lena nickte.

»Klar, wir haben genug Platz in der Scheune! Aber Tiger darf bei uns im Haus wohnen.«

Lena lachte ausgelassen.

»Wir nehmen sie!«, rief sie ins Handy.

Moni kreischte vor Freude. »Ich bringe sie euch morgen. Einverstanden? Die Verträge habe ich fertig, also lohnt sich die Fahrt allemal.«

»Aber du bleibst ein paar Tage, oder?«

Schweigen.

»Wenn ich darf und euch nicht auf die Nerven gehe?«

»Ich kann es kaum erwarten«, jubelte Lena. »Wann fährt dein Zug?«

»Weiß ich noch nicht, aber ich werde definitiv erst nachmittags eintreffen.«

»Passt, vormittags haben wir einen Termin beim Anwalt.« Während Lena das aussprach, überkam sie ein beklemmendes Gefühl. Ihr Blick wanderte zur Badezimmertür, hinter der Fee wieder verschwunden war. Sie betete, dass die Stimmung ihrer Schwester nicht kippte. Denn morgen könnte alles passieren.

»Ich freue mich auf euch«, sagte Moni fröhlich.

»Bis morgen dann und pass auf die Tigerfamilie auf.«

Vier weitere Katzen. Lena verstand beim besten Willen nicht, wie jemand diese armen Geschöpfe sich selbst überlassen konnte.

31
Verspielt

Die Fahrt nach Westerland erschien Lena unendlich. Sie war nervös und suchte zwischendurch immer wieder Blickkontakt zu ihrer Schwester. Diese wirkte seltsam gelassen und kein bisschen aufgeregt. Sie lenkte Lenas Wagen mit einem zufriedenen Lächeln auf den Lippen.

»Unfassbar«, murmelte Lena.

»Wie bitte?« Fee drehte ihren Oberkörper etwas in Lenas Richtung.

»Es ist nichts«, meinte Lena und starrte aus dem Seitenfenster. Warum war sie jetzt so unruhig? Sie zuckte zusammen, als ihr Handy klingelte. Es war Matteo.

»Guten Morgen, Lady«, raunte er ihr verschlafen ins Ohr. Unweigerlich liefen Lena warme Schauer über den Rücken. Sie kuschelte sich tief in den Sitz und drückte das Handy fester ans Ohr.

»Moin, moin«, schnurrte sie liebevoll. »Wie geht es dir?«

»Wie soll es mir schon gehen ohne dich? Ich vermisse dich.«

»Das trifft sich gut, ich dich auch.«

Beide lachten leise und schwiegen eine Weile, nur um des anderen Atem zu hören.

»Wir sind auf dem Weg zum Anwalt. Da ist gestern ein Brief von diesem Benno Weise bei uns eingetroffen.«

»Oh Mist. Was steht drin?«

»Fee weigert sich, ihn zu lesen, sie möchte das als Erstes Dr. Steinbach überlassen.«

»Typisch Felizitas Hansen, stur und unbelehrbar.« Er lachte.

»Ich glaube, sie weiß ganz genau, was sie will. Mach dir keine Gedanken.« Dabei sah Lena Fees Profil an. »Ich melde mich später bei dir.«

»Ich freue mich«, entgegnete er sanft.

Nachdem Lena Abschiedsworte ins Handy gesäuselt hatte, legte sie auf. Fee schmunzelte. »Der unmögliche Angeber hat aber schnell dein Herz erobert. Läuten nun doch die Hochzeitsglocken für dich?«

Lena sah ihre Schwester empört an. »Wie kommst du denn darauf? So schnell werde ich nicht wieder Ja sagen, das gebe ich dir gern schriftlich.«

»Na, mit Schriftstücken habe ich schlechte Erfahrungen gemacht.«

Jetzt mussten beide Frauen lachen. Benno Weise würde ihrer Familie nichts mehr anhaben können. Ganz gleich, was bei diesem Termin herauskam.

Dr. Steinbach empfing Lena und Fee mit einem wohlwollenden Lächeln. »Bitte, nehmen Sie doch Platz.«

»Ich stehe lieber«, verkündete Fee und kreuzte ihre Arme vor der Brust.

»Wie Sie möchten.« Dr. Steinbach sah die Schwestern durchdringend an. Es schien, als wollte er zunächst in ihren Gesichtern lesen, wie die Stimmung der beiden gerade war. Der Brief, den Fee ihm hatte zukommen lassen, lag offen auf dem Schreibtisch. Der Anwalt räusperte sich. Lena hielt die Luft an und suchte Blickkontakt mit Fee. Diese schien immer noch gefasst. Es war ihr offensichtlich völlig egal, was in diesem Brief stand. Allmählich glaubte Lena ihrer Schwester, dass sie mit sich im Reinen war und nichts ihre Welt zum Einstürzen bringen konnte.

»Nun, der Brief Ihrer Mutter ist nicht aussagekräftig. Daraus geht nicht hervor, dass Sie, Felizitas, die Tochter des

Herrn Weise sind. Ich würde einen Vaterschaftstest anordnen, um Klarheit in die Sache zu bekommen. Allerdings wäre dann für den Möchtegernvater eine nette Summe Alimente fällig.«

»Die kann er sich schenken, er soll einfach nur verschwinden und mich nicht länger nerven«, schimpfte Fee. Sie stand inzwischen fast an der Tür und hatte etwas von ihrer Sicherheit eingebüßt.

»Laut seinem Schreiben verfügt er über einen Schuldenschein, den eure Mutter damals ausgestellt haben soll, aber auch daraus geht nicht hervor, warum sie ihm diese Summe schuldete. Ich habe inzwischen auch Bedenken, ob dieses Schriftstück tatsächlich aus Marias Feder stammt.«

Lena richtete sich auf. »Sie meinen, er ist schlichtweg ein Betrüger? Aber das ist eindeutig die Handschrift unserer Mutter.«

»Nun, ich denke, der Mann ist mit allen Wassern gewaschen.«

»Der Schein ist eine Fälschung!«, hallte Fees Stimme durch den Raum.

Dr. Steinbach nickte kaum sichtbar. »Es wäre möglich.«

»Was schlagen Sie vor?« Lena sah ihn erwartungsvoll an.

»Den Dingen ihren Lauf lassen. Herr Weise wird seinen Rechtsbeistand auf Dauer nicht bezahlen können und von selbst aufgeben, da er genau weiß, dass diese Behauptung auf Lügen basiert.«

Lenas Gesicht glühte vor Ärger. »Da taucht jemand auf, bringt unsere Familie durcheinander und soll nun ungestraft davonkommen? Da bin ich nicht mit einverstanden. Fee hatte seinetwegen einen Nervenzusammenbruch, und wir hätten uns fast zerstritten!«

»Meine Nerven sind völlig in Ordnung«, entgegnete Fee und ließ sich auf den Stuhl neben Lena nieder. Lena musterte ihre jüngere Schwester und seufzte schließlich.

»Wenn es für Fee wirklich okay ist, dann lassen wir es darauf ankommen«, meinte sie und lächelte Fee an. Ein Lächeln, aus dem die Liebe zu ihrer Schwester hervorging.

»Ich habe mich immer gefragt, warum ich derart anders bin als Lena«, hob Fee an, »aber –«

Dr. Steinbach unterbrach sie.

»Schauen Sie sich doch mal Ihren kleinen Finger an der rechten Hand an. Glauben Sie mir, ich habe die Hände Ihres Vaters oft beim Golfen gesehen. So einen krummen Finger gibt es nicht noch einmal, außer bei seiner Tochter.«

Fee hob verwirrt ihre Hand. Auch Lena beugte ihren Oberkörper vor, um genauer hinzuschauen. Plötzlich kicherte sie albern.

»Bei dir ist mir das nie aufgefallen, aber Papa hatte wirklich den Gleichen.«

Fee machte unterdessen große Augen. »Ich habe diesen Finger immer gehasst, aber ich glaube, ab heute werde ich ihn lieben und ehren.«

»Ich werde mir unbedingt merken, wie wichtig es ist, einen Familienanwalt als Freund zu haben«, sagte Lena ehrfürchtig. »Sonst kennt ein Anwalt nicht die krummen Finger seiner Mandanten.«

Dr. Steinbach schmunzelte.

»Ich bin gern euer Freund, und ich denke, es wird Zeit, euch das Du anzubieten. Ich bin Olaf.« Er ging auf die Frauen zu und reichte ihnen eine warme Hand. Danach betrachtete er Lena eindringlich, bevor er die wichtigste Frage überhaupt stellte.

»Lena, konntest du dir schon Gedanken darüber machen, ob du dieses Jahr auf dem Hof verbringst? Oder brauchst du weiter …«

»Ich bleibe für immer. Mein Vater hatte recht damit, dass ich hierhergehöre.« In ihren Augen funkelte es entschlossen.

»Freut mich zu hören. Passen die Gummistiefel, die dein Vater für dich ausgesucht hat?«

Lena lachte laut auf. »Sie sind perfekt, und ich möchte sie am liebsten immer tragen.«

»Das stimmt«, mischte Fee sich ein, »es kommt vor, dass ich sie daran erinnern muss, dass rosa Gummistiefel nicht zum Anlass passen.«

Lena plusterte sich auf. »Das stimmte nicht, Fee Hansen, ich weiß –«

»Nur keinen Streit vermeiden, was?« Olaf Steinbach schüttelte den Kopf, aber seine Augen verrieten, wie sehr er sich für die Hansen-Töchter freute.

Er griff in eine Schublade des Aktenschrankes. Geheimnisvoll hielt er einen Umschlag hoch. »Lena, ich hätte da noch eine Kleinigkeit für dich.« Feierlich legte er einen Brief vor sich auf den Schreibtisch. »Das hier ist von deinem Vater.«

Fee reckte neugierig ihren Hals, um einen Blick darauf zu werfen. Ein Siegel verschloss den Brief. Olaf Steinbach nahm den Hörer seines Telefons zur Hand.

»Frau Hahn, wir haben etwas zum Feiern, bringen Sie uns bitte Gläser und eine Flasche Prosecco. Vielen Dank.«

»Jetzt wird es spannend«, bemerkte Lena unsicher.

»Dein Vater hat dir persönlich einige Zeilen hinterlassen und mir den Auftrag erteilt, dir den Brief zu gegebener Zeit zu überreichen.«

»Dieser Zeitpunkt ist nun gekommen?« Lena hatte einen dicken Kloß im Hals. Ihr Vater hatte sich viel Mühe gemacht und offensichtlich für den Fall seines Ablebens frühzeitig Vorkehrungen getroffen. Mit zittrigen Fingern nahm Lena den Umschlag an sich.

»Mach schon auf«, forderte Fee sie ungeduldig auf. Lena wendete den Brief einige Male hin und her, dann steckte sie ihn entschlossen in ihre Handtasche.

»Ich werde ihn zunächst allein lesen. Am Meer oder auf dem Friedhof, ich weiß es noch nicht. Irgendwo, wo ich seine Nähe spüre.«

Fee spitzte beleidigt ihre Lippen. Olaf Steinbach nickte zufrieden.

»Eine schöne Idee, wie ich finde«, meinte er versonnen. Zum ersten Mal war ihm anzusehen, dass er seinen Freund vermisste.

Frau Hahn erschien mit drei gefüllten Sektgläsern und stellte das Tablett auf einem Nebentisch ab. Fee nippte lediglich an ihrem Glas, weil sie unbedingt Lenas Auto fahren wollte. Lena nutzte die Gelegenheit, nicht fahren zu müssen, und trank ihr Glas in einem Zug leer. Dankbar spürte sie die Wärme, die sich in ihrem Körper ausbreitete und ihre Muskeln entspannte.

»Es ist nicht böse gemeint«, wandte sie sich an Dr. Steinbach, »aber ich möchte los. Ich habe etwas zu lesen.« Sie hielt ihre Tasche hoch, in der sie den Umschlag verstaut hatte.

»Ich verstehe das nur zu gut, liebe Lena. Fahrt nur. Übrigens, wenn ihr eine Anzeige gegen Weise erheben wollt, bin ich dabei gern behilflich.«

»Danke für alles. Wir werden schauen, ob wir das machen«, meinte Fee, bevor sie, gefolgt von Lena, zur Tür hinausschlüpfte.

32
Der Chef schaut zu

»Du willst ihn wirklich ohne mich lesen?«, fragte Fee ungeduldig während der Heimfahrt. Vor lauter Anspannung umklammerte sie das Lenkrad.

»Nicht ohne dich«, korrigierte Lena. »Aber zuallererst allein, nur mit Papa.«

Fee schien wenig einsichtig, doch sie akzeptierte Lenas Wunsch.

Auf Höhe der Kirche in Keitum bat Lena sie plötzlich, anzuhalten. Fee trat auf die Bremse und brachte das Auto zum Stehen.

»Was hast du vor?«

»Papa besuchen«, erwiderte Lena knapp.

»Grüß ihn von mir«, flüsterte Fee. Dann schaute sie stur durch die Windschutzscheibe, bis Lena ausgestiegen war. Lena klopfte auf das Dach, zum Zeichen, dass Fee losfahren sollte. Sie würde später zu Fuß nach Hause gehen.

Auf wackligen Beinen stand sie vor dem Friedhof. Was erwartete sie in diesem Brief? Die Aussicht, die letzten Zeilen ihres Vaters zu lesen, ließ sie emotional werden. Ihre Tasche trug sie nicht wie gewöhnlich über die Schulter gehängt, sondern an ihren Bauch gepresst. Es kribbelte in ihren Händen. Sie hatte das Gefühl, als ob ihr Vater von oben zuschaute und ihr Wärme auf die Erde sandte. Das Tor zum Grundstück des Friedhofes quietschte, als sie es öffnete. Ein Geräusch, das Lena noch von früher kannte.

Der Küster sollte mal mit einer Ölkanne vorbeikommen, dachte sie und musste schmunzeln. Denn auch wenn sie kein regelmäßiger Kirchengast war, würde sie die hohen Töne des Eisentores vermissen, sollten sie einmal verstummen.

Ich hätte meine Gummistiefel anziehen sollen.

Lena ging nicht direkt zum Grab ihrer Eltern, sondern umrundete zunächst den gesamten Friedhof. Die alten Kirchenmauern warfen einen angenehmen Schatten auf das Grundstück. Ein leichter Wind blähte ihre Bluse auf, als ob jemand daran zog. Lena breitete ihre Arme aus und atmete tief ein. Sie spürte einen Hauch Mystik in der Luft. Ob hier nachts wohl Geister umgingen? Als kleines Mädchen hatte sie das geglaubt.

Mit klopfendem Herzen erreichte Lena das Grab ihrer Eltern. Tief in Gedanken versunken ließ sie sich auf einer Bank davor nieder. Obwohl der Brief sie so beschäftigte, traute sie sich nicht, ihn hervorzuholen. Es hatte etwas Endgültiges, die Zeilen zu lesen.

Lena zuckte zusammen, als sie bemerkte, dass jemand neben ihr stehen blieb und sie betrachtete.

»Hallo Lena, schön, dich auch mal wieder zu sehen.«

Lena blickte in die belustigten braungrünen Augen der Pastorin. Sie erinnerten Lena an Nordseewasser. Vielleicht war das auch ein Grund, weshalb diese Pastorin hierher beordert worden war. Denn beheimatet war sie in dem historischen Städtchen Seligenstadt in Hessen.

»Hallo Melanie.«

»Habe ich dich nicht erst vor einigen Wochen hier gesehen?«, erkundigte sich die Pastorin.

»Kann sein, ich glaube, das war kurz vor der Eröffnung des Testaments meines Vaters«, räumte Lena ein.

Ein Lachen drang aus Melanies Kehle. »Und jetzt willst du dich bei ihm beschweren?«

Lena lächelte gequält. »So ähnlich, aber genau weiß ich es noch nicht.«

Melanie betrachtete ihr Schäfchen genauer. »Ich kann zuhören, wenn du willst.«

Lena bedankte sich, meinte jedoch, dass das nicht nötig sei.

»Darf ich fragen, warum du hier bist?«, erkundigte sie sich. Ihr Blick hing an der jungen Frau, die den Syltern als Seelsorgerin und Pastorin Halt gab. Das war nicht immer so gewesen. Melanie trug ihr Herz auf der Zunge, das hatte zu Problemen geführt. Deswegen hatte der Probst der Kirchengemeinde in Seligenstadt sie auch nach Sylt beordert.

Melanie grinste verschmitzt und wies mit dem Zeigefinger gen Himmel. »Mein Chef dort oben hat mir Bescheid gesagt.«

»Ah, daher der Spruch ›Geschickte und Gesandte‹«, witzelte Lena.

»So ähnlich«, erwiderte die Pastorin. Sie trug die von ihr geliebte Jeans mit großen Seitentaschen, obwohl diese wenig vorteilhaft für ihre kräftigen Oberschenkel waren. Ein T-Shirt voller alter Farbflecke rundete das Erscheinungsbild der auch handwerklich begabten Geistlichen ab. Breitbeinig saß sie auf der Bank, die Arme auf der Rückenlehne abgestützt. Ihren Kopf in den Nacken gelegt, seufzte sie verträumt. »Ist es nicht ein herrliches Wetterchen?«

Lena beäugte sie spöttisch. »Dein Chef hat dich aber nicht zu mir gesandt, um mir das mitzuteilen, oder?«

»Ich weiß nicht, warum er mich zu dir gesandt hat«, gab Melanie zu, »aber er hat meistens recht.«

Lena zögerte, doch dann erzählte sie Melanie, warum sie hier auf der Bank vor dem Grab ihrer Eltern saß und grübelte.

»Du hast den Brief noch nicht gelesen?«

»Nein, ich fürchte mich davor, weil es so endgültig wirkt. Solange ich sauer auf ihn war, hatte ich etwas Abstand zu ihm und konnte die Trauer besser bewältigen. Wenn ich seine letzte Nachricht lese, ist er für immer verloren.«

Melanie lachte laut auf und sah Lena ungläubig an. »Das ist nicht dein Ernst, oder?«

»Doch, schon. Ich bin lieber sauer auf ihn.«

Melanie richtete ihren kräftigen Oberkörper auf. »Lena, dein Vater wird immer bei dir, in dir und um dich sein. Ganz gleich, wo er ist.«

Lena schluckte. »Steht das so in deiner Bibel? Damit kann ich nichts anfangen.«

»Nein, nicht so. Sieh doch, dein Vater lebt in euch weiter. Fee besitzt seinen Sturkopf, seine Liebe zu Land und Tieren. In dir lebt seine Feinfühligkeit weiter, die Liebe zu seiner Familie und mehr noch der schlaue Kopf, mit dem du alles rational betrachtest und Dinge ohne Murren hinnimmst.«

Lena starrte Melanie verwundert an. »Woher weißt *du* das denn?«

Melanie lächelte versonnen. »Lena, das ist mein Job.«

Lena ließ sich nachdenklich gegen die Rückenlehne der Holzbank sinken.

»Schöner Job«, flüsterte sie, »aber auch belastend.«

»Der Herr sorgt dafür, dass ich mich nicht übernehme. Außerdem mag ich alles, was meine Schäfchen so erzählen.«

Lena sah Melanie bewundernd an. »Es ist schön, dass du hier auf der Insel arbeitest. Danke.«

»Sehr gern. Soll ich dich jetzt allein lassen, damit du deinem Vater zuhören kannst?« Lena nickte. »Ich glaube, es wird alles gut.« Sie zwinkerte Lena zu und ging fort.

Lena betrachtete das Grab ihrer Eltern. Fee hatte die Lieblingsblumen ihrer Mutter darauf gepflanzt. Die Sonnenblumen streckten ihre Köpfe dem Licht am Himmel entgegen. *Ein beruhigender Anblick*, dachte Lena und lächelte. Für ihren Papa waren Weizenähren auf der ewigen Ruhestätte gesät.

Aus dem Augenwinkel sah sie, dass Melanie noch einmal zurückkam. Fragend blickte Lena ihr entgegen.

»Ich habe mich gerade daran erinnert, dass dein Vater sich eine Seebestattung gewünscht hat, aber aus Rücksicht auf eure Mutter darauf verzichtete. Wie wäre es, wenn du den Brief deines Vaters am Strand liest? Dort bist du ihm sicher noch näher.«

Lena hielt die Tasche mit dem Brief immer noch vor ihrem Bauch umklammert. Jetzt löste sie den Griff etwas und dachte über den Vorschlag nach.

»Da könntest du recht haben«, sagte sie dann. Sie erhob sich und verabschiedete sich im Stillen von der Ruhestätte ihrer Eltern.

»Bis gleich, Papa«, raunte sie. Sie warf Melanie noch einen dankbaren Blick zu, dann brach sie auf. Vor ihr lag ein längerer Fußweg, doch das störte sie nicht weiter.

33
Tschüss, Papa

Mit zittrigen Fingern öffnete Lena den Brief ihres Vaters, den sie von Dr. Steinbach ausgehändigt bekommen hatte. Sie hatte inzwischen den Strand erreicht und hockte am Rande der Dünen. Lena schlüpfte aus ihren Schuhen und steckte die Füße in den kühlenden Sand. Eine Wohltat nach dem langen Marsch vom Kirchengelände hierher. Sie bemerkte die Feuchtigkeit nicht, die langsam durch ihre Jeans drang. Lena war angespannt. Was hatte ihr Vater vor seinem Tod für sie niedergeschrieben? Umständlich faltete sie das Blatt Papier mit dem Monogramm der Familie auseinander. Sie blinzelte Tränen weg und las die Zeilen ihres Papas.

Meine liebe Lena,

es freut mich, dass du nun diesen Brief in den Händen hältst. Du hättest ihn nicht bekommen, wenn du meinem letzten Willen nicht entsprochen hättest und ich nicht recht gehabt hätte mit meiner Vermutung. Du bist für den Hansen-Hof geboren und weißt es nun endlich auch selbst.

Ich hoffe, du kannst mir meine List verzeihen. Ich habe gewusst, dass du mich oft verfluchen würdest und ich mich ob deiner Schimpfworte im Grabe umdrehen würde, falls das möglich ist. Aber wie so oft hatte ich recht, nicht wahr?

Dein Herz schlägt für die Insel genauso wie für das Land, auf dem du und deine Schwester aufge-

wachsen seid. Ich war immer stolz auf euch beide. Ihr könnt nicht unterschiedlicher sein, doch ich habe stets gespürt, dass ihr aus dem gleichen Holz geschnitzt seid. Eure Schwesterherzen schlagen im selben Takt. Ich wünsche mir nichts mehr, als dass du und Fee an einem Strang zieht und den Hof am Laufen haltet.

Ich weiß, ich bin ein alter Sturkopf und habe für Innovationen keinen Sinn. Aber keine Angst, nach meinem Tod gibt es niemanden mehr, der die Pferde verkauft. Ich weiß, dass ich damals dein Herz gebrochen habe, aber wir brauchten das Geld. Ich war natürlich zu stolz, um euch das zu sagen.

Du und Fee, ihr seid meine Liebe über den Tod hinaus. Nehmt mich zwischendurch mal in eure Mitte und sagt: Schön, dass du da bist (warst).

Gehe deinen Weg, welchen auch immer du für richtig hältst. Ich liebe dich.

Papa

Lena ließ den Brief sinken und starrte auf die tosende Nordsee hinaus. Das Meer schien genauso aufgewühlt zu sein wie sie. Grollend rollten die Wellen an den Strand und zogen sich, weiße Schaumränder hinterlassend, zurück ins offene Meer.

»Alter Schlawiner«, flüsterte sie. Der Wind nahm ihre Worte mit sich und trug sie vielleicht direkt zu ihrem Vater. Lächelnd wischte sie mit dem Handrücken über ihre Augen, in denen Tränen brannten. Dann erhob sie sich und klopfte den Sand von ihrer Kleidung. Der Wind frischte für wenige Sekunden auf, und Lena glaubte, die Seele ihres Vaters darin zu spüren. Kurz darauf war der Spuk vorbei.

Lena hielt ihr Gesicht der Sonne entgegen und lächelte zufrieden. Was hatte Melanie gesagt? ›Dein Vater wird immer bei dir, in dir und um dich sein.‹ Diese Sicherheit gab ihr Kraft für die Zukunft. Sie war unglaublich dankbar für dieses Gefühl. Ein letzter sehnsüchtiger Blick zur Nordsee und Lena machte sich auf den Rückweg. Fee wartete sicher schon ungeduldig auf sie.

Erschrocken sah Lena auf die Uhr. Sie hatte total vergessen, dass Moni jeden Moment ankommen musste. Die Stunden waren nur so dahingeflossen, und Lena hatte sie völlig aus dem Blick verloren. Aber es war ein Schritt in eine sorgenfreie Zukunft gewesen, indem sie sich erlaubte, in der Gegenwart glücklich zu sein.

Lena erkannte Fee und Moni, die harmonisch unter den Bäumen der Apfelplantage plauderten und Kaffee tranken. Unter dem Tisch tummelten sich fünf kleine Samtpfoten. Lenas Herz hüpfte vor Freude. Sie lief auf die beiden zu.

»Entschuldigt!«, rief sie schon von Weitem. »Es hat länger gedauert, als ich eingeplant hatte.« Sie umarmte Moni herzlich. »Schön, dass du da bist.«

»Finde ich auch«, meinte Moni freudig. »Stell dir vor, ich habe bereits einige Interessenten für dein Haus. Obwohl ich noch keine Werbung ins Netz gestellt habe.«

Nachdem Lena die neuesten Hofbewohner begrüßt und jedes einzelne Kätzchen auf dem Arm gehabt hatte, warf sie sich auf einen Gartenstuhl.

»Puh, ich könnte jetzt wirklich einen Kaffee gebrauchen.«

Fee hielt die Kanne in den Händen. »Kann losgehen«, trällerte sie vergnügt. »Was steht denn nun in dem Brief?«

Lena hob die Hände. »Alles gut, aber ich möchte jetzt noch nicht darüber sprechen. Nur so viel: Meine Meinung, dass ich auf dem Hof bleiben werde, habe ich nicht geändert.«

Fee blies die Wangen auf. Sie schien erleichtert. »Mehr muss ich nicht wissen.«

Moni hatte die Businessfrau in Hamburg gelassen. Sie trug eine kurze Jeans und dazu ein Spaghetti-Shirt. Selbst der Lippenstift hatte an Intensität verloren. Sie fragte, wie es den beiden beim Anwalt ergangen sei. Lena nahm einen Schluck Kaffee und wollte antworten, doch da erblickte sie Okka, die mühevoll auf sie zuschlurfte.

»Ihr seid ja nicht ans Telefon zu kriegen!« Sie keuchte.

Fee sprang auf und schob ihr einen Stuhl hin, damit Okka zu Atem kam. Die Hitze machte ihr schwer zu schaffen. Sie fächerte sich mit einem Taschentuch Luft zu. Lena reichte der Camperin ein Glas Wasser.

»Okka, es ist schön, dich mal wieder hierzuhaben, aber was ist los? Hast du etwas Dringendes auf dem Herzen?« Fee hockte sich neben sie und schaute sie besorgt an.

»Mir ist da etwas eingefallen.« Sie versuchte durchzuatmen. Sie hatte den langen Weg von Rantum auf ihren schwachen Beinen zurückgelegt, es musste also wichtig sein. Treuherzig sah sie Fee in die verwunderten Augen. »Der Benno ... Er kann gar nicht dein Vater ... sein.«

»Aber Okka, du hättest ...«

»Du warst schon auf der Welt, als Benno auf dem Hof angeheuert hat. Ich habe alte Fotos durchforstet, und da kamen die Erinnerungen an diese Zeit wieder hoch. Er ist nicht dein Erzeuger!«

Fee jubelte ausgelassen. »Ich hab es gewusst!«

»Aber es hat dich gequält«, entgegnete Okka, »und mir hat es einfach keine Ruhe gelassen, da musste ich vorbeikommen.«

Fee sprang auf und drückte die alte Frau an sich. »Danke, liebe Okka! Ich fahre dich zurück, aber ... später. Jetzt feiern wir ein bisschen.«

»Ich habe so etwas in der Art gehofft«, raunte Okka und grinste. Sie war inzwischen so weit wiederhergestellt, dass sie sehnsüchtig zum Kuchen schielte. Er hatte unter der Sonne etwas gelitten und musste endlich gegessen werden.

Lena konnte es nicht fassen: Dieser Benno Weise hatte mit übelsten Mitteln versucht, das Ansehen ihrer Mutter durch den Schmutz zu ziehen. Das Schlimmste war, dass sie ihm beinahe Glauben geschenkt hätten.

Moni beugte ihren Oberkörper vor. Unternehmungslustig rieb sie die Hände aneinander. »Ihr wollt ihn hoffentlich verklagen?«

Fee ließ die Schultern hängen.

»Ich weiß nicht genau, ich möchte eigentlich nur noch zur Ruhe kommen und die ganze Sache vergessen. Sicher sollte er eine gerechte Strafe erhalten, aber wie lange würde so ein Prozess andauern?« Ihr Blick blieb an Lena hängen. Auch sie hatte ihren Frieden offenbar gefunden. Ihre leuchtenden Augen zeugten davon.

»Ich würde vorschlagen, wir schlafen ein paar Nächte drüber und schauen, ob Gras über die Sache gewachsen ist oder wir die Säbel schwingen«, sagte Lena.

»Genau, und irgendwann kommt so ein Kamel und frisst es wieder ab«, brummte Okka. Die Geschwister sahen sie verständnislos an. »Das Gras, meine ich.«

Moni kicherte. »Also, ich muss schon sagen, ihr Insulaner habt einen köstlichen Humor.«

»Du bist auch von der Insel!«, riefen die Schwestern unisono.

Moni winkte ab, als ob sie eine Fliege verscheuchen wollte. »Ich bin runter, und das seit Jahren.«

»Dasselbe habe ich auch einmal gedacht.« Lena seufzte theatralisch und grinste Fee an.

Die Katzenkinder waren inzwischen eingeschlafen und hatten sich unter dem Tisch zusammengekuschelt. Lena holte sie hervor, um ihnen im Stall ein Nest zu bauen. Tiger blieb bei ihnen und fühlte sich offensichtlich bei seinen Geschwistern wohl. Lena hatte sich bewusst zurückgezogen, doch die anderen bemerkten es kaum. Fee und Moni verstanden sich so gut miteinander, als ob sie ebenfalls schon immer Freundinnen gewesen wären.

Lena hockte sich in Bellas Box. Am Ohr hielt sie ihr Handy. Sie sprach leise mit Matteo, dessen Worte ihr wohlige Schauer über den Rücken laufen ließen.

»Ich vermisse dich«, gestand Lena ihm eben, als es hinter ihr raschelte. Ihr Herz klopfte wild in ihrer Brust. Niemand anderes als Matteo schaute verschmitzt über die Boxentür herüber.

»Ich dich auch«, raunte er. Dann schaltete er das Telefon aus.

Viel später gesellten sich die Verliebten zu den anderen. Okka war müde und nickte immer wieder ein. Fee bot an, sie nach Hause zu bringen.

»Dazu sage ich nicht Nein«, kommentierte Okka. Dann erhob sie sich schwerfällig von ihrem Platz. »Ich hatte völlig vergessen, wie schön es bei euch ist. Wenn ich darf, besuche ich euch bald wieder.«

»Natürlich, wir freuen uns!«, rief Lena ihr nach. Denn sie war bereits auf dem Weg zu Fees Auto.

Lena zeigte Moni das Gästezimmer. Auch sie war dankbar über die Möglichkeit, ein Bett aufzusuchen. Matteo durfte die Nacht bei Lena verbringen. Zum ersten Mal.

Mitten in der Nacht wachte Lena aus einem unruhigen Schlaf auf. Vorsichtig löste sie sich aus Matteos Umarmung und schlüpfte unter der Decke hervor. Matteo schlief tief und fest, mit einem Lächeln auf den Lippen. Lena bewegte sich langsam zum Fenster, dessen Vorhänge sich im leichten Wind bauschten. Lena brauchte kein Licht. Der klare

Sternenhimmel sowie der Vollmond erhellten das Zimmer ausreichend. Aus der Ferne vernahm sie das Rauschen der Nordsee und wandte ihren Blick in diese Richtung. Sie legte die Fingerspitzen der rechten Hand auf den Mund, küsste sie und pustete diesen Kuss zum Himmel.

»Tschüss, Papa.«

Danach kroch sie zurück ins Bett. Dicht an Matteo gekuschelt, schlief sie wieder ein.

34
Einsatz für Moni

Zärtlich küsste Matteo Lena wach. Sie spürte seine Hände überall an ihrem Körper. Sie drehte sich zu ihm um und sah in seine verschlafenen Augen.

»Schlaf weiter, ich habe heute früh einen Auftrag. Ich muss nach Dänemark fliegen.«

»Och«, grummelte Lena und kuschelte sich an ihn heran.

Matteo lachte leise auf. »Dienst ist Dienst, daran lässt sich nichts ändern. Kann ich irgendwo duschen?«

»Klar«, murmelte Lena. »Wenn Fee nicht schneller war, ist das Bad gegenüber im Flur frei.«

Matteo drehte seinen muskulösen Körper aus ihrer Umklammerung.

»Dann muss ich mich sputen.« Damit schwang er die Beine aus dem Bett und schlich aus dem Zimmer hinaus. Lena griff das Kissen, an dem Matteos Duft haftete, und schlief mit einem glücklichen Lächeln wieder ein.

Sie wurde von lautem Hufgeklapper geweckt und schreckte hoch. Die Pferde zu versorgen gehörte zu ihren Aufgaben. Offenbar hatte Fee es nun übernommen, die Tiere zur Weide zu führen. Vom schlechten Gewissen getrieben, huschte Lena ins Bad. Dass Matteo bereits losgefahren war, hatte sie nicht einmal bemerkt. Er musste sehr leise seine Klamotten genommen und das Haus verlassen haben.

In der Küche duftete es nach frischem Kaffee. Lena schnupperte. Es gab wohl heute keine Brötchen. Mit einem

Becher in der Hand schlenderte sie nach draußen zu Fee. Diese schloss eben das Gatter und sah Lena abwartend entgegen.

»Na du Schlafmütze, wieder zum Leben erwacht?«

»Jo«, brummte Lena. »Ich bin aber nicht die einzige Langschläferin, oder hast du Moni hier irgendwo gesehen?« Sie grinste zufrieden. Auch wenn Moni hier keine Verpflichtungen hatte, war Lena froh, nicht die Letzte zu sein, die aus den Federn gekrochen war.

Fee kicherte amüsiert. »Also, liebes Schwesterherz, heute war jemand sogar vor mir im Bad. Ich bin direkt in Matteos Arme gelaufen und …« Fee stockte, weil Lenas Miene sich verfinsterte. »Nicht im Bad, du Huhn! Wir haben in der Küche gemeinsam einen Kaffee getrunken. Das darf ich ja wohl mit meinem künftigen Schwager.«

»Davon kann nicht die Rede sein«, gab Lena zu bedenken. »Heirat kommt nicht in die Tüte.«

Fee maulte: »Och Mensch, du gönnst mir auch gar nichts!«

Lena musste lachen. Fees Traum war seit Langem, ein Fest auf dem Hof auszurichten, bei dem sie selbst nicht die Hauptrolle spielte.

»Außerdem glaube ich, dass Matteo nicht abgeneigt wäre. Der ist ja völlig verschossen in dich, Lena. Ich freue mich für euch.«

Lena wich zurück, als Fee mit einer Umarmung drohte.

»Das mach du mal lieber selbst, ich bin raus.«

Fee nahm ihr den Becher mit dem nicht mehr warmen Kaffee aus der Hand.

»Pfui, der schmeckt ja scheußlich!« Sie gab ihrer Schwester den Becher zurück und hockte sich hin, um ihre Schuhe zuzubinden.

»Der ist auch nicht für dich gedacht.« Lena musste lachen. »Sollen wir Moni wecken?«

Fee blickte auf. »Die ist schon seit dem Morgengrauen mit Peppi am Strand.«

Lena machte große Augen. »Ich wusste gar nicht, dass sie reitet.«

»Nee, tut sie auch nicht. Sie geht mit Peppi spazieren. Sie ist ihr brav gefolgt.«

Lena fand das nicht sehr verantwortungsvoll von Fee. Was, wenn das Pferd abhaute und Moni nicht damit klarkam?

»Wenn die beiden zurück sind, beginnen wir mit der ersten Reitstunde«, verkündete Fee.

»Aha, kommt sie jetzt öfter zu uns? Da könnte ich mich dran gewöhnen«, erwiderte Lena freudig.

In diesem Augenblick fuhr ein Auto mit unbekanntem Kennzeichen vor, und die Geschwister schauten hinüber.

»Das glaube ich jetzt nicht!«, rief Fee aus. »Der hat die Frechheit, hier aufzukreuzen? Dem werde ich Beine machen!«

Niemand anderes als Benno Weise stieg aus dem Wagen. Er setzte ein freundliches Lächeln auf und steuerte genau auf Fee zu.

»Meine Zaubermaus, ich hatte so Sehnsucht nach dir. Endlich habe ich meine Tochter wieder.« Er lief mit ausgebreiteten Armen auf Fee zu.

Diese wich angewidert zurück. »Unterstehen Sie sich, mich anzupacken!«

Die Miene des alten Mannes verfinsterte sich, und dicke Zornesfalten bildeten sich auf seiner Stirn. Doch sofort glätteten sich seine Gesichtszüge wieder.

»Freust du dich denn gar nicht, mich zu sehen?«, fragte er enttäuscht.

Moni und Peppi stießen zu der feindselig gestimmten Gruppe dazu. Offensichtlich bemerkte Moni sofort, dass etwas nicht in Ordnung war. Ihre leuchtenden Augen wurden zu schmalen Schlitzen. Sie sah von einem zum anderen.

»Kann ich irgendwie helfen?« Dabei streichelte sie dem Pferd sanft über die Nüstern. Die beiden verstanden sich allem Anschein nach bestens.

»Danke, wir haben alles im Griff«, erwiderte Lena verdächtig ruhig.

Monis Blick blieb an Benno Weise hängen. Sie runzelte die Stirn. »Sie kommen mir bekannt vor.« Sie grübelte einige Sekunden. »Ach, ich erinnere mich, ich habe Ihr Foto im Wohnzimmer einer Kundin von mir gesehen! Sie hat erzählt, dass Sie ihr Vater seien und vor einiger Zeit zum ersten Mal Kontakt aufgenommen hätten. Ich weiß noch, wie glücklich sie darüber war, dass Sie in ihr Leben getreten sind.«

Lena und Fee ließen gleichzeitig die aufgestaute Luft aus ihren Lungen.

Moni sah verwirrt zu den Schwestern. »Ähm ... Sagt jetzt nicht ...«

»Doch!«, riefen Lena und Fee wie aus einem Mund.

Moni wies mit dem Zeigefinger auf Weise. »Das soll Fees Vater sein? Na, da weiß ich doch gleich, was ich tun kann.«

Sie holte das Handy aus der Gesäßtasche ihrer Jeans und rief bei der Polizei an. Den überrumpelten Benno Weise ließ sie dabei nicht aus den Augen, Peppi übergab sie in Fees Obhut. Während sie dem Freizeichen lauschte, lief sie so gelassen wie möglich zum Fahrzeug des Mannes. Unauffällig warf sie einen Blick ins Innere. Mit zufriedener Miene nickte sie und zog den Autoschlüssel aus dem Zündschloss, um ihn sofort in ihrer Hosentasche verschwinden zu lassen. Benno hatte es noch nicht bemerkt.

»Moin, hier spricht Monica Feldmann, ich habe hier auf dem Hof der Hansens einen Trickbetrüger ausfindig machen können. Wir benötigen schnelle Hilfe.« Sie horchte für einen Moment. »Kein Problem, ich habe ihn außer Gefecht gesetzt.«

Fee starrte Lena an, dann schauten sie beide zu Moni. Benno Weise hatte es plötzlich eilig, zu seinem Auto zu gelangen. Auf seinen krummen Beinen wackelte er los. Doch Moni folgte ihm, griff in seinen Nacken und hielt ihn mit einem Klammergriff davon ab, einzusteigen oder zu Fuß zu flüchten.

»Du tust mir weh, dusselige Kuh!«, spie Weise wütend aus.

Moni langte fester zu. »Beleidigungen auch noch? Warte es nur ab, Bursche, ich kann noch mehr! Benimm dich lieber!«

Lena kicherte hysterisch. »Moni, du bist ja gemeingefährlich!«

Moni sah sie belustigt an. »Das wusstest du nicht? Aber keine Sorge, das bin ich nur, wenn die Situation es erfordert.«

Fee prustete los. »Da haben wir aber richtig Glück!«

Lena setzte sich unter einem Apfelbaum ins Gras. Die Ereignisse überforderten sie. All die Vertrauensbrüche, die sie in letzter Zeit erlebt hatte, wogen schwer auf ihrer Seele. Paul, ihre Arbeitgeber, Benno Weise – all diese Menschen hatten ihr Leben völlig auf den Kopf gestellt. Wem konnte sie überhaupt noch vertrauen? Am schlimmsten fand sie nach wie vor, dass Paul, ihre ehemalige große Liebe, sie so böse hinters Licht geführt hatte. Würde Matteo immer ehrlich zu ihr sein?

Aus der Ferne hörte sie Polizeisirenen. Mit hoher Geschwindigkeit fuhr ein Wagen mit Blaulicht auf den Hof. Moni hielt Weise weiterhin im Klammergriff fest. Er setzte sich nicht mehr zur Wehr, aber sah böse in die Runde. Einer der Ordnungshüter eilte auf Moni zu.

»Nun lassen Sie den armen alten Mann doch mal los!«, blaffte er sie an.

»Wenn Sie dafür sorgen, dass er nicht abhaut«, erwiderte Moni verärgert.

Fee trat jetzt näher heran und erklärte dem Polizisten, worum es hier überhaupt ging. Benno Weise rieb seinen schmerzenden Nacken, nachdem Moni ihre Hand weggezogen hatte. Der zweite Polizist notierte die Aussagen der Frauen, die durcheinanderredeten. Nur Lena hielt sich der Gruppe fern und starrte zur Pferdewiese.

Sie zuckte erschrocken zusammen, als einer der Polizisten neben sie trat. Ihm war nicht entgangen, dass Lena die Situation zunehmend teilnahmslos an sich vorbeiziehen ließ.

»Entschuldigen Sie, ich wollte Sie nicht erschrecken.«

Lena sah zu ihm hoch. Dann erhob sie sich, um auf Augenhöhe mit ihm zu sprechen.

»Schon gut, ich musste mir erst klar darüber werden, was hier gerade passiert. In letzter Zeit sind mir einige unmögliche Dinge untergekommen.« Sie beantwortete die Fragen und bestätigte das, was Benno Weise vorgeworfen wurde.

»Ich habe meine Töchter gesucht und gefunden«, keifte der alte Mann gerade. Lena lief zu ihm.

»Sie sind raffiniert vorgegangen«, meinte sie ruhig, »aber für unsere Familie hat es wohl nicht gereicht. Wir werden Sie anzeigen, und ich hoffe, dann bekommen Sie eine gerechte Strafe.«

Die Polizisten hatten offenbar ausreichend Informationen gesammelt und nahmen Weise mit aufs Revier.

»Bitte halten Sie sich bereit für weitere Aussagen, wir melden uns.«

Die drei Frauen schauten dem Wagen lange schweigend hinterher.

»Sag mal, Moni, seit wann bist du denn so ein Profi bei der Verbrecherjagd?«, fragte Lena schließlich. »Das war einmalig gut.«

Moni errötete leicht ob des Lobs ihrer Freundin. Dann lachte sie. »Ach, wenn man in Hamburg lebt, sollte man zumindest einen Verteidigungskurs absolviert haben. Mittlerweile gehe ich regelmäßig zum Training. Ich hätte allerdings nie geglaubt, dass es sich mal auf solche Weise auszahlen würde.«

»Ausgerechnet auf unserer Insel hätte ich das auch nicht erwartet«, entgegnete Lena betroffen.

35
Lemmy, Gobi, Bienchen und Tess

Lena blätterte in der Tageszeitung der Insel. Ihr Blick blieb an einer Artikelüberschrift hängen: ›Böse Betrügermasche auf Sylt.‹

Tatsächlich war Benno Weise von der Polizei und nicht zuletzt dank Monis Eingreifen überführt worden. Er wartete im Gefängnis auf die Gerichtsverhandlung. Zufrieden nickte Lena. Endlich geschah Gerechtigkeit. Sie pustete gedankenverloren in ihren Kaffeebecher, obwohl der schwarze Wachmacher gar nicht mehr heiß war. Sie blätterte weiter und machte große Augen. Im Tiermarkt der Zeitung entdeckte sie eine Anzeige, die ihre Aufmerksamkeit weckte: ›Vier erwachsene Alpakas in gute Hände zu verkaufen.‹

Lena studierte genau, was dort geschrieben stand. Offenbar musste der Betrieb aus gesundheitlichen Gründen aufgegeben werden. Lena legte den Zeigefinger unter die Telefonnummer. Mit der anderen Hand wählte sie und lauschte dem Freizeichen.

»Hallo?«

Lena straffte ihren Oberkörper. »Guten Tag, mein Name ist Lena Hansen, ich rufe wegen der Anzeige an. Sind die Tiere noch zu haben?«

»Das kommt ganz darauf an«, lautete die abweisende Antwort.

»Okay.« Lena überlegte fieberhaft. Offenbar war ihre Gesprächspartnerin nicht unbedingt erfreut über den Anruf. »Darf ich fragen, worauf?« Sie hielt den Atem an.

»Ob Sie in der Lage sind, für die Tiere zu sorgen und ihnen eine artgerechte Haltung zu garantieren.«

Lena war zwar etwas verärgert über den unwirschen Ton, überlegte sich jetzt aber genau, was sie zu der Frau sagen sollte.

»Sie dürfen gern vorbeikommen und sich selbst ein Bild davon machen, wie das neue Zuhause der Tiere aussehen könnte. Ich kann gut verstehen, dass Sie lieber vorsichtig sind.«

»Sie glauben ja nicht, wer hier alles anruft. Einer meinte sogar, ein Tier bei sich im dritten Stockwerk unterbringen zu können!«

Lena schluckte. »Idioten gibt's«, entfuhr es ihr. Dann wurde sie sich sofort ihrer Ausdrucksweise bewusst. »Bitte entschuldigen Sie ...«

»Schon gut, Sie haben ja recht«, entgegnete die Frau. »Mein Name ist übrigens Tamara Wegener. Die Alpakas gehören meinem Onkel, der vor drei Wochen einen Schlaganfall hatte. Leider kann ich mich nicht um die Tiere kümmern, aber ich setze mich dafür ein, dass sie ein gutes Zuhause bekommen.«

Der Klang ihrer Stimme wurde sanfter, nachdem Lena vom Hansen-Hof erzählt hatte.

»Sie können auch jederzeit vorbeikommen und sie besuchen«, versprach Lena zum Schluss. Sie fragte nicht nach dem Preis, sie war sicher, dass Tamara Wegener fair sein würde.

»Zunächst sollten Sie sich die Alpakas anschauen. Sie sind übrigens regelmäßig zu Therapiespaziergängen eingesetzt worden und deswegen an fremde Menschen gewöhnt.«

Tamara Wegener hatte ihre Zurückhaltung aufgegeben und erzählte munter drauflos. Lena hörte gebannt zu und wusste schon jetzt, dass sie die Tiere ins Herz schließen würde. Sie vereinbarten einen Termin zum Kennenlernen. Lena hatte mit Fee noch nicht über ihr Vorhaben gesprochen, dies galt es nun rasch nachzuholen. Sie faltete das Zeitungsblatt zusammen und suchte ihre Schwester.

Sie fand Fee bei den Gänsen. Sie war dabei, den Auslauf zu erweitern, und sah Lena verschwitzt entgegen. Lena beschloss, nicht um den heißen Brei herumzureden, sondern rückte sofort mit ihrem Anliegen heraus.

Fee überlegte kurz, doch dann hellte sich ihr Gesicht auf. »Das ist ja großartig! Ich bin gerade nur nicht so flüssig, was sollen die denn kosten?«

Lena winkte ab. »Ich erledige das, mach dir keine Sorgen. Ich würde mich auch gern um sie kümmern und Wanderungen anbieten.«

Es war eher selten, dass Lena und Fee sofort und ohne Umschweife einer Meinung waren, doch in diesem Fall waren sie sich schnell einig.

Lena atmete erleichtert durch. »Ich fahre morgen hin und schaue sie mir an.«

Fee bekam große Augen. »Du hast das Ding bereits in trockenen Tüchern?«

»Ich habe vorsichtshalber einen Termin gemacht, ich hätte ihn auch wieder absagen können«, entgegnete Lena zerknirscht.

»Alles gut«, meinte Fee. »Ich finde es prima, wenn du selbst Entscheidungen triffst.« Lena sah sie erstaunt an. »Nu guck nicht so, ich vertraue dir.«

»Aber trotzdem sollten wir Anschaffungen vorher besprechen.«

»Ja natürlich, aber wer weiß denn schon, wie lange die Tiere noch da sind.« Fee strahlte unbekümmert.

»Das habe ich mir auch gedacht«, gestand Lena.

Fee schlug vor, den Pferdeanhänger gleich mitzunehmen.

Lena zögerte. »Ich habe keine Ahnung, ob ich damit zurechtkomme. Willst du nicht mitfahren?«

Fee schüttelte den Kopf. »Nein, Schwesterlein, da musst du allein durch, ich kann morgen nicht.«

»Schade, dann organisiere ich einen Transport für später. Ich habe auch keine Anhängerkupplung an meinem Wagen.«

Fee lachte frech. »Ja, mit dem Puppenwagen kannst du in der Landwirtschaft nichts anfangen. Den Trecker könnte ich dir noch anbieten.«

Lena verdrehte die Augen. »Deine Karre bricht aber zusammen, wenn da ein Anhänger dranhängt.«

Fee sah Lena verschmitzt an. »Ich wüsste, wer dir da helfen kann.«

Lena begriff zunächst nicht, wen ihre Schwester meinte, doch dann strahlte sie. »Du denkst dabei an Matteo, stimmt's? Ich frage ihn gleich, ob er Zeit hätte. Wir müssten dann den Autozug ...«

Lena stockte. Sie hatte keine Ahnung, ob der Anhänger ...

»Das passt.« Fee hatte ihre Bedenken erraten. »Dann habt ihr beide auch Gelegenheit ...«

»Hör auf, so etwas mache ich nicht.«

Fee kicherte in sich hinein. »Die brave Lena?«

»Ja.« Sie zog ihr Handy aus der Gesäßtasche ihrer Jeans und wählte Matteos Nummer. Er nahm sofort ab. Seine Stimme streichelte ihre Seele. Ein warmes Gefühl stieg in Lena auf. Fee schmunzelte amüsiert über ihren Gesichtsausdruck, blieb aber still.

»Morgen, sagtest du? Ich schaufle mir den Tag frei. Wo müssen wir hin?«

»Nach Dagebüll«, antwortete Lena aufgeregt. »Du kannst hier schlafen, dann fahren wir zeitig los.«

Matteo schwieg kurz. »Das wäre toll, aber ich habe heute Abend noch einen Auftrag, das wird lange dauern. Besser, ich komme morgen früh vorbei.«

»Schade, aber ich freue mich auf morgen«, schnurrte Lena und unterbrach die Verbindung. »Er hat zugesagt!«, jubelte sie.

»Dachte ich mir«, erwiderte Fee. Gemeinsam stellten sie die Zäune für ein weiteres Gehege auf. Später aßen sie zu Abend und unterhielten sich über die Alpakas.

Nachdem Matteo den Pferdeanhänger angekuppelt hatte, verabschiedete Lena sich mit einer Umarmung von ihrer Schwester. Fee war hibbelig und voller Vorfreude auf die Alpakas. Matteo deutete eine Verbeugung an, dann öffnete er Lena die Beifahrertür.

»Oder möchtest du fahren?«

»Nein danke, ich möchte später zurückfahren, wenn ich mir das zutraue.«

»Du brauchst dafür einen extra Führerschein«, gab Matteo zu bedenken.

Lena schmunzelte. »Ich habe alle Scheine, einschließlich Motorrad.«

Matteo war erstaunt, überspielte es aber schnell.

»Umso besser«, erwiderte er fröhlich und ging um das Auto herum. Lena zögerte, bevor sie einstieg. Der Sitz erinnerte sie an ihren Ausflug zum Ellenbogen. Weiße Wasserränder waren zu sehen, weil Lenas Klamotten durchnässt gewesen waren. Hitze stieg in ihr auf, als sie an die darauffolgenden Stunden dachte. Schnell glitt sie auf den Sitz. Matteo beugte sich zu ihr herüber und gab ihr einen flüchtigen Kuss.

»Ich bin noch nicht dazu gekommen …« Sein Blick wanderte zum Sitz, auf dem Lena Platz genommen hatte. Sie hauchte ihm einen Luftkuss zu.

»Finde ich nicht schlimm«, raunte sie und sah ihn verliebt an. Dabei spürte sie eine Lavaflut durch ihre Adern fließen. Matteo gab Gas und fuhr los, Richtung Bahnhof.

Die Überfahrt verging viel zu schnell. Mit beschlagenen Scheiben rollte der Jeep von der Laderampe. Lena kuschelte sich eng an Matteo und lächelte beseelt.

»Eigentlich wäre ein Bett weitaus bequemer«, sagte er und strich ihr eine Haarsträhne aus dem Gesicht.

»Aber so ist es aufregender«, frohlockte Lena.

»Du bist der Meinung, wenn Routine in unser Leben kommt, ist es nicht mehr aufregend genug?« Matteo wirkte gekränkt, doch Lena bemerkte es zunächst nicht.

»Routine hatte ich reichlich in der Vergangenheit, ich will leben und …« Erschrocken brach sie ab und sah Matteo an. Hatte sie ihn verletzt? Sie zwang sich, die Worte nicht zurückzunehmen, auch dies hatte sie früher viel zu oft getan. Zumindest in der Beziehung mit Paul.

Matteo nahm ihre Hand. Mit der Linken steuerte er den Wagen. »Lady, wir werden leben, darauf kannst du Gift nehmen.«

Den Rest der Fahrt über schwiegen beide. Im Inneren des Wagens herrschte eine Spannung, die man fast greifen konnte. Jeder hing den eigenen Gedanken nach. Lena hatte zuvor nie den Eindruck gehabt, dass Matteo ein geregeltes Leben wollte. Sie hatte angenommen, dass er alles auf sich zukommen ließ und das Beste daraus machte. Eben hatte es sich aber ganz anders angehört. Sie hoffte, er würde nicht mit einem Heiratsantrag daherkommen. Davon hatte Lena die Nase voll. Vorerst zumindest.

Als sie den Alpakahof erreichten, atmeten beide erleichtert durch. Die Tiere waren in einem viel zu kleinen Verschlag untergebracht. Sie liefen aufgeregt hin und her, während sie die Fremden kritisch beobachteten. Die langen

Hälse und die großen runden Augen hatten es Lena sofort angetan. Sie quiekte vor Freude.

»Schau mal, Matteo!«, rief sie aufgeregt. »Sind sie nicht bezaubernd?«

Er brummte etwas, was Lena nicht verstand, doch sie kümmerte sich nicht darum und schlenderte langsam auf die Herde zu. In angemessener Entfernung blieb sie stehen, um die Tiere nicht zu bedrängen oder zu ängstigen. Es kribbelte in ihren Fingern, so sehr wünschte sie sich, das weiche Fell zu berühren. Doch sie wartete ab.

»Moin, moin.« Lena wandte sich um und sah direkt in die freundlichen Augen einer jungen Frau. Nach einer kurzen Vorstellung bestätigte sich Lenas Vermutung, dass es sich um Tamara Wegener handelte.

Lena lächelte ihr entgegen. »Moin, ich bin Lena Hansen, wir haben telefoniert.«

»Das dachte ich mir, herzlich willkommen. Ich freue mich, dass ihr da seid.« Ihr Blick wanderte zu Matteo, der ein wenig abseits wartete. Nun kam auch er näher. Tamara gab ihm zuerst die Hand und hielt seine länger fest als nötig. Lena versuchte es zu ignorieren.

»Wie ich sehe, hast du bereits Kontakt zu der Rasselbande aufgenommen.«

»Sie sind einfach bezaubernd«, kommentierte Lena verzückt. Die Tiere summten. Der Laut erwärmte Lenas Herz.

»Ich habe die vier für euch zusammen ins kleinere Gehege gebracht. Wenn ihr möchtet, könnt ihr sie bei einer Wanderung besser kennenlernen.« Lena warf Matteo einen prüfenden Blick zu, er stimmte mit einem kaum wahrnehmbaren Nicken zu.

Lemmy, Gobi, Bienchen und Tess erhielten jeweils ein andersfarbiges Führungsseil. Lena nahm Lemmy, Matteo griff nach dem blauen Seil von Gobi, und Tamara führte

Bienchen und Tess. Jetzt hatte Lena Gelegenheit, das weiche Fell zu streicheln. Die Tiere strahlten eine enorme Ruhe aus, die sie alles andere vergessen ließ. Lena war glücklich. Man sagte nicht umsonst, dass Alpakas der Schlüssel für Herz und Seele seien. Lena bemühte sich gar nicht erst, das Lächeln in ihrem Gesicht zu verbergen. Diese bezaubernden Wesen machten sie einfach glücklich. Sie schaute ihnen in ihre großen Augen, war gerührt von ihrem Summen, fasziniert von ihrem freundlichen, gutmütigen Wesen und begeistert von ihrem weichen Vlies. Große Zufriedenheit überkam Lena, dass die Tiere bei ihr ein neues liebevolles Zuhause erhalten sollten.

Sie sah zu Matteo, der ebenfalls sichtlich angetan von diesen zauberhaften Lebewesen war. Selbst er wirkte ausgeglichener als je zuvor, dabei ruhte er auch sonst meist in sich. Er grinste Lena zu. »Lady, wir nehmen sie mit nach Sylt. Vorausgesetzt, Tamara ist einverstanden.«

Die Angesprochene lachte auf. »Ich wäre sehr froh, wenn ihr sie nehmt. Ich wohne in Berlin und möchte irgendwann auch wieder heim. Mein Onkel hat diese Farm aufgebaut, ist aber leider aus gesundheitlichen Gründen nicht mehr in der Lage, sich darum zu kümmern.«

»Das tut mir sehr leid«, bedauerte Lena ehrlich. »Ich werde sie nehmen, das steht schon fest.« Tamara nickte. »Wenn dein Onkel möchte und es für ihn gesundheitlich möglich ist, darf er uns gern besuchen. Dann kann er sich selbst davon überzeugen, dass es ihnen gutgeht.«

»Ein wirklich großzügiges Angebot, aber ich fürchte, er wird so schnell nicht reisefähig sein. Aber wenn du ihm ab und zu mal einige Fotos schicken würdest?«

»Sehr gern. Mein Angebot steht auch für irgendwann in der Zukunft«, stellte Lena mit Nachdruck klar.

»Mein Onkel wird sich darüber freuen, dessen bin ich mir sicher.«

Tamara erwähnte nebenbei, dass Bienchen trächtig und Gobi der Vater sei. Dies würde eine zusätzliche Attraktion für wanderfreudige Urlauber werden. Lena war zufrieden mit ihrer Entscheidung, den Tieren ein neues Zuhause zu geben. Sie war gespannt, wie Fee reagieren würde, sobald sie mit den Alpakas nach Sylt zurückkamen.

36
Kalte Seelen

Matteo überließ auf der Rückfahrt Lena das Steuer, als es darum ging, den Anhänger mit der wertvollen Fracht zu ziehen. Anfangs war sie etwas nervös, aber selbst beim Rangieren hatte sie nichts verlernt. Matteo schwieg und beobachtete ihr Tun aus dem Augenwinkel. Offenbar war er beeindruckt. So vermutete und hoffte Lena zumindest. Denn sie wollte dieses Gefühl der Gemeinsamkeit wiederherstellen, das auf der Hinfahrt verloren gegangen war. Warum hatte sie auch dermaßen reagieren müssen? Warum konnte sie den Dingen nicht ihren Lauf lassen und abwarten, was aus ihrer Liebe werden würde?

Sie erinnerte sich an etwas, das Okka einmal gesagt hatte: ›Je mehr Beziehungsverletzungen wir mit den Jahren angesammelt haben, desto höher und dicker werden unsere Schutzmauern.‹ Logisch, aber es waren in der Vergangenheit nicht so viele Verletzungen gewesen. Dennoch fühlte Lena sich als emotionale Überlebende. Mal mehr, mal weniger.

Sie befand sich in einer emotionalen Schonhaltung, die sie sich irgendwann in der Vergangenheit aus gutem Grund zugelegt hatte. Sie musste darauf achten, dass dieser Filter zu ihrem Herzen den freien Fluss der Liebe nicht behinderte. Es stimmte sie traurig, dass gerade Matteo, der bisher stets für sie erreichbar gewesen war, darunter zu leiden hatte.

Sie räusperte sich und warf einen vorsichtigen Blick zu ihm hinüber. Seine Hände lagen locker auf seinen Oberschenkeln, während sein Blick nach vorn gerichtet war. Lenas Herz klopfte schneller bei dem Anblick dieses Mannes, der sie komplett durcheinanderbrachte, auch wenn sie sich das anfangs nicht hatte eingestehen wollen. Sie räusperte sich erneut, aber es wollten keine Worte über ihre Lippen kommen.

»Was willst du mir sagen?«, fragte Matteo leise neben ihr.

Lena umklammerte das Lenkrad. Ihr Körper spannte sich an. Doch es gelang ihr immer noch nicht, die Sprache wiederzufinden. Sie schüttelte leicht den Kopf. Dabei löste sich eine Haarsträhne aus ihrer Frisur. Lena hoffte, Matteo würde sie ihr auf sanfte Art hinters Ohr streichen. Doch er vermied es, sie zu berühren. Sie blinzelte angestrengt.

»Ich weiß es nicht«, krächzte sie. »Ich ... Es ...«

Matteo legte eine Hand auf ihren Arm.

»Du musst nichts sagen«, meinte er.

»Doch!«, rief Lena aus. Sie würgte den Wagen ab und fuhr einen Moment später weiter. »Es tut mir leid, ich wollte dich nicht kränken, aber ...«

Matteo drehte seinen Körper zu ihr. Den linken Arm stützte er auf der Rückenlehne ab. »Ich weiß, du bist böse verletzt worden, aber glaube mir, auch ich habe Gefühle. Ich bin zwar ein Mann, aber auch ich bin verletzlich. Was denkst du, wie oft ich schon eine Urlauberin in meinem Bett hatte? Auch ich wurde enttäuscht, weil ich mir die große Liebe erhofft hatte.«

Lena stellte sich die imaginären Kerben auf seinem Bettpfosten vor und stöhnte auf. Am liebsten hätte sie sich die Ohren zugehalten. »Das will ich nicht hören!«

»Du hörst mir bitte zu. Ich liebe dich. Vom ersten Moment an, als ich dich gesehen habe, hast du mir den Kopf verdreht.«

»Du mir auch«, raunte sie.

Matteo zuckte zusammen. »Das freut mich natürlich, aber was machen wir nun aus der Situation?«

Lena hob die rechte Schulter. »Das Beste vielleicht?«

Matteo ließ seinen Körper wieder in den Sitz fallen.

»Aber was ist das Beste?«, murmelte er und sah auf die Straße. Eine dicke Falte hatte sich über seiner Nasenwurzel gebildet. Ein Zeichen von Ratlosigkeit? Oder war er sauer?

»Wäre es für dich okay, wenn wir die Diskussion auf später verschieben?«, fragte Lena. »Ich möchte mich auf den Verkehr konzentrieren.« Unsicher wandte sie den Blick von der Fahrbahn zu Matteo. Er biss sich auf die Innenseite der Wangen.

»Verschieben«, stimmte er knapp zu.

Lena seufzte. Ihr war bewusst, dass sie da etwas vergeigt hatte. Sie musste es wieder in Ordnung bringen, hatte aber nicht die geringste Idee, wie. Sie holte tief Luft. »Kannst du mir jemals verzeihen?«

Matteos Adamsapfel hüpfte beim Schlucken. Er sah sie traurig aus seinen braunen Augen an. Für eine Sekunde glaubte Lena, darin zu versinken. Sie liebte ihn doch, weshalb nur machte sie es ihnen so schwer?

»Da gibt es nichts, was ich dir verzeihen müsste. Ich kann dich ja verstehen. Aber ich weiß auch nicht, wie ich dir beweisen kann, dass ich dir niemals wehtun könnte, damit du mir vertraust.«

Mit dem Vertrauen war es so eine Sache. Wem hatte Lena alles Vertrauen geschenkt? Wie oft war sie dabei bitter enttäuscht worden? Paul, Dr. Wellenkamp, nicht zuletzt ihrer Kollegin und Sekretärin, die fast eine Freundin gewesen war. Doch vor allem stand ihr das Bild ihres Ex-Verlobten vor Augen, der sie nicht nur auf beruflicher Ebene betrogen hatte. Matteo musste dies nun ausbaden, was sicher nicht gerecht war. Aber konnte sie aus ihrer Haut? In seiner Nähe fühlte sie sich als Frau und Geliebte, begehrenswert und …

schwach. Verletzlich und schutzlos. Schwäche zu zeigen kam ihr vor wie ihr Untergang.

Ihr Gedankenkarussell führte dazu, dass sie unaufmerksam wurde. Die Rücklichter des vorausfahrenden Wagens kamen gefährlich nahe, und sie musste scharf bremsen.

»Pass auf«, mahnte Matteo, ohne nervös zu wirken.

»Oh mein Gott, die armen Alpakas da hinten! Wir müssen nachschauen, ob ihnen etwas passiert ist«, rief Lena aus. Sofort lenkte sie den Wagen an den Straßenrand und schlüpfte eilig nach draußen.

Matteo kam im selben Moment wie sie am Anhänger an. Besonnen öffnete er die kleine Seitentür. Die Tiere waren nicht einmal unruhig. Sie sahen die beiden aus ihren großen runden Augen neugierig an.

»Alles in bester Ordnung«, brummte Matteo und schloss die Tür wieder. Lena atmete erleichtert auf.

»Würdest du den Rest der Strecke übernehmen?«, bat sie ihn und kam sich dabei sehr zerbrechlich vor.

Matteo deutete ein Nicken an, dann ging er zur Fahrerseite, um die wertvolle Fracht sicher nach Hause zu transportieren.

»Danke«, flüsterte Lena, nachdem sie neben ihm in den Sitz gerutscht war.

»Kein Ding«, murmelte Matteo. Danach schwiegen die beiden verbissen.

Lena war erleichtert, als sie vom Autozug rollten, und gleichzeitig gespannt, was Fee zu den Alpakas sagen würde. Während der Rückfahrt hatte ihre Schwester dreimal angerufen und sechs WhatsApp-Nachrichten gesendet. Eine willkommene Ablenkung für Lena in dem vom Schweigen erfüllten Fahrzeug.

Schon aus der Ferne konnte Lena ihre Schwester nervös auf und ab gehen sehen. Als sie Matteos Auto entdeckte, rannte sie ihnen mit wedelnden Armen entgegen. Nachdem der Wagen angehalten hatte, riss sie die Autotür auf.

»Da seid ihr ja endlich!«, rief sie fröhlich. »Ich bin unglaublich neugierig.« Sie strahlte über das ganze Gesicht. Doch beim Anblick der beiden verschwand ihr Lächeln. Sie sah Lena fragend an. Diese schüttelte unmerklich den Kopf, stieg aus und öffnete den Anhänger. Liebevoll wurde sie von den sanften Augen und dem Summen der Alpakas begrüßt. Sofort entspannten sich Lenas Muskeln, und ein Lächeln huschte über ihr Gesicht.

»Wir sind zu Hause«, frohlockte sie und band den ersten Strick an das Halfter von Gobi.

»Du meine Güte«, flüsterte Fee, »sind die zauberhaft.«

Sie nahm Bienchen an die Führleine und folgte Lena zur Weide. Matteo lieferte die beiden anderen Tiere ab, kuppelte den Anhänger vom Jeep und fuhr grußlos vom Hof.

Fee starrte Lena fassungslos an. »Was ist zwischen euch passiert? Diese Eiszeit ist ja kaum auszuhalten.«

»Nichts weiter«, erwiderte Lena tonlos. Sie streichelte nacheinander die Alpakas und schlich ins Haus. Fee schloss eilig das Gatter und rannte ihrer Schwester hinterher.

»Lena! Jetzt sag schon, ich verstehe das nicht. Habt ihr euch gestritten?« Sie hatte Lena eingeholt und ging nun neben ihr. Lena verlangsamte die Schritte und musterte ihre Schwester nachdenklich.

»Eigentlich nicht«, meinte sie.

Fee grinste, wurde aber sofort wieder ernst. »Nach nichts sah das aber nicht aus.«

Lena stieß die Haustür auf und blieb in der kühlen Diele stehen.

»Ich habe ihm gesagt, dass ich für Routine nicht zu haben bin.« Lena stockte, denn ihr wurde die Bedeutung der Worte jetzt erst richtig bewusst.

Fee stemmte die Hände in die Hüften. »Routine?« Das

Wort kam verächtlich über ihre Lippen. »Hast du Angst, dich an seiner Seite zu langweilen? Matteo ist alles andere als ein Langweiler. Er ist ein Mann mit Prinzipien, aber auch jemand, der für jeden Scheiß zu haben ist. Wo bitte sollte es da langweilig werden?«

»Ich … Er hat mich einfach nur falsch verstanden.«

Fee rollte mit den Augen. »Dann solltest du das schleunigst klären.«

»Hab ich versucht«, gab Lena trotzig von sich. Sie schob die Schuhe von den Füßen und stapfte ins Wohnzimmer. Mit angezogenen Beinen hockte sie sich auf das Sofa und starrte ins Nichts.

Fee setzte sich zu ihr und sah sie besorgt an. Sie streckte eine Hand nach Lena aus, zog sie jedoch gleich wieder weg.

»Liebes«, begann sie vorsichtig, »die Liebe ist nicht immer einfach, aber betrachte sie doch endlich mal als ein Geschenk.«

Lena schluckte. »Ein Geschenk? Dann ist es aber scheiße verpackt.«

Fee musste sich ein Grinsen verkneifen. »Das ist doch egal, auf den Inhalt kommt es an. Und Matteo hat verdammt viel zu bieten.«

Lena wirbelte genervt zu ihr herum.

»Das dachte ich ja auch, aber … Ach, lass es. Ich hab's vergeigt, er ist weg. Vielleicht ist das auch das Beste.« Fee ging in die Küche und kam mit einem Tee zurück.

»Tee trinken und abwarten«, bestimmte sie sanft und reichte Lena einen Becher, den diese wortlos entgegennahm.

37
Hoffnungslos?

Lena hatte in der Nacht schlecht geschlafen. Als sie die Augen öffnete, hörte sie draußen ein Auto vorfahren. Mit heftig klopfendem Herzen rannte sie zum Fenster, um nachzuschauen, wer zu Besuch gekommen war. Hatte Matteo genauso unruhig geschlafen und wollte sie jetzt unbedingt in die Arme nehmen?

Enttäuscht ließ sie die Schultern sinken. Es war Hauke, der die Neuankömmlinge auf dem Hof begrüßen und untersuchen wollte. Er zog Fee an sich und küsste sie leidenschaftlich. Lena fühlte sich unendlich allein, obwohl sie es gar nicht war. Das Glück ihrer Schwester berührte sie, machte ihr aber auch ihren eigenen Schmerz bewusst. Sie beschloss, hinunterzugehen und der Untersuchung beizuwohnen. Eine Katzenwäsche würde fürs Erste reichen. Die Alpakas wären sicher ruhiger, wenn eine bekannte Person dabei war.

Die Tiere zeigten sich allerdings in keiner Weise aufgeregt. Sie summten vor sich hin und ließen sich die Untersuchung des Tierarztes gefallen.

»Guten Morgen«, begrüßte Fee ihre Schwester fröhlich. »Sie sind einfach bezaubernd! Ich freue mich sehr, dass wir sie bekommen haben.«

Lena lächelte gequält.

»Ich mich auch«, murmelte sie und streichelte Bienchen und danach auch die anderen.

»Und gesund sind sie obendrein. Herzlichen Glückwunsch zum neuen Tierglück«, sagte Hauke. »Es sind tolle

Wesen, und ich bin sicher, ihr werdet viel Freude mit ihnen haben.« Hauke blinzelte Fee liebevoll zu. Lena spürte fast das Feuer zwischen den beiden. Umso mehr, da ihre eigene Flamme nur noch glomm oder gar erloschen war.

Nachdem Hauke das Gatter verschlossen hatte, hakte Fee sich bei Lena ein, nicht ohne ihm noch einen verliebten Blick zuzuwerfen. Sie führte Lena aus seiner Hörweite.

»Fahr zu Matteo, ich bin überzeugt, ihr kriegt das wieder hin.«

Lena seufzte schwer. »Ich weiß nicht, Fee, ich fürchte wirklich, dass ich es vermasselt habe.«

»In der Liebe kann nichts falsch sein. Versuch es doch bitte.«

Lena löste sich von ihr. Tränen brannten hinter ihren Lidern, doch sie ließ nicht zu, dass sie fielen. Lena hatte Matteo verletzt, wenn nicht sogar weggestoßen. Sie musste den Schritt auf ihn zumachen, um … ja was zu tun? Für gewöhnlich war sie nicht stur, aber sie wollte auch nicht auf ihn zugehen und betteln. Dies sagte sie so auch zu Fee.

»Quatsch, du bettelst doch nicht! Du sollst lediglich klarstellen, dass er dich falsch verstanden hat.«

»Da war nichts falsch zu verstehen«, gestand Lena. »Ich möchte mich nicht festlegen, dazu bin ich von Paul zu sehr verletzt worden.«

Fee schnaubte.

»Und deswegen musst du jetzt Matteo wehtun? Ich sehe da keinen Sinn drin.« Fees Stimme klang scharf. Es war deutlich, dass Matteo ihr leidtat.

Lena blieb stehen und stampfte trotzig mit dem Fuß auf. »Ich kann es nicht!«, rief sie aufgebracht. »Ich habe einfach nur Angst, dass ich am Ende wieder die Blöde bin!«

Fee blieb ruhig.

»Liebes, blöd wäre es, wenn du ihn aufgibst. Er liebt dich«, entgegnete sie mit Nachdruck.

Lena zuckte zusammen. Dann fiel ihr etwas ein, und ihr Gesicht hellte sich auf. »Ich werde mal mit dem werdenden Vater spazieren gehen.«

Fee machte große Augen. »Lena! Warum sagst du das erst jetzt?«

Bevor Fee sie stürmisch in die Arme nehmen konnte, wich Lena zurück. Sie musste schmunzeln. »Nicht, was du denkst, das fehlte mir gerade noch. Ich meine Gobi, er ist der Vater von Bienchens Nachwuchs.«

Fee ließ die Schultern hängen. »Schade ...«

Die Schwestern lachten. Lena bemerkte, wie gut ihr das tat. »Du bist eine Träumerin«, sagte sie amüsiert. »Ich habe für solche Dinge keine Zeit, keine Lust und erst recht keinen passenden Partner.«

»Doch, den hast du, da bin –«

»Fee! Lass es«, warnte Lena. Dabei verfinsterten sich ihre Augen. Fee verstummte. Die Stimmung war wieder gekippt.

»Dann mach doch, wie du denkst«, maulte Fee und lief hinüber zu Hauke, der bereits am Auto wartete. Lena bewegte sich ins Haus, um die Schuhe zu wechseln. Danach schnappte sie sich Gobi und begann die Wanderung am Strand mit der Absicht, zum Rantumbecken weiterzugehen.

Lena war wieder mal erstaunt, wie viel Ruhe Alpakas ausstrahlten. Schon nach den ersten Metern entspannten sich ihre Muskeln, und sie genoss den Spaziergang. Sie würde später eine Werbung schalten, dass auf dem Hof in Zukunft nicht nur Reitunterricht angeboten wurde, sondern auch Wanderungen mit diesen sanften Tieren.

38
Der Antrag

Fee räkelte sich unter der Decke. Eine traumhafte Nacht lag hinter ihr. Hauke schlief noch. Dabei schnarchte er leise. Sie küsste ihn auf die Nasenspitze und lächelte ihn glücklich an.

»Schlafmütze«, flüsterte sie, dann schwang sie die Beine aus dem Bett, um Kaffee zu kochen und schnell unter die Dusche zu hüpfen. Sie musste die Tiere versorgen, danach würde sie mit Hauke frühstücken, bevor er in die Praxis fuhr. Fee fühlte sich federleicht. Hauke war ein Glücksfall, und sie hatte nicht vor, ihn wieder aufzugeben. Lena tat ihr leid, aber mehr als Ratschläge konnte Fee ihr nicht geben. Was ihre Schwester daraus machte, war ihre Sache. Sie, Fee Hansen, würde das Glück festhalten, immerhin hatte sie lange genug darum gekämpft. Sie wusste, was und wen sie wollte: Hauke.

Mit geschlossenen Augen ließ sie das warme Duschwasser über ihren schlanken Körper regnen. Plötzlich spürte sie kräftige Hände, die ihre Taille umfassten. Sie grinste, ohne die Augen zu öffnen, und legte den Kopf in den Nacken. Wie von selbst schob sich ihr Becken gegen Hauke, und sie stöhnte auf.

»Du Teufel«, fluchte sie leise, »aber ich habe … gerade nichts anderes vor.« Sie kicherte und sah ihm nun tief in die Augen. Ihre Blicke hielten einander fest. Haukes Mund wanderte ihren Hals entlang.

»Heirate mich«, hauchte er, zitternd vor Verlangen.

Fee hielt für einen Moment inne, dann erwiderte sie seinen Kuss und flüsterte ergriffen: »Ja, geht klar.«

Beide lachten ausgelassen.

Später trockneten sie sich gegenseitig ab. Fee kicherte albern. »War das eben dein Ernst?«

»Absolut.« Er zog sie näher heran, und Fee versank in seinen Zärtlichkeiten. Bis sie in Richtung Tür lauschte. Hauke lächelte sie an. »Lena ist mit Gobi und Tess unterwegs.«

Fee nickte erleichtert. Sie wollte nicht von ihrer Schwester im Bad überrascht werden.

Für ein Frühstück war keine Zeit mehr, Hauke musste sich beeilen, um rechtzeitig zur Praxis zu kommen. Er versicherte Fee, dass er ohnehin keinen Appetit habe. Lieber würde er an ihr knabbern. Fee lachte und schob ihn weg.

»Ich bin kein Naschwerk, mach, dass du zur Arbeit kommst!« Sie bewarf ihn mit einem Handtuch und lachte ausgelassen. Hauke hob die Hände zur Abwehr, dann verließ er das Bad.

Fee war nie glücklicher gewesen. Hauke war der Mann, auf den sie ihr ganzes Leben lang gewartet hatte. Sie musste zugeben, das Warten hatte sich gelohnt. Sie ergänzten einander mit ihrer Liebe zu Tieren und der Natur und vertrauten einander. Fee lächelte verträumt. Er hatte ihr einen Heiratsantrag gemacht, beim Sex unter der Dusche. Wenn das mal nicht romantisch war! Fest stand jedoch, dass sie ihren Enkelkindern, sollten sie danach fragen, nie erzählen würde, in welcher Situation es dazu gekommen war. Nicht einmal Lena würde sie es verraten.

Fee runzelte die Stirn. Hatte sie eben an Enkelkinder gedacht? Sie hatte nicht einmal eigene Kinder, und mit Hauke hatte sie dieses Thema nie angesprochen. Sie wusste nicht, ob er Nachwuchs wollte. Fee schob die Überlegungen dazu beiseite. Es war ohnehin viel zu früh, sich damit zu befassen. Sie waren jung und sollten noch ihre Zweisamkeit genießen. Fee schmunzelte. Zum Beispiel in Form von Sex unter der Dusche.

Fee war nicht verwundert, dass Lena schon frühmorgens mit den Alpakas wandern gegangen war. Sie hatte ihr erzählt, wie sehr sie sich dabei entspannte und ihren Gedanken nachhängen konnte. Fee wünschte sich dennoch, Lena würde Matteo in ihre Überlegungen mit einbeziehen. Sie weigerte sich einfach, zu ihm zu fahren. Es wäre so schade, wenn das Glück ihrer Schwester auf der Strecke bliebe. Erst wenn Lena glücklich wäre, könnte Fee ihr eigenes Glück richtig genießen. Sie spielte mit der Idee einer Doppelhochzeit. Ob es wohl richtig wäre, wenn sie selbst mit Matteo sprach? Würde Lena ihr das verübeln? Fee beschloss, es besser nicht zu tun.

Nach einem Kaffee in der Küche begab Fee sich nach draußen. Dort wartete jede Menge Arbeit auf sie. Die Gänse schimpften lauthals los, da sie auf ihr Futter warteten.

»Ja, ja, meckert ihr mal! In ein paar Monaten ist Schluss damit, dann seid ihr im Bräter.« Fee lächelte. Ein bisschen schwer würde ihr das schon fallen. Aber das war nun mal ihr Geschäft. Alle Federviecher hatten bereits einen Käufer oder Großabnehmer. Sie sah hinüber zu den beiden Alpakas. Diese würden lediglich ihre Wolle hergeben müssen.

Sie entdeckte Lena, die langsam mit den zwei anderen Alpakas die Hofauffahrt heraufwanderte. Fee hob die Hand und winkte ihrer Schwester zu. Sie war aufgeregt und konnte es kaum abwarten, Lena von dem Heiratsantrag zu erzählen. Dabei hoffte sie, dass Lena nicht traurig werden würde, weil sie an Matteo dachte. Kurz überlegte Fee, ob sie die Neuigkeit eine Weile für sich behalten sollte, entschied sich aber dagegen. Sie grinste. Schwierig würde es nur werden, wenn Lena fragte, wo Hauke ihr den Antrag gestellt hatte. Leichte Röte stieg in Fees Gesicht. Sie eilte zu Lena, die dabei war, die Tiere in das Gehege zu führen.

»Guten Morgen, Schwesterherz, du warst ja wieder früh auf den Beinen!«, rief sie Lena zu und lachte fröhlich.

»Ich kann mir fast nichts anderes mehr vorstellen, als morgens mit den Tieren zu wandern. Ich fühle mich total entspannt«, frohlockte Lena.

Ich bin auch entspannt, aber aus einem anderen Grund, den du auch haben könntest.

Fee stützte ihre Arme auf dem Gatter ab und grinste Lena unverwandt an.

»Was ist?«, fragte die irritiert. »Du strahlst ja wie ein Honigkuchenpferd.«

»Genau das bin ich auch«, entgegnete Fee übermütig.

Lena stutzte. »Jetzt bin ich aber gespannt.«

Fee erkannte deutlich, dass sie die Neugier ihrer Schwester geweckt hatte. »Ich bin so glücklich, Lena!«

Lena lächelte milde und sah sie abwartend an.

»Hauke hat mir heute Morgen einen Heiratsantrag gemacht.« Jetzt war es ausgesprochen. Fee hielt die Luft an. Doch wenn sie geglaubt hatte, Lena würde in Tränen ausbrechen und davonlaufen, hatte sie sich getäuscht.

»Oh Fee, ich freue mich so für euch! Herzlichen Glückwunsch.« Liebevoll nahm Lena sie in die Arme. »Es ist so schön«, flüsterte sie ihr ins Ohr. Fee nickte heftig.

»Du bist mir nicht böse?« Sie sah zu Lena auf.

»Aber nein, wie kommst du darauf? Ich werde eine gute Tante sein.«

Fees Augen wurden tellergroß. »Aber wie kommst du denn darauf? Ich bin nicht ...«

»Aber bestimmt irgendwann«, frohlockte Lena. »Ich möchte mit dir das Brautkleid aussuchen, ginge das?«

»Ich würde mich wahnsinnig freuen, aber ich weiß noch nicht einmal, ob ich in Weiß heiraten möchte. Ich würde mir verkleidet vorkommen.«

»Aber natürlich, ich wünsche mir ein weißes Tüllträbenkleid für dich«, schwärmte Lena.

Fee stöhnte theatralisch. »Also gut, auch das bekommst du, wenn du nur an meiner Seite bleibst.«

Lena gluckste. »Ich wüsste nicht, was ich lieber täte.«

»Ich schon«, kommentierte Fee und sah sie herausfordernd an.

»Ach, Fee, nicht schon wieder Matteo. Ich möchte nicht daran denken. Es schmerzt immer noch zu sehr.«

»Dann lass die Schmerzen lindern, ich weiß sogar, wer dir gern dabei helfen würde.«

»Ich kenne da niemanden«, erwiderte Lena trocken und wechselte das Thema. »Wie hast du dir euer Zusammenleben vorgestellt? Soll ich mir eine andere Bleibe suchen? Ich fürchte, auf Dauer wird das Haus zu eng für uns alle. Oder willst du zu Hauke ziehen?«

Fee strahlte. »Nein, Haukes Wohnung ist zu klein. Außerdem wäre ich zu weit weg, um den Hof zu versorgen.«

Lena überlegte angespannt. »Du hast eine andere Lösung parat?«

Fee nickte eifrig. »Ich dachte, wenn du dein Haus in Hamburg verkaufst, könntest du von dem Geld hier einen Anbau errichten. Und wenn die Bagger schon rollen, wäre es doch schön, wenn wir für Hauke eine Praxis bauen, dann wären wir alle zusammen, ohne einander auf die Pelle zu rücken.«

Lena grübelte. Fee hatte offenbar schon länger darüber nachgedacht. Diese Ideen waren ihr nicht eben erst gekommen.

»Ich überlege es mir, aber es klingt nicht schlecht«, meinte Lena. Eine Tierarztpraxis auf dem Hansen-Hof wäre ein Gewinn für alle. Parkplätze waren ausreichend vorhanden, und ein Anbau würde sich gut integrieren lassen. Aber erst einmal musste der Verkauf ihres Hauses in Hamburg abgewickelt werden.

39
Wandern mit den Schmusetieren

Lena war aufgeregt. Heute würde sie zum ersten Mal eine offizielle Wanderung mit den Alpakas durchführen. Hauke hatte ihr die Bedenken genommen, ob die schwangere Bienchen einen solchen Ausflug überstehen würde. Sie sei gesund und fit genug, meinte er. Demnach würden vier Alpakas und vier Gäste eine Tour mit Lena unternehmen. Sie versorgte die Tiere mit ein wenig Futter und legte ihnen die Halfter an. Die ersten Naturliebhaber trudelten schon ein. Lena überprüfte die Anmeldeliste. Eine Person fehlte noch. Sie wies die Urlauber in die Geheimnisse des Umgangs mit Alpakas ein und erklärte die Route, die sie geplant hatte.

Es war unglaublich, wie die Besucher auf die Tiere reagierten. Bevor sie auf die Alpakas trafen, redeten alle durcheinander. Doch als Lena sie einlud, das Gehege zu betreten, verstummten die Stimmen, und bloß ein leises »Ah« und »Oh« war zu vernehmen. Die Tiere waren überhaupt nicht aufgeregt, sondern schienen sich über den Besuch zu freuen. Geduldig ließen sie sich streicheln und schauten neugierig auf die Futtertüten, die Lena vorbereitet hatte. Sie sollten schließlich nicht irgendetwas, sondern gesundes Knabberzeug bekommen. Sie gab jedem einen bunten Führstrick und erklärte, wie dieser angebracht wurde.

»Spucken die mich an, wenn ich mich ihnen nähere?«, wollte eine füllige Dame wissen.

»Nein, keine Sorge, sie spucken nur, wenn sie gestresst sind, und meist trifft es dann ihre Artgenossen. Es sind generell sehr ausgeglichene Tiere, die sich auf eine Wanderung mit euch freuen.«

»Da bin ich beruhigt«, meinte die Frau und freundete sich sogleich mit Gobi an. Lena war zufrieden, es klappte alles reibungslos. Nur dass eine Person noch fehlte, ärgerte sie, denn so würde der ganze Trupp warten müssen.

»Dort kommt jemand!«, rief ein Mann in kurzer Hose und wies auf einen herannahenden Radfahrer. Lena schluckte, der Ankömmling erinnerte sie an Matteo. Für einen Moment wurde sie traurig. Doch er sah nicht wie Matteo aus.

Als der Mann näherkam, stockte Lenas Atem. Es war tatsächlich Matteo. Aber die Haare standen wild von seinem Kopf ab, ein Dreitagebart ließ ihn ungepflegt wirken. Trotz der Bräune seiner Haut war er blass. Er stellte das Rad ab und lief auf die Gruppe zu. Neugierig starrten ihn alle an. Er räusperte sich. »Entschuldigung, dass ich mich verspätet habe. Danke, dass ihr auf mich gewartet habt.«

In Lenas Magen tummelten sich Schmetterlinge, und ihre Haut kribbelte. Sie riss sich zusammen.

»Gut«, sagte sie hölzern, »dann können wir los.«

Die Gruppe setzte sich in Bewegung. Lena achtete darauf, dass sie genügend Abstand zu Matteo einhielt. Ihn in ihrer Nähe zu wissen, war einerseits tröstlich, doch andererseits wusste sie nicht, was sie davon zu halten hatte. Wenn ihre Blicke sich trafen, schaute sie schnell in die andere Richtung. Seine Augen wirkten traurig. Bemerkte er, dass sie ihn ansah, funkelte der bekannte Schalk darin auf. Er war ihr so nah und doch so fern. Lena litt unheimliche Qualen.

Die Gruppe blieb zusammen, doch waren die Besucher schneller als Lena. Sie hielt sich weiter hinten, um die Tiere zu beobachten, damit sie gegebenenfalls eingreifen könnte, wenn etwas schiefging. Doch ihre erste Führung lief zu ihrer Zufriedenheit ab. Matteo ließ sich ebenfalls zurückfallen und wanderte nun neben Lena her. Sie fluchte innerlich. Ihre Haut prickelte. Fast spürte sie Matteos Hände auf ihrem Körper. Doch mit der einen hielt er die Führleine, und die andere hatte er tief in die Tasche seiner Jeans geschoben.

»Läuft gut, dein neues Projekt, oder?«

»Hhm.«

»Ich könnte mir vorstellen, dass es bald zur Routine –« Lena sah ihn wütend an. Das genügte, um ihn zum Schweigen zu bringen. Für einen Moment. »Habe ich etwa unrecht?« Matteo schmunzelte. Seine weiche Stimme ließ Wärme in ihren Bauch strömen.

Lena schluckte. »Bist du hergekommen, um mit mir zu streiten? Dann bist du umsonst hier.«

»Ich möchte mich nicht streiten, Lena«, erwiderte er leise. »Ich wünsche mir nichts mehr, als dass du glücklich bist.«

»Das bin ich«, konterte sie trotzig. Obwohl die Sonne ihre Haut hätte wärmen müssen, fror sie. Nie hatte sie sich zerbrechlicher gefühlt als in diesem Augenblick. Ihr war bewusst, dass Matteo gekommen war, um Frieden zu schließen. Doch obwohl sie sich mit jeder Faser ihres Körpers nach ihm sehnte, gelang es ihr nicht, das ihm gegenüber einzugestehen.

Nach zwei Stunden Wanderung beendete die Gruppe ihren Ausflug auf dem Hof. Fee hatte Kaffee und Kekse bereitgestellt. Die Gäste saßen entspannt unter den Apfelbäumen und unterhielten sich leise. Es hatte den Anschein, als ob keiner der Teilnehmer zurück in seinen Urlaubsalltag wollte. Alle waren noch erfüllt von den Erfahrungen mit diesen wundervollen Tieren. Lena konnte zufrieden sein. Sie freute sich auch über den Erfolg des Ausflugs, doch hinterließ die Anwesenheit Matteos einen bitteren Beigeschmack.

Fee bewegte sich zu ihr. »Nun gib dir einen Ruck, Liebes. Matteo ist bestimmt nicht wegen der Alpakas hier.«

Lena fuhr herum und sah ihre Schwester verärgert an.

»Ach nein? Sondern? Um mit mir zu streiten? Das hätte er sich sparen können.« Mit einem Knall stellte sie ihren Kaffeebecher auf dem Tisch ab und stapfte davon. »Verabschiedest du bitte die Gäste, ich habe keine Zeit mehr«, rief sie Fee zu. Dann verschwand sie im Pferdestall.

Dort hockte sie in Bellas Box im Stroh und weinte. Sie war eine Idiotin, warum brachte Matteo sie nur dermaßen aus der Fassung? Warum misslang ihr eine Versöhnung? Aus diesem Grund war Matteo schließlich gekommen, da hatte Fee natürlich recht. Aber Lena hatte Angst vor Enttäuschungen, wie sie sie in der Vergangenheit ausreichend erlebt hatte.

Rasch wischte sie die Tränen fort, als sie Schritte hörte. Sie legte den Kopf auf die Knie und hoffte, nicht entdeckt zu werden. Als die Schritte verstummten, hielt sie den Atem an.

»Lena?« Matteos leise Stimme drang zu ihr vor. »Ich liebe dich, Lena, bitte verzeih mir.«

Vorsichtig sah sie auf und wurde unmittelbar von seinen Augen gefangen genommen. Langsam öffnete Matteo die Boxentür und schlüpfte hinein. Fragend sah er sie an, bis sie nickte und ihm damit erlaubte, näherzukommen. Matteo ließ sich neben ihr im frischen Stroh nieder. Beide schwiegen eine gefühlte Ewigkeit. Bis Lena die Luft ausstieß.

»Wir waren ziemlich kindisch, oder?«, fragte sie.

Matteo schmunzelte.

»Kann man so sagen«, gestand er. »Aber was wird nun aus uns?« Er schob seine Hand in ihre. Lena ergriff sie sofort und drückte sie sanft. Matteo kaute abwesend auf einem Strohhalm herum. Er ließ Lena Zeit.

»Matteo, ich ... Ich ... liebe dich auch«, stieß sie hervor. »Aber ich habe die Enttäuschungen so satt und dementsprechend Angst davor, etwas Neues zu wagen.« Sie blinzelte eine Träne weg.

Matteo strich ihr eine Haarsträhne hinters Ohr. Dabei berührte er sachte ihre Wange. Lena konnte sich nicht dagegen wehren, dass ihre Haut prickelte. Sie schloss für eine Sekunde die Lider, dann sah sie ihn an.

»Ich bin für dich da, Lena, bitte glaube mir«, sagte er. »Es tut mir leid, wenn ich dich unter Druck gesetzt habe. Du kannst dir alle Zeit der Welt nehmen, bis du mir endgültig vertrauen kannst.«

Lena bettete ihren Kopf auf seine Schulter. Dies nahm Matteo als Aufforderung, seine Arme um sie zu legen. In diesem Augenblick fielen sämtliche Lasten von Lena ab, und sie fühlte sich geborgen.

»Ich war eine ganz schöne Zicke, oder?«

Matteo grinste. »Ich verweigere die Aussage.«

Er drehte ihr seinen Oberkörper zu und eroberte sanft ihren Mund. Lena seufzte und ließ sich fallen.

40
Sylter Liebe

»Lena, wie sehe ich aus?« Fee drehte sich unsicher im Brautkleid vor dem Spiegel. Lena hockte im Schneidersitz auf dem großen Bett ihrer Schwester.

»Du bist wunderschön«, schwärmte sie verzückt. Fee trug einen Traum in Weiß mit unglaublich viel Spitzenpracht. Sie hatte nie vorgehabt, in Tüll und Spitze vor den Traualtar zu treten, doch nach der ersten Anprobe war es um sie geschehen. Sie hatte ein kurzes Kleid ausgesucht, das ihre schönen Beine umspielte. Allerdings waren die weißen Pumps eine Herausforderung, der sie sich nur ungern stellte.

»Barfuß fühle ich mich sogar wohl in dieser Verkleidung, aber die Schuhe bringen mich um. Ich verlange, dass du mich stützt, damit ich mir nicht den Hals breche.«

Lena lachte auf. »Das musst du noch üben, dann klappt es bestimmt.«

Zugegeben, es war nicht mehr viel Zeit für Probeläufe. Die Trauung sollte bereits morgen in der kleinen Kirche stattfinden. Dort, wo auch ihre Eltern sich das Jawort gegeben hatten.

Vieles war in der Zwischenzeit passiert. Lena hatte ihre Villa verkauft und ein nettes Sümmchen auf ihr Konto bekommen. Im nächsten Frühjahr sollte der Bau eines Häuschens auf dem Hansen-Grundstück beginnen, und auch Hauke würde dann die neuen Praxisräume beziehen. Lena hatte einen großen Teil ihrer Möbel eingelagert und den Rest verkauft oder an bedürftige Menschen verschenkt. Es war etwas mehr Trubel im Hansen-Haus, seit Hauke eingezogen war. Matteo übernachtete ebenfalls meistens dort. Ein lustiges Vierergespann, das gut funktionierte. Doch es wären nicht die Hansen-Frauen gewesen, wenn es nicht hin und wieder mal Streit gegeben hätte. Dann war jedoch die Versöhnung umso schöner. Lena hatte hin und wieder mit ihrer Angst vor Enttäuschungen zu kämpfen. Matteo wurde nicht müde, ihr seine Liebe zu beweisen.

Die Gerichtsverhandlung gegen Benno Weise hatten sie hinter sich gebracht. Moni hatte ihre Kundin davon überzeugen können, auszusagen, obwohl deren Enttäuschung, doch nicht den richtigen Vater gefunden zu haben, schwer wog. Das Geld, das sie ihm gegeben hatte, würde sie wohl nie wiedersehen. Eine kleine Genugtuung gab es dann doch, weil Benno Weise für einige Jahre hinter Gitter musste.

Moni besuchte ihre Heimat nun regelmäßig und genoss ihre Reitstunden bei Fee, obwohl sie sie nicht mehr benötigte. Sie war eine sichere Reiterin geworden. Okka war stets ein gern gesehener Gast auf dem Hof und besuchte die Schwestern nun häufiger.

»Du hörst mir gar nicht zu«, beschwerte sich Fee und holte Lena aus ihren Gedanken wieder zurück ins Schlafzimmer.

»Doch«, versicherte Lena, »ich bin bei dir.«

Sie musste lachen, während sie Fee dabei zusah, wie diese versuchte, einigermaßen sicher auf den Stöckelschuhen auf und ab zu gehen. Fee fand das nicht lustig.

»Lach doch nicht!«, empörte sie sich. »Hilf mir lieber, ich hab kaum noch Zeit! Wie kann ich lernen, mich auf diesen Schuhen halbwegs sicher zu bewegen?«

Lena kicherte. »Ich fürchte, das wird nichts mehr.«

»Aber es muss!«

Lena schüttelte ihren Kopf, krabbelte vom Bett und verschwand für einige Minuten. Sie kam mit einem Päckchen zurück.

Fee starrte sie verdutzt an. »Was ist das?«

»Eine Überraschung.«

»Für mich? Aber die Hochzeit ist doch erst morgen.«

»Ich weiß, Liebes.« Lena drehte Fee den Rücken zu und machte sich daran, das Paket zu öffnen. Fee streckte sich, um an ihr vorbei etwas zu erkennen.

»Tadaa.« Lena reichte ihr ein Paar weiße Boots mit Glitzerschnürung. »Damit du morgen nicht mit einer Fraktur in die Klinik musst, habe ich mir das hier ausgedacht. Aber wenn es dir nicht gefällt, kannst du es gern sagen.«

Fees Augen wurden groß. »Lena«, hauchte sie, »die sind perfekt.«

Sofort schlüpfte Fee hinein, um sie auszuprobieren.

»Ein bisschen Fee sollte bei dem Outfit dabei sein«, meinte Lena zufrieden. Das kurze Kleid und die Boots passten hervorragend zu Fees schönen Beinen. Ob sie damit auch den Ehrentanz hinbekommen würde, war fraglich. Aber das Gesamtbild der Braut war nun stimmig.

»Sie passen super! Ich freue mich riesig, danke, Lena.« Fee umarmte ihre Schwester. Freudentränen schimmerten in den Augen der beiden.

»Das freut mich, kleine Schwester«, murmelte Lena ergriffen und drückte Fee fest.

Nachdem die finale Anprobe zur vollsten Zufriedenheit abgeschlossen worden war, erlöste Lena die Pferde aus den Boxen und schaute ihnen eine Weile zu, wie sie auf der Weide herumtobten. Lena war glücklich. Sie freute sich auf die Hochzeit und das anschließende Fest. Fee und Hauke hatten ein Catering mit der Beköstigung der Gäste beauftragt. Auch die Tische wurden von dieser Firma gedeckt und nach Absprache dekoriert. Es gab keine Vorbereitungen, um die

Lena sich kümmern musste. Fee und Hauke hatten es so gewünscht. Sie lächelte in sich hinein.

Fee hatte mit Engelszungen auf Lena eingeredet, eine Doppelhochzeit daraus zu machen. Doch Lena hatte vehement abgelehnt. Wenn sie vor dem Traualtar landete, dann ohne Tamtam. Vor allem aber voller Gewissheit, dass sie es wollte. Es war noch nicht lange her, da hatten Paul und sie vorgehabt zu heiraten. Der Schock über seinen Betrug gehörte zwar der Vergangenheit an, dennoch wollte Lena, dass die Ehe mit Matteo unter einem anderen Stern stand. Einem der Hoffnung und Liebe. Keine Schatten oder bösen Erinnerungen sollten über ihrem Glück schweben. Außerdem wünschte sich Lena, dass der Hochzeitstag ihrer Schwester nur ihr und Hauke gehören sollte. Irgendwann hatte Fee es aufgegeben, sie zu überreden.

Paul hatte in letzter Zeit versucht, sie telefonisch zu erreichen. Lena drückte das Gespräch immer wieder weg, doch er gab nicht auf. Sie wusste: Wenn sie es irgendwann schaffte, wertfrei mit Paul zu reden, könnte sie an eine Hochzeit mit Matteo denken. Zum Glück verstand und akzeptierte Matteo ihre Entscheidung.

Sie blinzelte gegen das Sonnenlicht zum Himmel auf. Ein Hubschrauber zog Kreise über dem Hof. Es war Matteos Hummel. Wärme erfüllte Lena bei dem Anblick. Schon bei ihrem ersten gemeinsamen Flug waren Gefühle in ihr aufgekommen. Sie lachte bei der Erinnerung auf. Sie hatte Matteo nicht gerade zuvorkommend behandelt, trotzdem hatte er sich nicht beirren lassen. Inzwischen hatte sie bei ihren Flügen zu zweit sogar jegliche Angst verloren. Wenn es ihre Zeit auf dem Hof zuließ, begleitete sie Matteo manchmal auf Transportaufträgen. Mittwochs und samstags führte sie außerdem Wanderungen mit den Alpakas. Bienchen setzte im Moment aus, denn sie erwartete in wenigen Tagen ihr Fohlen – oder auch Crias, wie man den Nachwuchs von

Alpakas nannte. Lena hoffte, dass alles gutging und ein gesundes Fohlen das Licht der Welt erblickte. Nach immerhin zwölf Monaten Trächtigkeit wünschte sie Bienchen eine reibungslose Geburt. Es war ein kleines Wunder, und sie freuten sich alle auf den Nachwuchs.

41
Hochzeitsglocken

Ergriffen lauschten Lena und Matteo den Glocken der Inselkirche. Die Familie und die geladenen Gäste erhoben sich von den Bänken, sobald Fee und Hauke das Kirchenschiff betraten. Die Bankreihen waren mit Sonnenblumen und cremefarbenen Rosen geschmückt. Fee trug ihre Haare offen und von einem Kranz aus weißen Wildblumen geschmückt. Sie sah zauberhaft aus in ihrem Kleid. Auch Hauke an ihrer Seite hatte sich verwandelt. Nichts erinnerte mehr an den Tierarzt in Flanellhemd und Jeans. Sein grauer Anzug saß perfekt. Die Krawatte, die mit Streublumen bedruckt war, wirkte elegant und trotzdem fesch.

»Wow, mir scheint, da bleibt kein Auge trocken«, murmelte Matteo zu Lena. Sie hatte schon ein Taschentuch gezückt, um die ersten Tränchen daran zu hindern, ihr Make-up zu ruinieren. Hauke strahlte das pure Glück aus seinen himmelblauen Augen. Fee klammerte sich an den Arm ihres Bräutigams. Ein Raunen ging durch die Kirche, nachdem das Brautpaar vor der Kanzel seinen Platz eingenommen hatte. Lena schob ihre Hand in Matteos und drückte so fest, dass er leise jammerte.

»Ich hatte ja keine Ahnung, wie viel Kraft die Frau an meiner Seite hat«, flüsterte er. »Muss ich in Zukunft besser achtgeben, wenn wir uns zoffen?«

Lena kicherte ebenso leise.

»Immer«, entgegnete sie und sah ihn verliebt an. Sie hatte ihre langen blonden Haare hochgesteckt und trug ein dunkelblaues Spitzenkleid. Ihre Gummistiefel hatte sie gegen Pumps getauscht. Sie musste sich eingestehen, dass auch sie inzwischen nicht mehr unbedingt sicher darauf gehen konnte, doch nach und nach hatte sie sich wieder an die Dinger gewöhnt. Matteo hatte sie gefragt, ob sie einen Waffenschein dafür besitze. Lena hatte ihm lachend einen Kuss auf den Mund gedrückt.

Sie schielte zu der Bankreihe, in der Moni und Okka saßen. Moni winkte ihr lächelnd zu. Sie war erst am Nachmittag mit dem Autozug auf die Insel gekommen und hatte nur wenig Zeit gehabt, mit Lena zu reden. Doch auf der Feier würden sie reichlich Gelegenheit haben, ausführlich zu quatschen. Nun verfolgten sie beide die Trauungszeremonie. Hauke steckte Fee den Ring an den Finger und sprach das Gelöbnis.

»Ja, ich will«, hauchte Fee ergriffen. Danach war es an Fee, ihrem Ehemann das Kleinod an den Finger zu stecken. Ein leises Lachen ertönte in der Kirche, als sich die Aktion schwierig gestaltete. Aber dann trugen beide das Zeichen der Liebe an den Händen, die wie ein Ring kein Ende haben sollte. Hauke küsste seine Frau lange und innig, dann sahen sie sich in die Augen und strahlten um die Wette. Lena seufzte gerührt. Matteo drückte ihre Hand und gab ihr einen Kuss. Nachdem die Pastorin Melanie ihnen den Segen erteilt hatte, setzte die Orgel ein und geleitete die Familie und die Gäste hinaus.

Der Himmel empfing sie ebenfalls im Festtagsgewand, und die Sonne beschenkte sie mit ihren wärmenden Strahlen. Lena bahnte sich einen Weg zu ihrer Schwester, um ihr zu gratulieren.

»Du bist überwältigend hübsch, Fee.« Die beiden lagen einander lange in den Armen. Doch dann besann Lena sich darauf, auch ihren Schwager an sich zu drücken. »Willkommen in der Familie, Hauke«, flüsterte sie. »Wehe, wenn du ihr wehtust!«

»Das werde ich nicht, das weißt du hoffentlich.«

Lena nickte lächelnd.

»Ich wünsche euch alles Glück dieser Welt«, sagte sie und war bemüht, Tränen zurückzuhalten. Nachdem Matteo seine Gratulationen ausgesprochen hatte, stürmten die anderen Hochzeitsgäste auf das Brautpaar zu. Im Konvoi gab es eine kurze Rundfahrt über die Insel, bei der die Gäste mit lautem Hupen auf sich aufmerksam machten. Da Hauke und Fee allen bekannt waren, hatten sich an jeder Ecke kleine Gruppen am Straßenrand gebildet, die erfreut klatschten und winkten, um dem Brautpaar Glück zu wünschen.

Matteo lenkte den Jeep, und Lena saß neben ihm. Sie war nicht weniger glücklich als das Hochzeitspaar.

»Ich glaube, mir wäre das alles hier zu viel Tamtam für unsere Hochzeit. Wie denkst du darüber?« Matteo warf Lena einen kurzen Blick zu.

»Über das Heiraten oder was meinst du?«

»Über die Feier im Anschluss«, präzisierte Matteo und sah dabei stur auf die Straße, denn er kannte Lenas Antwort zum Thema Heiraten längst.

»Ich hätte schon gern ein weißes Kleid«, rutschte es ihr heraus.

Matteo war so überrascht, dass er um ein Haar auf den Wagen des Vordermannes aufgefahren wäre. Erstaunt sah er Lena an. »Heißt das …?«

Lena musste über seine Reaktion lachen. »Bilde dir mal nichts ein, ich habe noch nicht Ja gesagt!«

»Ich habe auch noch nicht die Frage aller Fragen gestellt«, murmelte Matteo und grinste über das ganze Gesicht. Der Autokorso rollte auf den Hof, und beide verstummten.

Mit schnell klopfendem Herzen stieg Lena aus. Das Grundstück war kaum wiederzuerkennen. Überall schaukelten Lampions im schwachen Wind, und es waren lange Tische aufgebaut. Die Dekoration passte zum Brautstrauß und den Blumen in der Kirche. Ein großes Büfett war angerichtet worden, von dem ein herrlicher Duft herüberwehte. Matteo meinte, dass er einen Riesenhunger habe. Lena ging es nicht so, es war alles viel zu aufregend. Ein Mädchen von der Insel reichte Sekt zum Empfang der Gäste. Lena zögerte erst, eines davon anzunehmen, griff dann aber beherzt zu. Matteo unterhielt sich weiter abseits mit Hauke, dem das Glück aus den Augen schien. Okka schlenderte auf Lena zu, ebenfalls mit einem Glas Prickelwasser in den Händen. Freudig stieß sie mit Lena an.

»Auf das erste Brautpaar der Hansens!«, sagte sie triumphierend. Lena lachte die alte Freundin an und ließ ihr Glas an ihrem klingen. Vorsichtig benetzte sie mit dem Sekt ihre Lippen. Okka kniff die Lider zusammen, dann erhellte sich ihr Gesicht. »Da brat mir einer ’nen Storch, du ...«

Lena riss die Augen auf und sah Okka flehend an, dabei schüttelte sie möglichst unauffällig ihren Kopf. Okka brach ab und grinste. Sie rückte näher an Lena heran.

»Wann lässt du die Bombe platzen?«, murmelte sie. Lena wich zurück und bedachte sie mit einem mahnenden Blick. »Ich gehe ja schon«, brummte Okka und schlurfte auf ihren wackeligen Beinen hinüber zu einer Gruppe von Insulanern, die eine angeregte Unterhaltung führten. Lena stieß hörbar den Atem aus.

»Lady, was seufzt du so schwer? Kann ich dir irgendwie helfen?« Matteo sah ihr tief in die Augen, was Lena zum Dahinschmelzen brachte. Aber das machte es ihr nicht leichter.

Vor einigen Tagen war sie bei ihrer Hausärztin gewesen, die einige Untersuchungen durchgeführt hatte. Lena hatte sich in letzter Zeit etwas unwohl gefühlt, jedoch vermutet, es läge an der Aufregung der Hochzeitsvorbereitungen. Zur Sicherheit war sie aber in die Praxis gefahren. Ohne Termin hatte sie lange warten müssen, doch letztlich hatte sich diese

Entscheidung als richtig herausgestellt. Das Ergebnis der Untersuchungen hatte sie zunächst als niederschmetternd empfunden, dann aber als großes Geschenk.

»Sie sind schwanger«, hatte die Ärztin das Gespräch eröffnet. Dabei war es erst einmal geblieben, denn Lena war in Tränen ausgebrochen. Frau Dr. Klein hatte sanft auf sie eingeredet, bis sie zu weinen aufgehört und stattdessen verhalten gelacht hatte. Sie hatte an Okkas Worte gedacht und plötzlich eine Wärme in sich aufsteigen gefühlt, die sie umhüllte wie ein Regen aus roten Rosen.

Seitdem suchte sie händeringend nach einer passenden Gelegenheit, es Matteo zu sagen. Sie fürchtete sich ein wenig vor seiner Reaktion. Würde er sich freuen? Oder sie entsetzt anstarren? Lena dachte an Paul, der sie regelmäßig dazu gedrängt hatte, sich mit Familienplanung zu befassen. Sie schaute zu Matteo auf.

»Ja, du kannst mir helfen«, erwiderte sie geheimnisvoll. »Indem du mit mir tanzt, sobald die Musik erklingt.«

Matteo raufte sich die Haare. »Was das anbelangt, bin ich kein großer Held. Gibt es nichts anderes, womit ich dich glücklich machen kann?«

Lena zwinkerte ihm zu.

»Eine Menge, aber das wäre mein größter Wunsch«, beteuerte sie und musste über das verzweifelte Gesicht ihres Liebsten lachen.

»Na gut, wenn es nicht anders geht, tanze ich mit dir in den Himmel der Liebe hinein.«

»Wunderbar«, hauchte sie verzückt und rieb ihre Hände aneinander, dann küsste sie ihn innig.

Matteo beobachtete das Brautpaar, wie es auf der polierten Holzfläche den Ehrentanz absolvierte. Fee kam mit ihren Boots bestens klar und wirkte locker und entspannt. Hauke hielt seine Frau sicher in den Armen und führte sie souverän über den provisorischen Bretterboden. Alle anderen klatschten im Rhythmus der Melodie. Bis der DJ die Familie aufforderte, es dem Brautpaar gleichzutun. Da Lena das einzige lebende Familienmitglied war, zog sie Matteo hinter sich her auf die Tanzfläche. Seine Hände waren feucht vor Aufregung. Doch wenn sie geglaubt hatte, dass er sich steif und ungeschickt anstellen würde, hatte sie sich getäuscht. Er zog sie zu sich heran und wiegte sich mit ihr im Takt der Musik, als ob er nie etwas anderes gemacht hätte.

Lena sah erstaunt zu ihm auf. »Sagtest du nicht ...?«

Matteo zuckte mit den Schultern. »Ich bin eben ein Naturtalent.«

»Das sowieso«, flüsterte Lena und genoss es, ihn ganz bei sich zu spüren und mit ihm in den siebten Himmel zu schweben.

42
Die Sonne am Horizont

Es wurde getanzt, gelacht und getrunken bis in die frühen Morgenstunden. Einige der Eingeladenen lagen bereits unter Apfelbäumen und schliefen ihren Rausch aus, andere dachten noch lange nicht daran, sich hinzulegen oder zu verabschieden. Fee und Hauke feierten mit ihren Gästen und schrieben die Hochzeitsnacht ab, denn es kam nicht infrage, die Feier zu verlassen, bevor nicht auch der Letzte nach Hause gegangen war. Lena saß auf einem Stuhl und rieb sich die Augen. Der Tag war lang gewesen, und ihre Knochen schmerzten. Die Pumps hatte sie längst ausgezogen, stattdessen trug sie ihre Hausschuhe, die im Vergleich zu ihrem Kleid wenig elegant wirkten. Doch darauf achtete inzwischen niemand mehr. Gerade hielt sie noch nach Matteo Ausschau, als er plötzlich neben ihr hockte.

»Lady, du bist müde, willst du nicht …?«

»Ich möchte noch mal nach den Alpakas schauen. Bienchens Fohlen ist bereits überfällig.«

»Sagtest du nicht, dass Alpakas ihre Babys überwiegend morgens bekommen?«

»Das stimmt«, meinte Lena und seufzte. »Ich möchte trotzdem lieber mal nachschauen. Kommst du mit?«

Matteo lächelte sie zärtlich an. »Natürlich.«

Er reichte Lena die Hand, um sie hochzuziehen. Sie kuschelte sich an ihn. Eng umschlungen liefen sie zur Weide der Tiere.

»Es war eine wunderschöne Feier, findest du nicht auch?«, säuselte Lena verträumt und gähnte herzhaft.

»Das war es«, bestätigte Matteo. Seine warme Stimme hüllte Lena ein. Dankbar blickte sie zu ihm auf.

»Ich liebe dich, mein Held.«

»Das trifft sich gut, ich dich nämlich noch viel mehr.«

Lena lachte auf. »Das weißt du doch gar nicht.«

»Und ob ich das weiß!«, protestierte Matteo und zog sie näher heran, um sie mit heißen Küssen zu bedecken. Lena lauschte jedoch. Von der Weide der Alpakas her war ein Summen zu hören. Drei Tiere hatten sich dort versammelt. Doch wo war Bienchen? Lena ging schneller. Dabei beachtete sie kaum den leuchtend roten Sonnenaufgang, der über dem Horizont glühte, als ob der Himmel brannte. Lena schlüpfte noch vor Matteo durch das Gatter und blieb verzückt stehen.

»Matteo!« rief sie freudig. »Schau, Bienchen hat ihr Fohlen bekommen.«

Jetzt war auch Matteo an ihrer Seite. Er murmelte etwas, das Lena nicht verstand, aber der Tonfall klang deutlich ergriffen. Beide knieten sich hin und betrachteten den Neuankömmling. Sein Fell war etwas feucht, ein Zeichen dafür, dass er noch nicht lange auf der Welt war. Lena und Matteo waren gerührt, als das Fohlen sich zum ersten Mal auf seinen wackligen Beinen erhob und tapsig zum Säugen ging.

»Welch ein Wunder«, flüsterte Lena bewegt. Sie streckte die Hand aus, um es zu streicheln.

»Ich kann es kaum fassen«, murmelte Matteo. »Es ist wunderschön.«

»Komm, lassen wir den beiden ihre Ruhe, morgen haben wir noch genügend Gelegenheit, sie zu bestaunen. Ich möchte mich mit Fee beraten, wie wir es nennen wollen.«

»Morgen? Es hat bereits ein neuer Tag begonnen.« Matteo grinste. »Ich denke, wir sollten uns noch eine Mütze voll Schlaf holen.«

Vor dem Hintergrund des glühenden Sylter Himmels verließen Lena und Matteo Hand in Hand die Weide. Lena verschloss sorgfältig das Gatter. Sie sah Matteo eindringlich an. Wäre jetzt der richtige Moment? Sie schluckte die Nervosität herunter. Dann ergriff sie seine Hand und führte ihn ein Stück weiter.

»Ich bin nicht müde, aber ich muss dir etwas sagen.«

»Raus mit der Sprache. Habe ich wieder falsch reagiert?«

Lena lachte. »Nein, du bist perfekt, so wie du bist.« Jetzt war Matteo erstaunt, aber nicht weniger neugierig. Lena hockte sich hin, um etwas hervorzuholen, hielt es dann geschickt hinter dem Rücken verborgen. »Lass uns bitte zum Strand wandern«, bat sie. Dabei klopfte ihr Herz vor Freude wild in ihrer Brust. Sie schob ihre Hand in die von Matteo und spürte die Wärme, die von ihm ausging. Ein unglaublich wundervolles Gefühl. In diesem Moment war Lena sicher, dass sie den Mann gefunden hatte, mit dem sie alt werden wollte. All ihre Zweifel und Sorgen waren verflogen. Lena lächelte dankbar.

Sie führte Matteo bis zur Wasserlinie. Die Nordsee war an diesem Morgen besonders milde gestimmt. Sanft rollten die Wellen an den Strand, um dann mit leichtem Rauschen ins offene Meer zurückzuweichen. Mit nackten Füßen standen beide im Wasser. Nach der durchtanzten Nacht war das kühle Nass eine Wohltat.

»Lena, was willst du mir sagen? Soll ich in die Fluten gehen und verschwinden?« Matteo versuchte zu grinsen. Doch seine Mundwinkel gehorchten ihm nicht. Offenbar hatte er längst begriffen, dass hier und jetzt etwas geschah, was sein Leben auf den Kopf stellen würde.

»Nein, bloß nicht«, flehte Lena gespielt, »wir brauchen dich.« Matteo schluckte hart. Sie lachte und zwinkerte ihm zu. »Wir werden Eltern.«

Er riss die Augen auf. »Du meinst, es gibt noch ein Alpakababy?«

Lena kicherte. »Das will ich nicht hoffen. Zwölf Monate Trächtigkeit halte ich nicht aus.«

Matteo begriff nur langsam, was Lena ihm damit sagen wollte. Seine Mimik veränderte sich von überrascht zu besorgt.

»Aber du wolltest doch nie ...« Sie holte ein durchsichtiges Päckchen hervor, das sie eben aus dem Busch gezogen und vor wenigen Stunden dort versteckt hatte. Es war ein Paar Babyschühchen, das Matteo nun mit feuchten Augen entgegennahm.

Lena zog ihn zu sich heran und küsste ihn voller Leidenschaft. Matteo schlang die Arme um ihren schlanken Körper und drückte sie fest. Seine Augen schimmerten verdächtig, als er Lena ansah.

»Ich liebe dich«, flüsterte er heiser, »aber dir ist schon klar, dass es nun endgültig mit der Routine vorbei ist?«

Lena gab ihm einen Knuff und lachte, dann wurde sie ernst. »Ich liebe dich noch viel mehr.«

Sie war glücklich. Endlich war sie am Ziel ihrer Wünsche und Träume. Sie hatte ihre Zweifel dank der Liebe Matteos abgelegt. Alle Schicksalsschläge gehörten endgültig der Vergangenheit an. Jetzt zählte nur die Zukunft mit ihrer kleinen Familie.

Matteo hob Lena hoch und trug sie über den Strand nach Hause.

– Ende –

Danksagung

An meine Leserinnen und Leser,

wieder möchte ich an dieser Stelle das vorletzte Wort an Euch richten. Denn das letzte möchte ich Euch überlassen.

Danke, dass Ihr meine Bücher in Eure Wohnzimmer holt und mir erlaubt, Euch an die schönsten Orte des Nordens zu entführen.

Wenn Euch meine Geschichte gefallen hat, lasst es mich wissen. Ich freue mich darauf.

Ich bin dankbar dafür, den schönsten Beruf der Welt ausüben zu dürfen.

Dankbar für die Ideen, die in meinem Kopf wachsen und dass ich sie umsetzen darf.

Vielen Dank an meinen Zeilenfluss Verlag, dessen Team mich motiviert und unterstützt.

Ich danke meiner Familie, allen voran meinem Mann, der mir den Rücken freihält, wann immer ich es brauche. Er erfährt als Erster, welche Projekte mir im Kopf herumspuken.

Danke an meine Tochter Nicole Meyer (Nicky). Sie ist meine zuverlässigste Kritikerin. Weil sie die Leseproben auf Herz und Nieren prüft, mir ehrlich ihre Meinung präsentiert und mich bestärkt weiterzumachen. Danke, mein Engel.

Wenn Euch dieses Buch gefallen hat, dann schickt Eure Meinung um die Welt. Wenn nicht, gebt meinen Zeilen einen Platz in Eurem Bücherregal, befreit es zwischendurch vom Staub und freut Euch über das bunte Cover.

Ich hoffe, dass wir uns bald wiederlesen.

Auf die Liebe!

Eure

Anni Deckner

Über die Autorin

Anni Deckner, geboren 1961 in Winnert bei Husum, lebt mit ihrer Familie in Hanerau-Hademarschen. Ihre Liebe zur *Grauen Stadt am Meer* kann man in ihren Werken spüren. Die kreative Luft des Nord-Ostsee-Kanals inspiriert die Autorin, genau wie damals den berühmten Dichter Theodor Storm, der an diesem Ort seinen Schimmelreiter zu Papier brachte. Ihre Leidenschaft zum Schreiben entwickelte sich schon in früher Jugend. Ihr erstes Buch »Heimathafen Husum« erschien jedoch erst im März 2014, gefolgt von »Knocking Out« in 2015. In ihrer Freizeit geht die Autorin gern mit ihrem Mann auf Reisen. Bevor sie sich 2017 ganz dem Schreiben widmete, hatte sie bei der Kirchengemeinde Hanerau-Hademarschen als Küsterin gearbeitet.

Bye Bye, Jack

Ein bewegender Roman über das Leben im Deutschland der Nachkriegszeit, den Mut einer jungen Frau und eine Liebe, die Jahrzehnte überdauert.

Eigentlich wollte die Ärztin Christine mit der Silvesternacht 2013 einen Neuanfang besiegeln, als sich ihre Vergangenheit in ihr Leben drängt. Es ist ihre Jugendliebe, die plötzlich vor ihr steht: Jack, der britische Offizier, mit dem sie ihr Leben teilen wollte – bis das Schicksal für die beiden einen anderen Weg einschlug …

Nordfriesland, 1960: Stiefvater Hans führt ein strenges Regiment, und Christine leidet unter seinen Gewaltausbrüchen. Allein ihre Tante weiß um ihre Not und ist Christines einziger Lichtblick – bis sie Jack kennenlernt. Mit ihm erlebt sie, wie leicht das Leben sein kann. Beide beschließen, einen Neubeginn zu wagen, doch mit Stiefvater Hans kommt es zu einem folgenschweren Eklat, der das Liebespaar für immer entzweien soll.

Christine muss lernen, sich als Frau alleine durchzuschlagen, und obwohl sie ihr Leben erfolgreich meistert, ist da diese Sehnsucht nach Jack, die nie ganz versiegen will. Doch reicht die Erinnerung an eine verlorene Liebe für eine gemeinsame Zukunft?

Hallig-Melodie

Wenn die Musik des Meeres die Vergangenheit anspült, bleibt nur die Flucht nach vorn – denn die Nordsee komponiert ihre ganz eigenen Geschichten.

Die 35-jährige Starcellistin Enna Jakobi füllt sämtliche Konzertsäle. Um ihrer Tochter Erholung zu verschaffen, plant Mutter Hilke eine gemeinsame Auszeit ausgerechnet auf der Hallig Hooge: dem Ort, an dem Enna einen Großteil ihrer Kindheit bei ihrem Großvater verbracht hat. Damit ist es mit einem Urlaub in Anonymität erstmal vorbei.

Kurz nach ihrer Ankunft auf Hooge trifft Enna auf ihre Jugendliebe Jorin, der ihr Herz noch immer höherschlagen lässt. Und auch ein rätselhafter Unbekannter, der all ihre Konzerte besucht, scheint ihr im Urlaub keine Ruhe zu gönnen. Doch die Hallig Hooge birgt nicht nur Überraschungen, sondern hütet auch Ennas Familiengeschichte wie einen Schatz. Denn auf Hooge wissen die Bewohner mehr über Enna und ihre Herkunft, als sie selbst je erfahren durfte ...

Liebesrezept auf Friesisch

Wenn die Nordsee braust und die Gefühle Wellen schlagen – eine Liebesgeschichte in Husum zum Mitfühlen!

Tierärztin Hanna ist in ihrer Ehe schon lange nicht mehr glücklich. Ihr Mann Ben ist so mit sich und seinem Job beschäftigt, dass er ihre Hilferufe, um die Ehe zu retten, nicht wahrnimmt. Zeit für Hanna, die Reißleine zu ziehen!

Um Abstand zu gewinnen, verlässt sie schweren Herzens das gemeinsame Haus. Doch Ben interessiert das nur wenig. Verletzt von seiner Reaktion wendet sich Hanna von ihm ab.

Als sie den Konditor Oliver kennenlernt, fühlt sie sich zum ersten Mal seit Langem verstanden und auch ihr Kollege Helge findet Gefallen an ihr. Trotzdem spürt sie, dass ihr etwas Grundlegendes fehlt. Als sich dann noch herausstellt, dass sie von Ben schwanger ist, steht Hanna vor einem Dilemma: Welcher der drei Männer ist nur der Richtige für sie?

Printed in Germany
by Amazon Distribution
GmbH, Leipzig

27784541R00168